A loja de cartas de Seul

Baek Seung-yeon

A loja de cartas de Seul

Tradução de Núbia Tropéia

Copyright © Baek Seungyeon/Storyplus. 2024
Copyright da tradução © 2025 by Editora Intrínseca

Esta edição foi publicada mediante acordo com TXTY, da Toyou's Dream, sob os cuidados de Shinwon Agency e intermédio da Peters, Fraser and Dunlop Ltd.
Todos os direitos reservados.

TÍTULO ORIGINAL
편지가게 글월

COPIDESQUE
Luis Girão

REVISÃO
Carolina Vaz
Georgia Kallenbach

DIAGRAMAÇÃO
Juliana Brandt

ILUSTRAÇÕES DE MIOLO
Maria Luiza Garcia

DESIGN DE CAPA
Greenery Cave

ILUSTRAÇÃO DE CAPA
Park Hye-mi

CIP-BRASIL. CATALOGAÇÃO NA PUBLICAÇÃO
SINDICATO NACIONAL DOS EDITORES DE LIVROS, RJ

S523L

    Seung-yeon, Baek
       A loja de cartas de Seul / Baek Seung-yeon ; tradução Núbia Tropéia. - 1. ed. - Rio de Janeiro : Intrínseca, 2025.
    256 p. ; 21 cm.

    Tradução de: 편지가게 글월
    ISBN 978-85-510-1264-2

    1. Ficção sul-coreana. I. Tropéia, Núbia. II. Título.

25-97019.0   CDD: 895.73
                              CDU: 82-3(519.5)

Gabriela Faray Ferreira Lopes - Bibliotecária - CRB-7/6643

[2025]
Todos os direitos desta edição reservados à
EDITORA INTRÍNSECA LTDA.
Av. das Américas, 500, bloco 12, sala 303
22640-904 — Barra da Tijuca
Rio de Janeiro — RJ
Tel./Fax: (21) 3206-7400
www.intrinseca.com.br

Personagens

Equipe da Geulwoll

Woo Hyoyeong (mulher, 28 anos)
Fez faculdade de Cinema e sonhava em se tornar cineasta. Atualmente trabalha na loja de cartas Geulwoll, localizada no bairro de Yeonhui-dong. Perfeccionista e bastante meticulosa, está sempre disposta a ouvir o que os outros têm a dizer.

Kang Seonho (homem, 35 anos)
Dono da loja de cartas Geulwoll e veterano de Hyoyeong na faculdade. Sonhava em se tornar ator, mas desistiu após perceber que seu talento era limitado. Após o nascimento da filha mais nova, assumiu os cuidados com a recém-nascida para que a mulher pudesse se dedicar ao trabalho.

Clientes

Cha Yeonggwang (homem, 29 anos)
Autor de webtoons. Apesar de seu primeiro trabalho ter sido um sucesso, tem sofrido tanto para tirar o segundo quadrinho do papel que não consegue dormir. Mora em um quarto e sala no quinto andar do Edifício Yeonhwa, em frente à loja de cartas Geulwoll.

Seong Minjae (homem, 39 anos)

Contador de uma grande empresa. Sonhava em ser escritor, mas optou por uma carreira estável. Vai à Geulwoll com frequência, onde pode escrever os próprios textos na forma de cartas. Está sempre de gravata-borboleta e terno elegante.

Kwon Eunah (mulher, 46 anos)

Dona da imobiliária Hobak em Yeonhui-dong. Fez amizade com Hyoyeong após ajudá-la a encontrar um quarto para alugar. É casada com o dono da padaria que fica no mesmo prédio da Geulwoll. Seu maior sonho é viajar para o exterior com o marido.

Keum Woncheol (homem, 59 anos)

Diretor da Escola Primária de Yeonhui. Esposa faleceu devido a uma doença. De vez em quando, vai até a Geulwoll e escreve sobre ela para um *penpal* anônimo. É romântico e fica bem de boina.

Jeong Juhye (mulher, 25 anos)

Funcionária dos correios de Yeonhui-dong. Embora trabalhe nos correios, acha difícil escrever cartas. Como só sai de casa para trabalhar, sente que sua vida é monótona. Estava questionando seus interesses pessoais quando conheceu Hyoyeong.

Moon Yeongeun (mulher, 26 anos)

Cantora e compositora, tem o próprio programa de rádio. Quando volta para Yeonhui-dong, o bairro onde cresceu, encontra por acaso uma comovente carta e a compartilha com seus ouvintes.

Song Eunchae (mulher, 28 anos)

Colega de Hyoyeong na faculdade. Diferentemente da amiga, é bastante espontânea e cheia de energia, mas, apesar disso, sofre de ansiedade e depressão. Assim como Seonho, sonha em se tornar atriz.

Outros personagens

Kang Hajun (menino, 7 anos, filho de Seonho)
Eun Sohee (mulher, 35 anos, esposa de Seonho)
Seo Yeonwoo (homem, 19 anos, funcionário da Geulwoll)
Park Sanghyeon (homem, 20 anos, irmão mais novo de Yeonggwang)
Woo Hyomin (mulher, 33 anos, irmã mais velha de Hyoyeong)
Pai e mãe de Hyoyeong

Sumário

Prólogo	11
O cheiro da luz do sol	13
É só voltar para o caminho certo	37
A mão que corre sobre o papel de carta	61
Keum Woncheol, o romântico	99
O Yeonggwang do passado	127
O Natal da Geulwoll	163
Todo mundo tem uma carta que não deveria ter sido enviada	193
Epílogo: Sempre tentamos deixar uma boa impressão na vida dos outros	231
Pós-escrito:	
Os clientes que cruzaram a fronteira	249
Uma carta que não pôde ser enviada	249
Sobre a loja de cartas Geulwoll	253

♦ Prólogo

PARA: HYOYEONG

Minha irmã,

   Me dei conta agora de que esta é a quinta carta que escrevo para você.
   Acho engraçado como não posso te ligar nem mandar mensagem, mas sempre posso te mandar uma carta.
   Tenho passado bem.
   Sinto que terei que observar minhas cartas desaparecerem feito um sopro de ar caso continue sem receber respostas suas. Porém, se eu não expelir esse ar, vou me sentir sufocada. Por isso, acabo escrevendo outra carta.
   Hyoyeong, o tempo voa mesmo quando não fazemos nada. Sem dó.
   Mas não tenho do que reclamar.
   Sempre vivi num ritmo acelerado, com medo de ficar para trás, sempre estudando como se estivesse correndo contra o tempo. Enfim descobri que ninguém morre por causa disso.
   Uma vida sem preocupações é fascinante e confortável. Em trinta e três anos de vida, eu nunca tinha entendido isso.
   A mamãe e o papai estão bem? Não escrevi uma única carta para eles durante esse tempo. Fico pensando se por acaso não vão acabar vendo esta carta primeiro. Eles com certeza

enviariam uma resposta na mesma hora. Nesse caso, não posso mais ficar te mandando essas coisas. Por isso escrevi seu nome em letras garrafais no envelope. Porque é só para você ler. Porque sei que você nunca vai me responder.

No momento, estou ficando em Ulsan. Uma amiga da época da escola mora aqui. Vou abusar da hospitalidade dela só por uma semana, então não importa quem responda a esta carta, eu não conseguiria recebê-la.

De todo modo, se por acaso a mamãe ou o papai disserem que vão me responder, peço que explique isso direitinho a eles.

Hyoyeong, quando estou deitada sozinha na cama, com as luzes apagadas, me sinto como um plâncton boiando na água.

Ou uma bactéria de nome desconhecido que vive dentro de uma célula.

Se eu tivesse nascido sem olhos, ouvidos ou boca, acho que conseguiria viver como um organismo que não machuca os outros.

Olha só eu sendo deprimente de novo...

Pensei em reescrever esta carta e até procurei outro papel, mas não encontrei, então vou deixar como está. E se eu riscar o que escrevi, você pode ter uma impressão ainda pior sobre mim, então vou mandar assim mesmo.

O tempo virou. Tome cuidado para não pegar um resfriado.

Pode usar as roupas de frio que deixei em casa.

Tenho passado bem, Hyoyeong.

DE: Sua irmã

◊ O cheiro da luz do sol

1

— O que vamos fazer? Sua irmã foi vítima de um golpe!

Em outubro do ano anterior, assim que Hyoyeong chegou em casa, sua mãe desabou em frente à porta, olhou para a filha e começou a esbravejar. Uma folha de outono estava agarrada à sacola de compras da mãe, que, entre soluços, continuou a lamentar. Ela nem sequer tinha tirado os sapatos.

— O que deu na sua irmã?

Ela estava certa. Desde o jardim de infância, a inteligência de Hyomin, irmã mais velha de Hyoyeong, tinha sido motivo de orgulho para a família. Para Hyomin, entrar para a turma avançada foi tão fácil quanto pular corda, e não era raro ela ficar em primeiro lugar nas Olimpíadas de Matemática. Nos ensinos fundamental e médio, ela continuou demonstrando excelência e tirando as melhores notas em todas as matérias. Como uma pessoa tão inteligente havia sido capaz de cair num golpe e apostar todo o dinheiro da família na ideia de um colega de abrirem uma escola juntos?

A expressão do pai, que viera correndo da lavanderia, só piorou tudo. Era o rosto de alguém que não conseguia acreditar que a filha — formada na Universidade Nacional de Seul, que tinha até começado uma pós-graduação — havia perdido tudo tão facilmente. Ele não tinha suspeitado de nada quando ela dissera que iria desistir da pós-graduação para abrir uma escola. Hyomin era inteligente, com certeza sabia o que estava fazendo, certo…?

— Não consigo falar com ela!
Ofegante, o pai tirou o celular do bolso. Os três, pai, mãe e filha, estavam reunidos em frente à estreita porta de entrada. Não tinham nem tirado os sapatos. Hyoyeong acabara de voltar do segundo dia de filmagens, estava confusa e com olheiras profundas. Ouvir que a irmã havia sumido lhe parecia loucura.

Após três dias, Hyomin ligou para a mãe, disse apenas que estava bem e desligou o celular. O pai tinha feito um empréstimo para ela, apesar de viverem apertados, e passou a abrir a lavanderia aos domingos — isso porque já abria as portas seis dias por semana. Quanto à mãe, havia pedido ajuda ao irmão e começou a trabalhar meio período fazendo entregas de refeições para poder pagar aquela dívida.

Já Hyoyeong não moveu um dedo. Estava ocupada gravando um filme para conseguir se formar na faculdade. Às vezes, perguntavam no grupo da família se ela sabia por onde a irmã andava, mas Hyoyeong sempre os ignorava. A preocupação dos familiares lhe parecia um pouco exagerada. O tio havia perguntado se Hyomin na verdade não tinha desistido de terminar a pós-graduação porque estava com dificuldade para acompanhar as aulas. O mesmo tio que enviara uma cesta de frutas quando ela foi aprovada no mestrado... Naquele dia, enquanto fazia uma entrega em um apartamento, a mãe de Hyoyeong tropeçou nas escadas e lesionou o quadril.

Ao ver a mãe na cama após a cirurgia para corrigir esse problema, Hyoyeong extravasou toda a raiva acumulada:

— Depois de tudo o que vocês fizeram por ela, olha só onde a gente foi parar! A mamãe com essa lesão e Hyomin decide sumir depois de jogar a merda no ventilador!

Pensava que a irmã, tão inteligente e bem-sucedida, fosse imune ao fracasso. Então como uma adulta de mais de trinta anos podia deixar a família naquela situação e sumir sem mais nem menos?

Hyoyeong havia abandonado as filmagens para cuidar da mãe, e o subsídio do projeto foi oferecido aos membros da próxima produção na lista. Naturalmente, a equipe de Hyoyeong também se juntou a eles. Se havia sido injusto? Ela não saberia responder. A verdade é que a confiança de Hyoyeong na própria produção ficou abalada após o sumiço da irmã. A relação das duas tinha como base a confiança mútua, mas a sensação era de que aquilo havia se perdido num piscar de olhos. Tanto a irmã quanto o filme de Hyoyeong sumiram do mapa. Foi então que as cartas de Hyomin começaram a chegar, sempre dentro de um envelope com os dizeres "Para Hyoyeong".

2

Fazia uma semana que Hyoyeong trabalhava na loja de cartas Geulwoll. Ela havia encontrado um quarto para alugar nas redondezas, e levava exatos dez minutos para chegar ao trabalho — tempo suficiente para ouvir quatro de suas músicas favoritas. O trajeto até a Geulwoll oferecia a paisagem charmosa e tranquila do bairro de Yeonhui-dong, com cafeterias e os ônibus amarelo-esverdeados que passavam na hora certa. Ver as pessoas passeando com os cachorros e aproveitando o sol da manhã também era algo corriqueiro. Hyoyeong parou em frente ao Edifício Yeongung no exato momento em que a quarta música terminou. Foi então que um cheiro de manteiga delicioso vindo da padaria no térreo a atingiu, um aroma que a fez respirar fundo.

— Lá vamos nós de novo.

Hyoyeong ainda estava se adaptando à mudança repentina em sua vida. Depois de pronunciar aquelas palavras como um mantra, encontrou forças para subir as escadas sem hesitar até o quarto andar, onde ficava a Geulwoll. Por ser um prédio antigo, os degraus eram um pouco altos, e dava até para sentir o frio emanando das paredes de cimento; mas o aroma de pão fresco que subia do térreo compensava a friagem.

Ao fim do corrimão de ferro prateado, via-se uma porta de ferro azul-clara do lado direito. Em um círculo branco, lia-se a palavra

"geulwoll". Hyoyeong tirou os fones do ouvido e abriu a porta. Era como se estivesse entrando em outro mundo.
— Chegou cedo, hein?
— É que falta embalar alguns papéis de carta.
Após a breve interação com Seonho, Hyoyeong deixou a bolsa carteiro preta embaixo do balcão do caixa. Ocupado com a bebê recém-nascida, Seonho, o dono da Geulwoll, estava desesperado para encontrar um novo funcionário, então ligou para Hyoyeong, que fora sua colega de faculdade e havia acabado de chegar a Seul.
— Isso porque você não queria nem olhar mais para uma carta!
Fazia cinco meses que Hyoyeong recebia cartas da irmã. Uma mais curta a cada duas semanas e uma mais longa por mês. Hyoyeong deixava os envelopes sobre a sapateira, nem se dava ao trabalho de abri-los. Então, quando a terceira carta se juntou à pilha, o pai de Hyoyeong as colocou em cima da escrivaninha dela, mas, em vez de respondê-las, ela dobrou os envelopes ao meio e os jogou no lixo. No entanto, a irmã continuou a mandar cartas que nunca seriam respondidas, e quando a quinta carta apareceu dentro da caixa de correio, Hyoyeong decidiu sair de casa. Era a primeira vez em vinte e oito anos que tomava uma decisão como aquela.
— Fazer o quê? Nada é perfeito, não é?
Seonho deu de ombros e começou a empilhar algumas cartas sobre o balcão. Cada envelope tinha alguma coisa escrita, e Hyoyeong os observou com curiosidade.
— Sabe, logo nossa Hayul vai fazer cem dias de vida… Estou mandando os convites, então acabei escrevendo meus cumprimentos.
Só de olhar, dava para perceber que havia mais de cinquenta envelopes ali. O que não era surpresa: Seonho era muito popular na faculdade, a lista de convidados era extensa. Hyoyeong reconheceu alguns nomes anotados no caderno.
— Quanta gente! Você escreveu uma carta para cada uma dessas pessoas?
— Bem, isso é fichinha para o dono de uma loja de cartas de renome.

Naquele momento, Hyoyeong passava um pano no aparador onde itens como papéis de carta, canetas e envelopes ficavam expostos. O celular de Seonho tocou, e Hyoyeong pôde ouvir a voz da sogra dele, que soava afobada, do outro lado da linha. Hayul estava sob os cuidados dela, mas parecia que uma emergência havia surgido, e ele precisaria voltar para casa imediatamente. Com um "pode deixar", Seonho encerrou a ligação e se dirigiu a Hyoyeong na mesma hora.

— Me desculpe, sei que hoje é seu último dia de treinamento, mas vou ter que sair mais cedo.

— Sem problemas. Eu consigo me virar sozinha.

Seonho parou a meio caminho da porta e se virou para Hyoyeong, com um olhar cheio de confiança.

— Hyoyeong, você poderia me ajudar com o envio das cartas? Ainda não consegui colocar todos os endereços nos envelopes. Você consegue enviar tudo amanhã antes do expediente?

— Pode deixar, faço tudo isso amanhã de manhã, sem falta!

— Valeu!

Assim que Seonho saiu da Geulwoll, Hyoyeong saboreou o silêncio durante um instante antes de olhar pela janela do lado esquerdo. O céu de março estava limpo e ostentava um vigor radiante. Uma cadeia de montanhas cortava a paisagem bem no meio da janela, e logo abaixo viam-se casas de diferentes formatos coladas umas às outras. Dava até para ver os telhados coloridos sobrepostos — cinza, alaranjados e vermelhos —, parecendo uma pintura.

Foi por causa daquela vista que Hyoyeong aceitou trabalhar na Geulwoll. Sempre que contemplava aquele cenário aconchegante, parava de se preocupar e se irritar com o fato de não ter tempo para nada. O simples fato de estar ali, naquele lugar, parecia tranquilizá-la. Era o incentivo de que precisava.

Parada em frente ao caixa, Hyoyeong desceu o olhar para o chão acinzentado. Os raios de sol em formato de trapézio que entravam pela janela pousavam na ponta de seu All Star, e, ao sentir os pés quentinhos, ela balançou os dedos dentro do tênis.

Havia mais uma coisa de que Hyoyeong gostava tanto quanto aquela paisagem: a cor de pêssego das paredes da Geulwoll. Quando olhava para aquela cor, que cobria as paredes de cimento irregulares, sentia que havia entrado na caixinha de papel onde guardava anéis de brinquedo e prendedores de cabelo quando era criança. Era uma sensação de conforto e familiaridade, como se estivesse olhando todos os seus objetos preciosos reunidos em um único lugar. Assim, num piscar de olhos, uma semana havia se passado desde que começara na Geulwoll.

Depois de fazer o inventário dos produtos, Hyoyeong pegou uma dobradeira para embalar os novos papéis de carta que haviam chegado. A superfície da dobradeira era longa, em formato de régua, e lisa, talvez por Seonho tê-la usado tantas vezes. Quando deslizava levemente sobre o papel dobrado, a dobradeira fazia um barulho engraçado. Hyoyeong não sabia o porquê, mas fazer aquilo repetidamente acalentava seu coração.

Naquele momento, um casal de vinte e poucos anos entrou na loja.

— Nossa, aqui dentro é tão diferente de quando a gente olha de fora!

— Não falei? Este lugar é bem legal, né?

Como estavam ali no meio da tarde em um dia de semana, deviam ser estudantes, ou então freelancers. A mulher usava uma bolsa transversal de couro prateada, um cropped preto com um cardigã amarelo por cima e uma saia cargo azul. Já o homem tinha um corte de cabelo estilo mullet e vestia uma calça larga de veludo cotelê. Os dois tinham o mesmo estilo de todos os outros jovens.

— A Jieun me escreveu uma carta pedindo desculpas, e o papel que ela usou era uma gracinha. Aí perguntei onde ela tinha comprado e descobri este lugar.

— Vocês duas brigam toda semana, mas continuam boas amigas, hein?

— Por que não brigaríamos, se podemos fazer as pazes depois? Além disso, não é fofo escrever uma carta para se desculpar hoje em dia?

Hyoyeong embalava os papéis de carta em frente ao caixa e colocava os pequenos cartões dentro das sacolinhas transparentes, enquanto ouvia, em silêncio, a conversa do casal, que não parava de falar.

— Aliás, que difusor vocês usam aqui? Parece que a gente entrou numa floresta — perguntou a mulher, girando o corpo na direção do caixa.

Hyoyeong ficou imóvel, como se estivesse brincando de estátua. Ela tentava ao máximo passar despercebida para que os clientes pudessem se concentrar nos produtos da Geulwoll, fosse permanecendo atrás da cortina translúcida em um dos lados do caixa, enquanto embalava os produtos, ou evitando se aproximar de quem entrasse na loja. Parando para pensar, fazia muito tempo desde que Hyoyeong esteve cara a cara com alguém daquela forma.

— Não é um difusor, é um perfume. O produto fica exposto aqui na parte de baixo do balcão.

Era um perfume chamado *Ink Wood*. Exalava uma fragrância refrescante com um aroma florestal, como a cliente havia comentado. A esposa de Seonho fez questão de escolher uma fragrância para a loja e se desdobrou para achar aquele perfume. O aroma suave do eucalipto combinado com o aroma denso de tinta produzia o frescor da Geulwoll.

— Ah, então é isso...

A mulher agachou, apoiando as mãos nos joelhos. O homem a imitou e deu uma boa olhada no *Ink Wood*. A mulher levou o frasco do perfume até a ponta do nariz. Hyoyeong achou o casal divertido, pareciam dois gatos brincando um com o outro, aproveitando o momento.

— Por que tem uma mesa aqui?

O homem apontou para a escrivaninha de madeira maciça e sua cadeira. A mesa havia sido colocada na loja estreita para quem quisesse ser um *penpal*, ou seja, se corresponder com outra pessoa por meio de cartas. Desde então, Seonho esperava que os clientes a usassem para escrever cartas, e nem ligava para o fato de que isso diminuía o espaço de exibição dos produtos da Geulwoll.

— É onde os clientes que se inscreveram no serviço de *penpal* escrevem as cartas. E, claro, quem não é um *penpal* também pode só comprar um papel de carta e escrevê-la aqui.

— Penpal?
Hyoyeong indicou o nicho com as cartas disposto ao lado da mesa para o cliente, que arregalou os olhos. O serviço de *penpal* da Geulwoll funcionava assim: quem quisesse contar algo que não poderia dizer nem às pessoas mais próximas ou dar seu apoio e encorajamento a algum desconhecido, poderia se inscrever e usar os papéis de carta dispostos na Geulwoll para escrever suas mensagens. Havia adjetivos escritos no envelope da carta, e o *penpal* poderia escolher um deles e circulá-lo para definir a si mesmo; depois, era só pegar um adesivo quadrado, assiná-lo como quisesse e colá-lo como se fosse um selo. Era possível trocar cartas profundas e sinceras, mesmo não sabendo a identidade da outra pessoa. A Geulwoll era como um carteiro, responsável pela entrega das cartas.

— Gostaria de escrever uma e ver como é?

Quando Hyoyeong abriu um sorriso gentil, a mulher observou o nicho de cartas, distribuídas em blocos retangulares. Em cada carta, via-se o selo do remetente anônimo. Na parte inferior esquerda, havia palavras como "alegre", "descontraído", "inteligente", "aflito", "amante de livros", "entusiasta da beleza", "sociável", "melancólico", "necessitado de três xícaras de café por dia", "único", "nostálgico", "divertido", "faz bom uso do próprio tempo", "pessimista" etc.; algumas delas estavam circuladas.

A mulher, que olhava para os envelopes dos *penpals* com interesse, pegou uma carta, mas logo a pôs de volta no nicho. O homem a incentivou a experimentar, mas ela sorriu acanhada e fez que não com a cabeça.

— Não escrevo cartas desde a época da escola; acho que nem consigo mais escrever direito. E não é nem para um amigo...

— Qual é a dificuldade?

— Por que você não escreve, então?

O homem desistiu da expressão séria e deu uma risadinha.

— Acho que também não consigo — respondeu.

A mulher sorriu, escolheu um cartão com ilustrações de íris e delfinos e foi até o caixa. Os dois contemplaram a vista da janela por um breve momento e foram embora após um curto aceno de cabeça.

O silêncio voltou a reinar dentro da Geulwoll assim que as vozes deles desapareceram. Hyoyeong foi até o nicho de cartas e colocou os envelopes virados todos para o mesmo lado. De repente, se deu conta de que ela mesma não enviava uma carta para alguém havia um bom tempo, embora escrevesse tão bem quanto a irmã.

Hyomin era cinco anos mais velha que Hyoyeong e, no sexto ano do fundamental, já resolvia exercícios da turma acima, coisa que a Hyoyeong de sete anos nem sonhava em fazer. Quando a irmã estava no sétimo ano, ficou em segundo lugar no concurso de redação da escola. Hyoyeong, que estudava na mesma escola, venceu o concurso com um texto sobre a lavanderia do pai. Ele pendurou os certificados das duas, lado a lado, na parede da lavanderia e as abraçou. Aquela foi a primeira vez que um prêmio recebido por Hyoyeong fora posto ao lado de um prêmio da irmã, e ela se sentiu muito orgulhosa do feito.

Depois disso, sempre que a lição de casa era escrever um texto, ela ficava animada. Também passou a participar de concursos de redação com frequência. Mesmo sem receber prêmios acadêmicos, a parede do quarto de Hyoyeong era repleta de prêmios de concursos de redação. No meio deles, havia muitos de concursos de redação de cartas. Seu vocabulário, maduro para a idade, e sua técnica resultavam do fato de ter uma irmã mais velha inteligente e articulada. Para Hyoyeong, escrever cartas era muito mais fácil do que resolver problemas matemáticos; no entanto, por algum motivo, não conseguia mais se lembrar da última vez em que escrevera uma carta sincera para alguém. Mas não se sentiu mal por isso, já que era algo que naturalmente aconteceria.

Em uma época em que as pessoas podiam entrar em contato umas com as outras em um segundo, como uma carta ainda poderia ser relevante? O chefe dela, Seonho, também não estava seguro de que conseguiria manter a loja aberta apenas com a venda de papéis de carta e o serviço de *penpal*. Os jovens de hoje pareciam achar constrangedor trocar palavras de afeto, que dirá expressar sentimentos por meio de cartas. Por esse motivo, Seonho começou a vender outros produtos, como perfumes, cadernetas, canetas-tinteiro, entre outros — tudo com um toque especial da Geulwoll. Embora ele ainda acreditasse no valor das cartas, era necessária uma nova estratégia para atrair clientes jovens.

— Me faça querer escrever — murmurou Hyoyeong para si mesma e abriu o diário de registro da Geulwoll.

[Diário de registro da Geulwoll]

— Data: 26 de março (fim de semana)
— Clima: ensolarado
— Funcionária: Woo Hyoyeong
— Número de clientes: 23
— Vendas no cartão: 220.800 won
— Vendas em dinheiro: 10.500 won
— Vendas totais: 231.300 won

Lista de produtos fora de estoque:

— Série "Frutas" — Azeitona (poucos papéis de carta e envelopes restantes)
— Peso de papel em formato de golfinho da marca Sumitani

Itens essenciais:

— Sacolas plásticas para embalagem

Observações: de manhã, um rapaz de vinte e poucos anos me pediu para tirar uma foto enquanto ele fingia escrever uma carta. Ele disse que não gostava de escrever de verdade e que veio até aqui porque viu a loja no Instagram, então acho que todo o tempo que você passa atualizando o perfil da loja está valendo a pena. Já imaginou um monte de jovens moderninhos frequentando nosso bairro? Acho que os clientes da minha idade não estão acostumados a escrever cartas, mas tenho certeza de que algumas pessoas preferem escrever à mão o que estão sentindo do que enviar mensagens pelo KakaoTalk ou pelo Instagram. Enfim, não deveríamos atrair esses clientes em potencial para ajudar a Geulwoll a prosperar? Pense com carinho nisso, chefe. ^^

Eram 18h25 e o sol estava se pondo através da grande janela à frente quando ela terminou de escrever no diário de registro. Diferentemente da janela à esquerda, cuja paisagem era dominada pela cadeia de montanhas, a janela à frente dava para os cinco andares do Edifício Yeonhwa, construído nos anos 1970. Segundo Seonho, as paredes do prédio, que antes eram apenas lilás, haviam sido pintadas recentemente com uma faixa vertical azul-marinho à esquerda do nome "Yeonhwa". Ele ainda estava se acostumando ao azul-marinho vibrante.

Ao espiar por entre as cortinas do quarto andar, ela pôde ver uma mulher se exercitando com pesos leves. Como trabalhava ao lado do Edifício Yeonhwa, Hyoyeong sentia que era vizinha dos moradores daquele prédio; a proximidade lhe dava uma sensação de intimidade.

Um, dois. Um, dois. Hyoyeong lavava o chão com um esfregão no mesmo ritmo dos movimentos da mulher que se exercitava. Avessa a exercícios físicos, Hyoyeong movia-se com mais consciência e dedicação. Enquanto esfregava o chão em ritmo acelerado, um homem alto apareceu à sua frente e a olhou de cima. Ele parecia ter a idade de Hyoyeong, ou trinta anos, no máximo.

— Seonho *hyung* não está? Ele disse que vinha trabalhar hoje.

— O chefe? Ele saiu mais cedo por causa da bebê. Posso ajudar?

Será que aquele homem sabia que Seonho tinha uma filha? Os dois se conheciam fazia tempo? Enquanto Hyoyeong refletia, o homem começou a olhar ao redor como se não acreditasse nela. Por mais que Seonho gostasse de uma pegadinha, ele não era tão infantil a ponto de se esconder debaixo do balcão ou atrás da porta.

— Eu trouxe isto aqui para ele. Mandei uma mensagem dizendo que iria me atrasar, mas ele não me respondeu.

O homem ergueu a tela que carregava ao lado do corpo. Estava embrulhada em jornal, então não dava para saber como era a pintura contida ali. Hyoyeong pegou a tela e a apoiou ao lado do caixa. Era tão grande que chegava na altura de sua coxa.

— Ainda bem que tinha mais alguém aqui.

O homem coçou a cabeça e curvou o corpo na direção de Hyoyeong, como em agradecimento por ela ter recebido o objeto. Hyoyeong o olhou e sorriu, constrangida. Achou que ele iria embora, mas, então, por que continuava parado no mesmo lugar? Será que ela deveria perguntar mais alguma coisa a ele?

— Aqueles são os convites que o Seonho *hyung* vai mandar, não é?

— Como? Ah, sim.

O homem apontou para os envelopes em cima do balcão. Hyoyeong sentiu que era um assunto muito pessoal para tratar com um homem que acabara de conhecer, então instintivamente ficou na defensiva. Após uma resposta breve, ela deu um passo para trás, distanciando-se do homem.

— O endereço do destinatário está escrito muito para a frente. Uns cinco milímetros, talvez?

— Hum... Isso é um problema? — perguntou Hyoyeong sem qualquer maldade, mas logo se calou, pensando que talvez tivesse sido um pouco rude.

O homem abriu um sorriso discreto e respondeu que provavelmente sim. Neste momento, o celular dele tocou dentro do bolso. Enquanto atendia à ligação, o homem curvou-se outra vez, dizendo que voltaria em breve, e saiu da Geulwoll.

Apesar de curta, aquela visita tinha sido bem agitada. O fato de o sujeito ter aparecido após o expediente dela, dito apenas o que tinha para dizer e saído havia sido um tanto desagradável. No entanto, quando Hyoyeong parou para pensar melhor, percebeu que não tinha sido tão ruim assim.

Quando ela terminou de arrumar a loja e pegou a bolsa, seu celular começou a tocar. Era Seonho.

— Yeonggwang já passou aí, né? O bonitão alto.

— O cara com a tela? Já passou, sim.

— Encomendamos um retrato para os cem dias de vida da Hayul. Foi por isso.

— Ele é algum pintor? Ou artista gráfico?

— É autor de webtoons, bem famoso. Enchi tanto o saco dele que consegui encomendar de graça.

Hyoyeong estava prestes a perguntar dos endereços nos envelopes, mas se deteve. Já havia preenchido todos os cinquenta. Além disso, se distraiu quando Seonho lhe pediu para desembrulhar a tela e enviar uma foto para ele, todo animado.

Hyoyeong imediatamente rasgou o jornal que embalava a tela. Os traços do autor de webtoons deixaram o rosto de Hayul ainda mais fofo e delicado. Ela riu quando percebeu que ele a havia desenhado em um vestido rendado demais para um bebê que mal chegou aos cem dias. Estava claro que o artista havia tentado dar um toque realista, porém manteve o estilo característico de webtoons e acrescentou a própria personalidade ao retrato.

— Ele é o cliente número um da Geulwoll. Foi a primeira pessoa a dar atenção à loja quando foi inaugurada, um ano atrás. Ele mora no quinto andar do prédio do outro lado da rua, o Yeonhwa.

Ao ouvir as palavras de Seonho, como que por instinto, Hyoyeong olhou para o prédio através da grande janela.

— Ele está usando o espaço basicamente como oficina para o próximo lançamento, mas tem passado por um bloqueio criativo. Por isso, só está morando lá mesmo. Hoje ele parecia bem? Faz uns dias que nos encontramos, e o cabelo dele parecia um ninho de rato.

— Ele parecia bem.

— Ótimo!

Após encerrar a ligação, Hyoyeong olhou mais uma vez para o quinto andar do Edifício Yeonhwa, do outro lado da rua. Agora que o homem sabia quem ela era, só de pensar em ter de cumprimentá-lo quando esbarrasse com ele na rua a deixava constrangida. Torceu para que não precisasse fazer contato visual com ele durante o expediente. Então, pegou sua bolsa e saiu da Geulwoll, se perguntando se Yeonggwang tinha ido direto para casa.

Hyoyeong andou devagar pela rua e observou o céu mudar de cor. Eram momentos como aquele, quando o sol se punha e ela começava a sentir fome, que Hyomin chamava de "hora de correr do parquinho para casa". Durante a infância, aquele era o momento em que as crianças que brincavam no escorregador ou no trepa-trepa do parquinho antes do jantar se dispersavam uma após a outra ao ouvir o chamado das mães.

Quer a irmã soubesse disso ou não, era hora de voltar para casa.

3

Antes de iniciar o expediente, Hyoyeong foi até os correios de Yeonhui-dong para enviar os cinquenta convites de Seonho. A agência ficava a apenas um minuto da Geulwoll. Quando Hyoyeong perguntou a Seonho onde ficava a agência mais próxima, ele respondeu que só notou que havia uma nos arredores pouco depois de se instalar.

Ter uma agência dos correios por perto ajudou a construir a imagem da Geulwoll. Hyoyeong sempre considerou Seonho um homem de sorte. Ele queria ser ator, cursou Teatro e Cinema, passou por uma fase de bebedeira e diversão e, depois de ser rejeitado em seu centésimo teste, desistiu de atuar e conheceu sua linda e brilhante esposa.

Muitas pessoas ficaram preocupadas quando ele desistiu da carreira de ator, já que atuar era sua paixão, mas Seonho e a mulher tinham uma vida boa, e ele logo se tornou um pai em tempo integral. Quando alguém dizia que ele havia ganhado na loteria por ter uma esposa que trabalhava numa empresa grande, Seonho fechava a cara e dizia só ter descoberto que a esposa era bem-sucedida depois de ter se declarado para ela, mas então admitia estar muito mais feliz com sua vida atual do que antes. Mesmo assim, as pessoas ao redor continuavam tirando sarro de Seonho só para ver a reação impagável dele.

— Tenho um total de cinquenta envelopes para enviar, mas não será considerado envio em massa, né?

— Hum, geralmente só é considerado envio em massa quando são mais de cem.

A funcionária dos correios parecia ter a idade de Hyoyeong, talvez um pouco mais nova. O jeito animado de falar e sua aparência davam a impressão de ter começado ali havia pouco tempo. Ela pegou os envelopes da mão de Hyoyeong e os colocou na máquina de triagem de correspondência. Após a verificação dos envelopes, a funcionária balançou a cabeça de leve.

— Olha... A linha de endereço do destinatário está muito para a frente, a máquina não vai conseguir reconhecer.

— O quê?

— Uns... cinco milímetros? Que pena. Tem um custo extra, sabe, caso não dê para reconhecer o endereço.

— Um custo extra?

Hyoyeong se lembrou da noite anterior, quando Yeonggwang comentou da diferença de apenas cinco milímetros na localização dos endereços. Ela não tinha acreditado, mas era verdade. Ao ver que a máquina era sensível a qualquer mínima diferença, Hyoyeong percebeu que o homem estava certo.

— O custo é de cento e vinte won por peça. Gostaria de pagar?

Hyoyeong fez que sim com a cabeça enquanto suspirava. Com uma expressão igualmente infeliz, a funcionária voltou a lidar com o envio dos envelopes. Tinha sido um pequeno erro, e era natural que Hyoyeong não soubesse desse detalhe, já que havia começado na loja apenas uma semana antes, mas, ainda assim, suas bochechas coraram.

De qualquer maneira, ela precisava explicar a situação para o chefe, então ligou para Seonho assim que saiu da agência dos correios. Ele, que estava preparando o leite para Hayul, soltou uma risada alta quando soube da frustração de Hyoyeong.

— Você deve ter passado a maior vergonha no correio. Seu rosto está vermelho de novo, né, Woo Hyoyeong? — perguntou, aos risos.

— Que rosto vermelho o quê? Gastei seis mil won a mais, então estou te devendo um café.

— Por que está pensando no dinheiro? Isso é trabalho para o chefe.

— Não tem problema, chefe. Foi erro meu, sabe? Ou você prefere que eu reponha os seis mil won no caixa?

— Woo Hyoyeong…

— O quê?

— Pare de tentar ser perfeita logo de cara. Faz só uma semana que você começou na Geulwoll.

Hyoyeong fez um beicinho e encerrou a ligação com um "tudo bem". Quando se mudou para Seul para fugir das cartas da irmã, não tinha a intenção de tentar ser boa em alguma coisa ou de alcançar um objetivo. Antes de trabalhar na loja de cartas, Hyoyeong tinha estudado para se tornar cineasta e se esforçava para não passar vergonha na frente da equipe. Acordava mais cedo que os outros, esquadrinhava o estúdio de filmagem e traçava um plano B e um plano C, só por garantia. Naquela época, ela era bastante incisiva, mas não queria magoar ninguém, então só dizia metade do que gostaria quando alguém cometia um erro. E Hyoyeong se culpava pelos erros cometidos pela equipe — afinal, ela era a diretora. Esse velho hábito ainda a acompanhava na Geulwoll. Ela fazia questão de que tudo que passasse por suas mãos saísse perfeito. Seonho sabia que Hyoyeong era assim, e aquela não era a primeira vez que ele a repreendia por tentar ser perfeita logo de cara. Ele só queria que ela soubesse que não precisava agir assim na loja de cartas.

As manhãs na Geulwoll começavam com os raios de sol atravessando a enorme janela e acariciando os papéis de carta. Antes de inaugurar a loja, Seonho tinha aprendido carpintaria como um hobby, e fez à mão um aparador para guardar os produtos. O tampo de vidro permitia que todos vissem o que havia dentro da primeira gaveta de madeira escura, enquanto outros materiais eram armazenados nas gavetas de baixo, assim os clientes poderiam abri-las uma a uma. A ideia de Seonho era passar a sensação de se estar abrindo um envelope toda vez que uma gaveta era aberta.

Na opinião de Hyoyeong, Seonho era um romântico incorrigível. Deve ter sido o charme dele que conquistou o coração da esposa, que trabalhava cercada de máquinas em um laboratório gelado, e sua capacidade de dar sentido a sentimentos confusos e aos mistérios da vida à sua maneira. Era evidente todo o cuidado que Seonho havia empregado na escolha dos materiais, nas medidas e no lixamento da madeira.

Hyoyeong tirou duas fotos para registrar aquela manhã de primavera na Geulwoll; uma da janela da frente e outra da janela lateral. Ela conseguia sentir o cheiro da luz do sol ao olhar para o céu limpo do início da primavera. O cheiro suave de roupa de cama sequinha, do cabelo bem penteado de uma criança, do solo macio de onde as sementes começavam a brotar. Um aroma doce ou refrescante.

"*Sunbae*, acho que consigo sentir o cheiro da luz do sol que entra na Geulwoll."

Depois de digitar a mensagem, Hyoyeong ponderou se não estava sendo sentimental demais. Mesmo assim, clicou em enviar, junto com as fotos. Cinco minutos mais tarde, ela ainda não havia recebido uma resposta, provavelmente porque Seonho estava ocupado com Hayul.

Um número considerável de clientes apareceu após o almoço, a maioria mulheres na faixa dos vinte anos, além de alguns casais e mães com os filhos. Uma senhora de cabelos grisalhos comprou um presente para o neto, em comemoração à formatura dele no ensino fundamental, e, enquanto experimentava uma caneta-tinteiro, pegou um livro que ficava no balcão. Era um compilado de cartas de amor escritas entre meados e o fim dos anos 1980.

— Essas cartas foram escritas antes do meu neto nascer. Naquela época, era comum trocar palavras românticas desse jeito. Hoje em dia, tudo termina com "eita" ou "sdds"... para uma idosa que nem eu, é meio triste.

Hyoyeong concordou com a cabeça. Enquanto embalava a caneta-tinteiro Liliput, da marca Kaweco, informou à senhora que lhe daria um cartão com padrão de flores como cortesia. A senhora examinou com cuidado os cartões que Hyoyeong mostrava e elogiou os detalhes de cada um. Hyoyeong ficou imaginando como deveria ter sido a vida daquela mulher, para que ela descrevesse a beleza das coisas com tamanha intensidade.

— Vou levar este.

Ela escolheu um cartão com desenhos de camomilas. As flores lembravam ovos fritos, com suas pétalas brancas e estame amarelo, e lia-se a frase "Consigo superar qualquer dificuldade", o que parecia ser a mensagem ideal para um neto que acabava de se formar no ensino fundamental.

Ao terminar de embalar a compra cuidadosamente, Hyoyeong anotou os itens e preços no recibo. A senhora a observou enquanto ela escrevia. Hyoyeong acabou relaxando a mão tensionada e passou a escrever com um pouco mais de delicadeza.

— Sua caligrafia é linda.

— Obrigada.

Ao pegar o embrulho de papel, a senhora olhou nos olhos de Hyoyeong e acrescentou:

— Se eu trabalhasse aqui, iria me sentir linda.

Hyoyeong abriu um sorriso em resposta. Depois que a senhora foi embora, a loja ficou silenciosa outra vez. Hyoyeong abriu o site da loja para verificar os pedidos on-line e foi embalar os itens para envio. Anotou em seu diário de registro quais produtos e materiais precisavam ser repostos e colocou uma playlist de músicas escolhidas por Seonho para tocar. Observando as cartas no nicho do serviço de *penpal* que ainda não tinham encontrado um destinatário, pensou em diversas coisas: em como seria bom se mais clientes utilizassem esse serviço; no que ela iria jantar; que deveria deixar os cartões com padrão de flores no compartimento de cima agora que era primavera...

Enquanto estava perdida em pensamentos, Yeonggwang retornou à loja, desta vez carregando um saco cheio de pães em cada mão. Em comparação ao dia anterior, sua aparência estava um tanto desgrenhada. O cabelo estava armado, parecia ter secado ao vento, e a barba estava por fazer. Ele vestia um conjunto de moletom cinza da cabeça aos pés, e, pelo cheiro das roupas, Hyoyeong percebeu que ele usava o mesmo amaciante que ela.

— Trouxe isto da padaria no primeiro andar.

— Mas por que...?

— O Seonho *hyung* me pediu para comprar o seu almoço. Posso te chamar só de Hyoyeong?

Ela pegou o saco de pães e respondeu que sim. Afinal de contas, estava claro que ele e Seonho eram próximos, e provavelmente ela iria vê-lo de vez em quando, ainda que não quisesse.

— Estava movimentado mais cedo, agora as coisas estão meio paradas.

Quando Hyoyeong olhou para ele com uma expressão que dizia "Como é que você sabe?", Yeonggwang sorriu discretamente e apontou para a janela à sua frente. Ele tinha visto pela janela do quinto andar do Edifício Yeonhwa.

— Eu não fico olhando de propósito, ok? Só dei uma olhada quando fui atender à ligação do Seonho *hyung*. Ah, espero não ter te ofendido.

— Não, tudo bem.

— Costumo deixar as cortinas fechadas porque preciso me concentrar no trabalho.

Aliviada, Hyoyeong assentiu. Yeonggwang comentou que volta e meia passava na Geulwoll para comprar papéis de carta, e Hyoyeong se perguntou se ele costumava escrever muitas cartas, se era popular, como Seonho. Após dizer que iria dar uma olhada pela loja, Yeonggwang se dirigiu até o aparador de madeira. Hyoyeong tirou um dos pães da embalagem que ele trouxera e deu uma mordida. Era um pão doce recheado com bastante chantili, mas não tinha gosto de gordura. Ela tinha o hábito de tomar um café da manhã reforçado e, por isso, pulava o almoço, e parecia que Seonho se lembrava até disso.

De pé atrás do caixa, Hyoyeong usava a dobradeira nos envelopes. A música ambiente e os raios do sol do meio-dia que entravam na Geulwoll suavizaram um pouco mais a expressão no rosto de Yeonggwang, que abria as gavetas uma a uma. De vez em quando, dava para ouvir passos pelo chão.

— Vou pagar por esse serviço. Posso escrever aqui mesmo, né?

Yeonggwang escolheu um jogo de papéis de carta da série "Frutas", e, ao abrir o envelope, o papel revelou a imagem plana de um pêssego cor-de-rosa pintado em cores quentes. Hyoyeong adorava a série "Frutas", com suas cores lindas e desenhos que também incluíam uva-verde, pera, maçã e limão.

— Isso. Prefere escrever a lápis ou caneta?

Yeonggwang respondeu à pergunta de Hyoyeong tirando uma caneta esferográfica de dentro do bolso. O modo como ele movimentava a caneta do modelo Monami 153 parecia gritar "quanto mais simples melhor". Yeonggwang sentou-se à mesa e pegou uma carta que havia recebido de alguém, parecendo querer lê-la mais uma vez antes de responder. Hyoyeong abaixou um pouco o volume da música para ajudá-lo a se concentrar e, ao notar a mudança de expressão no rosto de Yeonggwang, ficou curiosa para saber o conteúdo da carta.

Yeonggwang percorreu a carta com um olhar atento.

PARA: Prezado escritor

Faz uns dias que eu estava na minha cama depois do expediente, relendo o seu webtoon.

O senhor foi muito modesto ao dizer que só queria escrever um webtoon e que não entendia nada do assunto quando

começou, mas eu ainda sou muito fã de "Minha vizinha Yeonjeong".
Mesmo sendo maltratada o tempo todo pelos chefes, Yeonjeong consegue se abrir para os outros. Sinto empatia e torço por ela.

"Os sentimentos de hoje não durarão para sempre. Não vou perder meu dia precioso por causa de algo que não é eterno."

Esse é meu trecho favorito. Saiu no volume treze! Ouvir o que seus personagens têm a dizer é estranhamente empoderador.

Agora estou aguardando seu próximo lançamento...

Yeonggwang dobrou a carta que acabara de ler e a pôs no envelope. Pela expressão em seu rosto, parecia que ele tinha acabado de mascar uma erva medicinal amarga, e o som baixo de um suspiro chegou aos ouvidos de Hyoyeong. Ainda assim, ele se alongou, os punhos cerrados, como que para se recompor, e começou a escrever uma carta com a caneta Monami. Hyoyeong ficou em silêncio para deixá-lo à vontade, enquanto dobrava os envelopes atrás da cortina translúcida. Logo pôde ouvir o som da caneta deslizando no papel.

PARA: Senhor(a) Pêssego tímido

Olá, senhor — ou senhora — Pêssego tímido. Aqui é o autor de webtoons Yeonggwang.
Ontem à noite, enquanto eu planejava meu próximo projeto e arrumava a casa, fiquei pensando no que responder para você. Já faz um ano desde o fim de "Minha vizinha Yeonjeong", e fico muito agradecido pelas pessoas ainda se lembrarem dela.

Não sei por onde começar, então vou falar do que está à minha volta nesse momento: do outro lado da rua onde moro, há uma loja que vende papéis de carta. O nome da loja é "Geulwoll", que é uma maneira mais formal de dizer "carta" em coreano. É curioso ver uma palavra que usamos no dia a dia ganhar importância desse jeito. Em uma época que passamos vinte e quatro horas conectados pelo celular, fico pensando no que significa dar tanta relevância às cartas.

Quando o produtor do webtoon me disse que você tinha me enviado uma carta escrita à mão, e não um e-mail, achei um tanto estranho. Às vezes, fico pensando que estamos vivendo uma época em que receber o "carinho" de alguém de forma tão concreta é coisa rara. Talvez seja por isso que hoje eu esteja me sentindo um pouco mais revigorado, graças à sua carta.

Ainda estou trabalhando no próximo lançamento, que não vai demorar a sair.

Espero que receba todo o meu "carinho" por meio destas palavras.

Desejo tudo de bom para você. :)

DE: Yeonggwang

Ao colocar o último ponto-final, Yeonggwang alongou as costas devagar, então pegou a carta, a dobrou e a colocou no envelope. Colou um adesivo na abertura para selar e voltou para onde Hyoyeong estava, atrás do caixa.

— Você também envia as cartas, né?
— Sim. É só comprar um selo que a envio para você.
— Então vou querer, por favor.

Depois de pagar pelo selo, Yeonggwang fez uma leve mesura e saiu da loja. Hyoyeong baixou o olhar para o envelope em suas mãos. Sentiu inveja de como Yeonggwang parecia escrever com facilidade, de sua capacidade de ecoar as palavras de alguém, de enviar uma resposta sem pensar demais.

Era quase o fim do expediente quando ela recebeu uma ligação de Seonho, dizendo que passou o dia todo no hospital, pois Hayul teve uma febre repentina. Agora que a bebê tinha se recuperado, Seonho podia elogiar as fotos tiradas por Hyoyeong de manhã e dizer que havia gostado delas, além de pedir que Hyoyeong as postasse no Instagram da Geulwoll, quando tivesse tempo.

— Sabia que você ia me pedir isso!

— É que você escreve tão bem!

— Se não tiver mais nada urgente pra fazer, por favor, dê uma olhada no diário de registro.

— Já olhei, mas não sei se é uma boa ideia vender agendas na Geulwoll.

Nos últimos dias, muitos clientes perguntaram se a Geulwoll também vendia agendas. Já que quase todos os papéis de carta eram fabricados ali, muitas pessoas queriam saber se eles tinham agendas próprias. Hyoyeong teve o cuidado de anotar a demanda dos clientes no diário, esperando que Seonho a considerasse, mas ele não havia se decidido até o momento.

— Já tem gente que liga perguntando se vendemos fita adesiva ou marcadores porque todo mundo acha que a Geulwoll é uma papelaria...

A intenção de Seonho era vender itens relacionados a cartas, mas ele não queria que a loja tivesse cara de papelaria. Seu receio era de que o lugar perdesse a identidade se começassem a vender agendas.

Na verdade, quando Hyoyeong chegou a Seul, ela só descobriu que o nome "Geulwoll" tinha a ver com cartas quando começou a trabalhar para Seonho. Foi assim que ela, que não aguentava mais ver cartas, descobriu que Seonho havia aberto uma loja de cartas. Antes, quando pesquisou sobre a loja, só havia encontrado informações que diziam que era uma loja de material de escritório.

— Ora, essa. Quem procura por papéis de carta não é a mesma pessoa que gosta de escrever em todo tipo de coisa?

— Bem...

— Não importa se a pessoa vai fazer anotações ou escrever um diário; se, no fim das contas, ela pensar que é uma carta para alguém, não faz diferença usar uma agenda ou um papel de carta, não acha?

Após um momento de silêncio, Seonho falou quase sussurrando:
— Até que você tem razão...

Quando Seonho desligou, dizendo que iria pensar no assunto, já era hora de encerrar o expediente.

Hyoyeong terminou de organizar tudo e estava pronta para ir embora. Sobre o balcão, havia um bloco de papéis de carta embrulhado, parecido com um manuscrito. Ela se lembrou dos manuscritos que costumava escrever durante a infância, quando participava de concursos de redação. Hyoyeong fitou o bloco de papéis por muito tempo até decidir arrancar uma folha dali. Depois de ver um homem da mesma idade que ela redigir uma carta com tanta facilidade, ficou frustrada por não conseguir escrever uma palavra sequer.

— Por que eu não consigo mais escrever...?

Mesmo agora, se lesse as cartas da irmã, Hyoyeong não conseguiria escrever uma linha que fosse em resposta. Não havia perdido o encanto pela escrita, só não sabia o que dizer à irmã. Assim como o filme que tentou produzir, aquilo tinha perdido espaço em sua vida. No entanto, por impulso, Hyoyeong acabava de rabiscar "Para: minha irmã" na primeira linha do papel quadriculado. Tinha ocupado dezesseis quadrados, com espaços. Era hora de passar para a próxima linha, mas Hyoyeong não conseguiu pensar no que dizer a seguir. Os quadrados vazios esperavam pelas palavras dela, mas a caneta em sua mão não sabia descer até o papel.

— Não sei mais o que escrever...

Hyoyeong soltou a caneta, amassou o papel de carta e o jogou na lixeira. No momento em que saiu da Geulwoll, o céu começou a escurecer rapidamente. Estava com cara de que iria chover muito em breve.

◊ É só voltar para o caminho certo

1

[Diário de registro da Geulwoll]

— Data: 11 de maio (dia de semana)
— Clima: chuvoso
— Funcionária: Woo Hyoyeong
— Número de clientes: 38
— Vendas no cartão: 349.600 won
— Vendas em dinheiro: zero
— Vendas totais: 349.600 won
— Compras no site da loja: 6

Lista de produtos fora de estoque:
— Série "Amor" — Carvalho (papel de carta no tamanho 6; poucas unidades restantes)
 — Agenda série To&From, cor "soft kraft" (três unidades na loja; precisamos de mais)

Itens essenciais
— Fita dupla face

Observações: Faz três dias que está chovendo. Não muito, mas está úmido lá fora, então estou deixando o desumidificador ligado direto, com medo de que os papéis fiquem molhados. Por causa da chuva, não têm aparecido muitos clientes. Deve ser porque há muitos lugares para comprar cartas de agradecimento em maio. Cartõezinhos de "Muito obrigado" são os mais pedidos, acho que as pessoas gostam porque não precisam escrever tanto. Ainda temos alguns em estoque, mas já vou encomendar mais. E o pessoal está gostando das agendas. Precisamos promover mais no Instagram! Força, chefe!

Hyoyeong esperou pelo fim do expediente com o arquivo de anotações do dia anterior aberto na tela do notebook. Enquanto assistia à chuva cair lá fora pela janela, uma atmosfera tranquila pareceu tomar conta da Geulwoll. Parada no meio da loja, Hyoyeong entendia por que a palavra "tranquilidade" se parecia com "imobilidade". Sentiu um embrulho no estômago, como se fosse um buraco negro, absorvendo todos os sons da cidade. Em dias chuvosos, emoções como aquela criavam raízes dentro dela. Emoções que flutuavam como plantas aquáticas, carregando seu senso de realidade.

— Dez para as cinco — falou Hyoyeong em voz alta, de caso pensado, ao olhar as horas no celular. A verdade é que ela tinha medo de que não restasse som algum no mundo.

Ela reabasteceu a primeira gaveta do aparador com papéis de carta que combinavam com o fim da primavera. Tirou fotos da janela enquanto as gotas de chuva deslizavam pelo vidro e leu as postagens dos clientes que marcavam a Geulwoll em seus perfis do Instagram. Por ser o Mês da Família, muitos agradeciam aos pais e professores.

Hyoyeong se lembrou de quando era criança e fez um colar de cravos na escola para dar de presente de Dia das Mães. Era um colar simples, feito de papel crepom vermelho cortado em quadrados com uma tesoura dentada, e tinha uma foto de seu rosto colada no centro. Na época, como ainda era jovem e inocente, sentiu orgulho de si mesma por ter feito aquilo.

"Sua irmã te mandou outra carta. Me passe o seu endereço que eu te envio."

Então, veio a mensagem da mãe. Uma mensagem indesejada. Sem responder, Hyoyeong enfiou o celular no bolso e terminou a limpeza um pouco mais cedo do que de costume. A chuva havia apertado, e dava para ouvir o som das gotas caindo.

— Não está muito tarde, não é? Vim aqui por conta do serviço de *penpal*.

Um homem encharcado entrou na Geulwoll. Ele não carregava guarda-chuva. De terno azul-marinho e com o cabelo úmido jogado para um dos lados, aparentava ter trinta e poucos anos. A julgar pela gravata-borboleta vinho que usava por cima da camisa branca e a maleta de couro marrom que carregava, era óbvio que ele estava por dentro da moda masculina.

— Claro, por gentileza, preencha o formulário do serviço aqui.

As mãos do homem ainda estavam molhadas, então ele puxou um lenço do bolso e secou minuciosamente entre os dedos. Faltavam cinco minutos para a loja fechar. Quando tirou a carta-resposta que havia escrito de um bolso na parte de dentro do terno, ela não conseguiu pensar em outra palavra a não ser "fiasco".

— Hã? Mas o que...?

O envelope na mão do homem estava pingando. Suas roupas molhadas tinham encharcado o papel. A tinta preta havia manchado até o lado de fora, e não dava para saber se a carta ainda estava legível.

Hyoyeong entregou um lenço de papel para o homem, que o pressionou contra o lado de fora do envelope molhado para secá-lo. Ele tirou a carta de lá com cuidado e abriu, mas um quarto da folha estava completamente ensopado e as palavras, ilegíveis.

— Ah... droga.

Hyoyeong não teve coragem de dizer que já estava no fim do expediente para alguém que parecia tão desesperado. O homem coçou a nuca e olhou para seu relógio de pulso.

— Sinto muito, muito mesmo. Mas será que eu posso reescrever a carta aqui? Não vou conseguir vir mais esta semana por causa do trabalho e não queria deixar meu *penpal* esperando por muito tempo.

Fazia quase três meses que Hyoyeong trabalhava na Geulwoll. Sempre que ocorria um imprevisto, ela pensava: *O que Seonho faria?* A maioria dos problemas era resolvida dessa forma. Se Seonho estivesse ali, ele não teria conseguido conter o sorriso de tanta animação e teria dado risada, dizendo que não havia problema.

— Claro, vá em frente. Vou organizar umas coisas por aqui.
— Vou escrever rapidinho. Obrigado.

Com um sorriso amplo no rosto, o homem se sentou à mesa. Ele tirou um estojo de couro de dentro da maleta e pegou uma caneta-tinteiro antes que Hyoyeong pudesse lhe oferecer uma. O homem parecia estar decidido a ser o menos inconveniente possível. Hyoyeong o observou enquanto tirava o restante do pó no parapeito da janela com um pano seco. Ele imediatamente abriu a galeria de fotos do celular e tocou na foto da carta que havia escrito, o que, felizmente, indicava que não precisaria pensar no que escrever tudo de novo. Para não o atrapalhar, Hyoyeong se movimentou como um gato, sem fazer qualquer barulho. Ela já havia desligado a música ambiente da Geulwoll.

— Só vou precisar copiar tudo; vai levar uns dez minutos.
— Tudo bem, fique à vontade.

Parada atrás do caixa, Hyoyeong olhou pela janela e viu uma massa cinzenta de nuvens carregadas deslizando lentamente pelo céu, feito uma tartaruga. Os tons de azul e vermelho dos telhados coloridos tinham escurecido após o banho de chuva, e até o cume das montanhas estava coberto de verde-escuro, como se a paisagem tivesse deixado de ser uma aquarela e se tornado uma pintura a óleo em que se havia usado tinta demais.

Uma letra após a outra. A caneta-tinteiro do homem fazia cócegas no papel. A manga da camisa dele se movia devagar, levemente erguida para que a ponta não encostasse na tinta. Quando chegou à metade da carta, o homem relaxou e se dirigiu a Hyoyeong.

— É a segunda vez que nos correspondemos. Meu *penpal* está no ensino médio. — Ele manteve os olhos fixos na carta e continuou: — É uma surpresa, pois faz tempo que não converso com alguém jovem assim, e essa pessoa está bem preocupada sobre qual carreira seguir. Não sei qual conselho dar, não quero dar uma de sabichão.

Hyoyeong ficou curiosa, mas não fez perguntas. Não queria se intrometer na conversa particular dos dois, era como se estivesse insultando a carta. Quando foi que começou a se importar com o valor de uma carta? Hyoyeong riu — estava passando tempo demais com Seonho.

Enquanto isso, o homem se esforçava para terminar de escrever, já quase chegando à última linha.

PARA: K — 3º ano do EM

Oi, parceiro.
Está chovendo enquanto te escrevo esta segunda carta. Como você está?
Adorei o pinguim que você desenhou na nossa última correspondência. Vou cortar direitinho, dar um acabamento e usar como marcador de páginas (se estiver tudo bem para você, claro).
Apesar da sua modéstia, você desenha muito melhor do que eu esperava! Será que o motivo para você não ter certeza do que quer fazer da vida seja o fato de ter muitos talentos?
Você me perguntou como sabemos se nosso coração está indo na direção certa, não foi? Olha, para ser sincero, depois que me tornei adulto acho que me esqueci da maioria dos momentos em que me senti nervoso.
Eu sou contador, trabalho com números. Brigo com os 0123456789 rabiscados em uma folha de papel todos os dias, sabe? Se eu não prestar muita atenção nos dígitos depois do marcador decimal, o estrago pode aumentar até virar uma bola de neve. Se eu ficar com a cabeça nas nuvens, na

certa vou cometer um erro, então sempre deixo minhas emoções sob controle durante o trabalho.

Foi por isso que comecei a valorizar os "vazios". Eles são espaços onde posso respirar, e tudo bem se eu ficar um pouquinho à toa. Depois de curtir o descanso que os vazios me oferecem, às vezes também acabo baixando a guarda.

Há momentos em que nossa música favorita, ou um filme, ou um poema mexe com o nosso coração. Algo capaz de te relaxar, ou te comover, ou fazer sua cabeça ficar a mil, como se estivesse flutuando a noite toda pelo espaço.

Para encontrar algo assim, você precisa se permitir ser vulnerável.

Em breve, você também vai descobrir como, às vezes, algo que parece inútil pode ser bastante útil.

Não vou me estender muito, não quero parecer um sabichão, então vou parar por aqui.

Aproveite sua recém-chegada primavera.

DE: K — contador

O homem recolheu os papéis de carta um a um, os assoprou, os espalhou pela mesa e começou a abaná-los com as mãos para que a tinta secasse. Ao ver um cliente demonstrando tanto apreço pela carta, a palavra "geulwoll" veio à mente de Hyoyeong na mesma hora. Ele lhe entregou a carta dobrada com cuidado.

— Aqui. Agradeço se puder enviá-la.

Na hora que o homem foi embora, felizmente, já havia parado de chover. Hyoyeong passou a ponta do dedo pelos cantos rígidos do envelope antes de guardá-lo na gaveta do caixa. A assinatura do estudante no selo de *penpal* era "Pingu", o nome do pinguim protagonista do desenho animado em *claymation*. Hyoyeong descobriu o número do celular de Pingu na lista de clientes que utilizavam o serviço de *penpal* e enviou uma mensagem.

Serviço de cartas [Geulwoll]

Olá, Seo Yeonwoo. Esta mensagem é para informar que você recebeu uma resposta para a sua carta através do serviço de penpal.

Por gentileza, venha até a loja durante nosso horário de funcionamento. Caso não seja possível comparecer, podemos efetuar a entrega em domicílio.

A caminho de casa após um longo dia de trabalho, Hyoyeong caminhava por uma tranquila área residencial, com o capuz do casaco levantado e um boné por baixo. Tinha ficado espantada com o preço exorbitante dos aluguéis em Seul e se perguntou como alguém conseguia morar ali. Para a sorte dela, Seonho havia lhe emprestado o dinheiro do caução, o que a ajudou a conseguir um quarto e sala por 450 mil won mensais. Hyoyeong nem sequer queria trabalhar numa loja de cartas, mas não podia negar que seu chefe havia lhe dado um baita benefício extraoficial.

Quando estava quase chegando em casa, recebeu uma ligação de Seonho. Aos sussurros, ele contou que havia feito Hajun e Hayul dormirem cedo.

— Você não vem mesmo à festa de cem dias da Hayul no fim de semana?

— Não. Por que eu iria? Você convidou todo mundo do curso de Cinema.

— Você nem foi à formatura... não acha que é melhor dar as caras?

— Eu, não. Não quero ver que todo mundo se deu bem, menos eu.

Depois que Hyoyeong abandonou as gravações do filme que estava produzindo como projeto de conclusão de curso, um colega recebeu o financiamento que ela havia ganhado da faculdade e começou outro filme do zero. Soube por amigos em comum que a obra tinha sido finalizada e selecionada para um festival de filmes independentes. Ela soltou uma risada amarga quando recebeu a notícia, sentindo uma pontada na barriga pela oportunidade perdida. Tinha falado com Seonho meio em tom de brincadeira; não era tão mesquinha a ponto de não celebrar o sucesso dos amigos, mas, ainda assim, era estranho abrir mão de um projeto pelo qual havia se dedicado tanto por mais de uma década dessa forma. Hyoyeong precisava de tempo. Tempo para se despedir.

— Então, tá. Também não quero ver ninguém que esteja melhor do que eu. Eu também não vou.

— *Sunbae!* Por que você foi inventar de fazer uma festa tão grande? Não dá para convidar todo mundo que você conhece...

— Mas a Hayul precisa conhecer todo mundo! Além disso, alugamos um espaço enorme, seria um desperdício não aproveitar.

Depois de trocarem mais algumas piadas sem graça, a conversa naturalmente voltou para a Geulwoll. Hyoyeong contou a ele sobre o cliente de gravata-borboleta. Terno estiloso, gel no cabelo, maleta de couro; a descrição do homem foi o suficiente para que Seonho o reconhecesse no mesmo instante.

— Ah, é o Minjae! Ele é contador na Empresa T.

— Eu sabia, é claro que você já o conhecia.

— Parece que ele estava ocupado hoje, mas, em geral, é bem falante. O sonho dele era ser escritor.

Seonho contou a história do dia em que conheceu Minjae. Tinha ficado impressionado com a postura dele e o modo elegante que segurava a caneta-tinteiro. Naquela época, Seonho ainda trabalhava sozinho na Geulwoll e fazia observações no diário de registro. Apesar de mais ninguém ler, ele fazia questão de anotar ali os clientes que se destacavam, por isso perguntou a Minjae como ele tinha encontrado a Geulwoll.

— Você sabe que eu ficava conversando com pessoas de diversas profissões para melhorar meu desempenho, além de eu ser naturalmente falante. Minjae sempre gostou de literatura, mas, por ser o primogênito da família e se preocupar em ganhar a vida, desistiu do sonho de ser escritor e prestou vestibular para Contabilidade. Ele não tinha outro lugar para exercitar sua escrita, e ficou feliz por poder fazer isso na loja.

— Ele tinha mesmo uma *vibe* diferente.

— Fico muito grato por termos um cliente que ama tanto as cartas. Sempre que ele se senta à mesa, limpa a ponta da caneta-tinteiro e escreve palavra por palavra com tanta delicadeza que nem os homens conseguem tirar os olhos dele.

— Nenhuma surpresa, né...

Não há nada melhor do que conhecer alguém que está em perfeita harmonia com o espaço que você criou. Hyoyeong não pôde deixar de imaginar o rosto sorridente de Seonho atrás do caixa, com o queixo apoiado na mão, enquanto observava Minjae escrever uma carta.

— Mas, e você? Quando é que vai me contar o que aconteceu com você?

Seonho já tinha feito algumas perguntas a Hyoyeong. Como foi parar em Seul? Por que estava procurando um lugar para morar? A verdade era que Hyoyeong não tinha explicado nada a ele. Seonho era um *sunbae* tão bom para todos que Hyoyeong havia mencionado algumas vezes a irmã mais velha, mas não tinha contado sobre o golpe que ela levara recentemente.

— Já cansei de falar. Não dá para saber pelo modo como abandonei o meu filme?

Ela ouviu um choro de bebê ao fundo. Hayul tinha acordado. Hyoyeong encerrou a ligação e olhou para o céu cinzento, de onde uma chuva fina caía. Ela tremia e dava passos curtos e rápidos, até que reconheceu um homem do outro lado da rua. Era Cha Yeonggwang.

Ele estava com um guarda-chuva preto e usava o boné abaixado sobre os olhos. Foi fácil reconhecê-lo à primeira vista por conta de sua altura e da calça de moletom surrada, a mesma que usava quando foi à Geulwoll. Ao ver que ele sorria, Hyoyeong virou o rosto, sem ousar cumprimentá-lo.

2

— Vou ser sincero com você, Yeonggwang. Dá para continuar do jeito que está, mas... não vai ser tão bom quanto o último.

Ele andava pela calçada irregular, com os blocos virados para cima e para baixo aleatoriamente, enquanto a chuva caía. Yeonggwang se lembrou da conversa que tivera com o produtor do webtoon uma hora antes. Apesar de sentir-se mal com certas coisas, precisava aceitá-las. Era uma forma de amenizar a rejeição. O produtor disse que seu próximo projeto precisava ser ainda maior.

Na época em que trabalhava em uma startup, ele era encarregado de desenhar *manhwas* para uma revista. Naquela empresa, qualquer coisa que desse dinheiro, fosse ilustração publicitária ou desenvolvimento de personagens, era trabalho. Quando saiu do Exército, depois de muitos altos e baixos, Yeonggwang se matriculou em um curso de webtoons. Seu webtoon sobre a própria vida social limitada fez um grande sucesso, e ele ficou grato por seu trabalho de estreia ter ficado em primeiro lugar no gênero drama por bastante tempo.

Quando o manuscrito de seu projeto seguinte foi rejeitado várias vezes, ele precisou admitir que seu sucesso devia ser apenas sorte de principiante. Dessa vez, seu produtor estava certo. Aquele trabalho era um amontoado de clichês já vistos em outros webtoons; uma massa redonda sem qualquer lapidação. Não se via o brilho de Yeonggwang em lugar nenhum.

Ele ajeitou o boné, apertando a aba entre o indicador e o polegar. Envolto em cinza, Yeonhui-dong exalava um doce cheiro de terra. Era uma noite perfeita para uma sopinha. Enquanto caminhava rapidamente pela rua, percebeu que era a única pessoa com um guarda-chuva. Fazia tempo que a chuva tinha parado de cair. Yeonggwang o fechou e olhou ao redor meio envergonhado, quando avistou um rosto familiar na calçada oposta. Era a nova funcionária da Geulwoll. Ela estava com fones nos ouvidos; sua expressão era taciturna; a postura, rígida. A figura dela ao caminhar chamou a atenção dele. Se ela tivesse feito contato visual, ele teria curvado a cabeça de leve.

Quando chegou ao quinto andar do Edifício Yeonhwa, Yeonggwang abriu as cortinas. A janela enorme da Geulwoll, do outro lado da rua, refletia o céu do início da noite. Em um dos lados da janela, sob a designação de "remetente", estava o endereço da loja.

Remetente

Geulwoll
Edifício Yeongung, 90-5, conjunto 403, Yeonhui-dong,
Seodaemun-gu, Seul
03698

De onde as via, as letras estavam todas invertidas, dificultando a leitura. Logo o céu escureceria, e Yeonggwang passaria longas horas em silêncio em frente à página em branco no monitor, tentando trabalhar em seu próximo projeto.

No dia seguinte, Yeonggwang sentou-se outra vez diante da página em branco no monitor. Já se passara uma hora, e ele não tinha conseguido escrever uma única palavra. O roteiro com seis quadrinhos que escrevera no dia anterior já tinha ido para o lixo havia muito tempo. Tinha decidido dormir um pouco e desmaiado no sofá. A luz do sol da manhã entrava pelas cortinas blackout e tomava o chão da sala, enquanto a bainha das cortinas balançava com a brisa que vinha pela porta da varanda entreaberta.

Foi quando chegou uma mensagem de Seonho, acompanhada de uma foto dos raios de sol na Geulwoll.

"Levanta! Ficar deitado não vai fazer seus pensamentos irem embora."

Rindo, Yeonggwang foi até a geladeira pegar um pouco de água. O toque de mensagem recebida soou novamente.

"Foto incrível, né? Minha funcionária que tirou. Ela diz que consegue sentir o cheiro da luz do sol que entra na Geulwoll."

Yeonggwang se lembrou da funcionária da loja, a mesma que vira na rua no dia anterior. Ela andava em um ritmo acelerado enquanto encarava o chão. Parecia que não tinha tempo nem para observar o céu, mas não dava para conhecer uma pessoa só de olhar para ela.

— Sentir o cheiro da luz do sol...

Ele achou surpreendente a forma como ela expressava as emoções. Seonho *hyung* soube mesmo encontrar a pessoa certa para a Geulwoll. Talvez fosse porque ele tinha muita experiência em lidar com gente. Yeonggwang estendeu a mão para a luz do sol que atravessava as cortinas. O dorso de sua mão logo se aqueceu. Sentiu-se um tanto culpado por ter passado a noite em frente à tela, lutando para manter os olhos abertos.

— Hora de sair. Qual o sentido de ficar aqui?

Ele se levantou e, após escovar os dentes e fazer a barba, deixou o Edifício Yeonhwa.

Seonho *hyung* era a única pessoa na Geulwoll — a funcionária nova só trabalhava quatro dias na semana —, mas ele só podia tomar conta da loja sozinho nos dias em que a sogra estivesse cuidando da bebê.

— Ainda que precise trabalhar nos fins de semana, não daria para tirar um dia de folga? E no dia que a funcionária não puder vir, não poderia só deixar a loja fechada?

— Experimenta ser autônomo. Você consegue tirar um dia de folga quando está escrevendo uma série?

— Não. Tirar folga dá mais medo ainda.

— É a mesma coisa para mim, meu amigo.

Seonho soltou uma risada leve e estendeu uma dobradeira para Yeonggwang, dizendo-lhe para dobrar os envelopes do mesmo jeito que ele havia feito.

— Se não tiver nada melhor para fazer, comece a trabalhar meio período. Se dobrar cinquenta envelopes, ganha uma xícara de café.

No impulso, Yeonggwang começou a dobrar os envelopes seguindo os passos de Seonho. Eram envelopes translúcidos para embalar uma série de papéis de carta. Ele dobrou os quatro cantos de cada lado do envelope e passou a dobradeira por cima. Gostou do som da ferramenta deslizando sobre o papel. Ficou imaginando se o papel tinha vida própria, ao sentir sua força sutil para resistir à dobradeira.

— Hyoyeong também gosta desse tipo de trabalho. Diz que isso a acalma.

— Hyoyeong? É a funcionária nova?

— É. Ela fugiu de casa porque odiava cartas e agora trabalha em uma loja de cartas. A vida não é irônica?

— E por que ela odeia cartas?

Seonho deu de ombros.

— Também não sei. Ela não me contou.

Swoosh... swoosh... swoosh...

Os dois homens permaneceram em frente ao caixa dobrando os envelopes sem dizer uma palavra. Então, um casal de meia-idade entrou, e Seonho abriu um enorme sorriso ao cumprimentá-los. Embora adorasse conversar, ele nem sempre abordava os clientes. Em vez disso, mantinha a boca fechada até fazer contato visual com quem entrasse. Ele gostava de presentear os clientes com a paz da Geulwoll.

— Tem um cheiro tão bom aqui. Vem da cômoda de madeira?

— É do perfume que vendemos, misturado com o cheiro do papel das cartas.

A mulher pegou um frasco do perfume amadeirado de uma vitrine em frente ao caixa e abriu um sorriso agradável ao inspirar o aroma. O filho do casal e a esposa estavam de mudança, e os pais queriam dar um presente a eles para comemorar a casa nova. Colocaram o perfume em cima do balcão, pegaram um cartão escrito "PARABÉNS" e escreveram uma mensagem curta para o filho e a nora. Enquanto dobrava os envelopes, Yeonggwang deu uma olhada na caligrafia do homem e ficou impressionado.

— Uau! Que letra bonita! — admirou-se Seonho, sentado ao lado dele.

— Ele é professor de Ética e dá aula para o ensino médio.

— O senhor deve escrever muito para ter uma letra bonita desse jeito.

Ao contrário da esposa, que parecia orgulhosa dos elogios dirigidos ao marido, o homem ficou constrangido e deu um leve sorriso.

— Nós moramos aqui perto — começou ele — e estávamos olhando para o lindo céu de hoje quando vimos uma placa no quarto andar deste prédio, que dizia "Remetente".

Quando o homem disse que não conseguiu conter a curiosidade, Seonho deu uma piscadela para Yeonggwang, como se quisesse dizer que seu marketing pessoal tinha funcionado. Depois que o casal saiu, satisfeito com sua compra, Yeonggwang parou de dobrar os envelopes; seus dedos já estavam ficando enrijecidos.

— Olha só, mais vinte e quatro envelopes para ganhar um café?

— Você vai ter que beber sozinho, *hyung*. Vou escrever uma carta e cair fora.

Yeonggwang massageou o pulso e olhou para o nicho do serviço de *penpal* exposto bem debaixo da enorme janela. Dentro da moldura de madeira xadrez, havia um envelope inclinado contra a parede. O envelope tinha um degradê bege-claro nos cantos, o que dava a impressão de ter passado anos esperando por alguém que lesse sua carta.

Uma suave brisa de primavera entrava pela janelona da Geulwoll, ligeiramente entreaberta. Quando Yeonggwang se sentou à mesa, Seonho lhe entregou um papel de carta e um envelope do serviço de *penpal*. À sua frente, havia um porta-lápis contendo lápis bem apontados, canetas esferográficas, canetas-tinteiro, entre outros instrumentos. Yeonggwang pegou uma caneta esferográfica, enfim sentindo-se um cliente.

PARA: Anônimo

Olá, pessoa anônima.
Estamos em maio e o cheiro da primavera está no ar.

Venho sempre à Geulwoll, mas já faz algum tempo que não tenho um *penpal*.

De onde tirei coragem para pegar uma folha de papel de carta do nada, sem ter o que dizer?

Na verdade, tenho tido insônia ultimamente. Ando me cobrando tanto durante o dia que minhas noites de sono têm sido péssimas.

Nunca fui ambicioso desse jeito, a ponto de não suportar o fracasso.

Quando penso nisso, me vêm à mente aqueles ditados da época de escola, em que a gente quebrava a cabeça para saber quais palavras nós erramos.

"Ah, foi essa que errei!" Se bem que dizer isso para si mesmo não muda nada.

Anônimo, você é uma pessoa que sabe se perdoar? Se souber fazer isso, por favor, responda. Isso pode salvar minhas noites de sono.

Queria que esta carta tivesse sido mais positiva, espero que você a leia em um dia bom.

Caso contrário, peço desculpas educadamente :)

DE: Golfinho feito à caneta

Quando terminou de escrever, Yeonggwang dobrou a carta ao meio e a colocou dentro do envelope. Com cuidado, colou adesivos das letras do alfabeto para formar a palavra "geulwoll" e o selou. Em seguida, fez um círculo nos adjetivos para descrever a si mesmo e pôs o envelope no canto direito do nicho. Agora, estava na hora de Yeonggwang escolher sua carta anônima.

Uma a uma, leu mentalmente os adjetivos circulados nos envelopes. "Descontraído", "alegre", "sensato", "malcomportado"... Ao final da lista de adjetivos, havia uma única linha ao lado de "etc.", que a pessoa podia preencher caso as palavras listadas não conseguissem expressar totalmente quem ela era. Yeonggwang pegou um envelope por acaso e, naquela linha ao final, leu as palavras "penso demais". Ele deu um leve sorriso. Sem hesitar, abriu a carta.

> Oi, prazer em conhecer você.
> Sou alguém que deseja apoiar os outros e fiz vinte anos este ano! :)
> Acho que é uma coincidência incrível termos nos encontrado. Será que o destino foi longe demais? Kkkk
> Enquanto escrevo esta carta, o céu está azul e sem nuvem alguma. De qual clima você gosta? Gosto de dias ensolarados como hoje, mas também gosto do céu quando chove.
> Quando está chovendo, sinto que toda a minha ansiedade, as dificuldades e o turbilhão de pensamentos vão embora. Depois que a chuva para e o céu se abre, fico imaginando se minhas dificuldades também vão se transformar em felicidade...! É assim que me sinto! Kkkk
> Você que está lendo esta carta; que tipo de pessoa será que você é? Eu queria saber do que você gosta. Talvez você seja que nem eu.
> Minha mãe morreu quando eu estava no primeiro ano do ensino médio e, desde então, vivo com um turbilhão de pensamentos a cada instante. Sinto que estou sempre fora de órbita.
> Mas eu li em algum lugar que pessoas que morrem infelizes sempre nascem felizes na próxima vida. Espero que isso seja verdade.
> Ah, de qualquer forma, o que quero dizer é que a vida é mais simples do que pensamos, nós é que a complicamos. Como diz o ditado, "aceita que dói menos". Tudo bem simplificar as coisas. Era isso o que eu queria dizer. Brega demais, né...? Kkkk
> Espero que você fique feliz depois de ler esta carta, porque esse é o sentido da vida, não é? Ser feliz.

Esta foi uma coincidência bem maneira! Obrigado por ter lido.
Espero poder te conhecer melhor da próxima vez.

DE: *Alguém que deseja apoiar os outros*

Yeonggwang gostou daquela carta anônima, a pessoa que a escreveu parecia ser bem divertida. Ele sentiu como se tivesse recebido uma carta de um amigo. *Você gosta mesmo de chuva, hein?*, pensou Yeonggwang, e olhou de novo para a assinatura no envelope. Era a imagem de um guarda-chuva em um dia chuvoso. Assim como seu colega que "deseja apoiar os outros", Yeonggwang também torcia para que sua ansiedade fosse embora junto com as gotas de chuva que caíam. Para sua sorte, ele recebeu exatamente a resposta de que precisava.

— Tem alguma coisa interessante escrita aí?

Seonho, que abria a janela lateral, virou a cabeça para ver o rosto de Yeonggwang, que olhou pela janela e disse:

— Espero que chova hoje.

— Não vai chover. Está um dia lindo.

Seonho o chamou de sem graça em tom de brincadeira. Yeonggwang fechou os olhos, grato pela coincidência incrível que o tinha levado até aquela carta. Imaginou a luz do sol como se fosse a chuva, enquanto ele se banhava nas palavras de conforto de alguém.

3

No fim de semana, quase no fim do expediente, Hyoyeong recebeu a visita de um cliente muito fofo na Geulwoll. Era Hajun, o filho de sete anos de Seonho, que ela não via fazia um bom tempo. Ele estava de macacão e com o cabelo liso e cumprimentou Hyoyeong com um "toca aqui".

— Uau, você tá forte, hein, Hajun?
— Tô comendo feijão e bebendo leite toda noite!

De dentro de uma caixa de papel, Seonho tirou um vaso de plantas, adquirido com muito custo por sua esposa em uma viagem de negócios. Era um vaso de vidro com formato semelhante a uma urna e bocal em forma de funil, cujas cores brilhavam como opalas. Aparentemente, era de um designer francês com um nome difícil de pronunciar.

— Hajun, onde a gente pode colocar isto?
— Hum... aqui!

Hajun esticou o pequeno dedo indicador e apontou para um lugar à esquerda do centro da mesa. Hyoyeong teve receio de que algum cliente pudesse esbarrar no vaso com a bolsa ou o braço, mas Seonho pareceu não se importar.

— Olha só! Que interessante. É uma escolha de lugar bem peculiar.

Ele balançou a cabeça com satisfação e perguntou a Hyoyeong se ela não concordava.

— Você não disse que foi caro? E se quebrar?
— Se quebrar, quebrou. Hyoyeong, sabe qual é meu poema favorito? "Se algo quebrar, poderá ficar com os pedaços. Se eu quebrar, poderei viver em pedaços."

Era um poema chamado "Em pedaços", do poeta Jeong Hoseung. Na época da faculdade, Seonho sempre o recitava quando estava um pouco bêbado. Quando era jovem, sua vida amorosa, mais agitada que o normal, tinha sido um pouco confusa. Às vezes, ele se surpreendia com o fato de ainda estar casado e ser pai.

— É porque a Sohee *unnie* te faria em pedacinhos, chefe.

Hyoyeong balançou a cabeça enquanto Seonho e Hajun riam, com as mãos na barriga, um a cópia do outro. Hajun explorou lentamente cada centímetro da loja, enquanto Seonho jogou um verde para Hyoyeong a respeito da festa de cem dias de Hayul, no dia seguinte.

— Podemos fechar amanhã, então venha.
— Não vou. Não quero ver ninguém. Eu terminei com o Cinema.
— Você nunca teve uma relação com o Cinema, só um "flerte".
— Tem razão, nunca tivemos um relacionamento. Nem um "flerte", nem um amor não correspondido, nada!

Hyoyeong passou a mão no cabelo. Seonho ficou olhando para ela sem saber se ria ou se chorava. Ainda não fazia ideia do que tinha dado errado na vida de Hyoyeong. Desde a infância, ela acreditava que seria cineasta. Enquanto assistia à irmã mais velha ter êxito na vida acadêmica, Hyoyeong se convenceu de que o mundo das artes seria o único lugar onde ela se destacaria.

— Pense bem. Tem certeza de que sua paixonite acabou?

Seonho arregalou seus olhos pequenos e olhou para Hyoyeong. Ela o encarou, fez que sim com a cabeça e suspirou. Antes que o dono da loja percebesse, a resposta veio à tona.

— Chefe, a minha vida em si tomou o caminho errado.

Seonho abriu a boca, com uma expressão irritada no rosto, e Hajun, que havia aparecido atrás dele, esticou o pescoço.

— Hein? *Noona*, aí é só voltar para o caminho certo!

Hyoyeong ficou surpresa com a resposta. O garoto era filho de Seonho mesmo...

— Filho, foi a sua mamãe quem te ensinou isso?

Hajun fez beicinho e assentiu. Com um suspiro pesado, Seonho deu um tapinha na cabeça dele.

— Desculpe, Hyoyeong. Eu não deveria deixar meu filho falar bobagens.

— Não, ele tem toda a razão. Eu voltaria para o caminho certo, se pudesse!

Hyoyeong pressionou as mãos com firmeza nas bochechas redondas de Hajun. Ele deu uma risadinha e apontou para o nicho das cartas de *penpal*.

— *Noona*, eu também quero escrever uma carta!

De vez em quando, Seonho o levava até a Geulwoll, mas era a primeira vez que ele demonstrava interesse por cartas. Hajun entraria na escola primária no próximo ano, mas parecia confiante, talvez por já saber ler e escrever algumas palavras.

— Vá em frente, filho. Se escrever agora, você vai ser o caçula de todos os *penpals* que a Geulwoll já teve!

— O que quer dizer "caçula"?

— Quer dizer o mais legal do mundo!

Hajun deu um gritinho de satisfação e se sentou em uma cadeira à mesa. Hyoyeong pegou os papéis de carta e o porta-lápis do nicho e se dirigiu a Seonho.

— Mas a pessoa que pegar a carta de Hajun pode ficar surpresa por ter sido escrita por uma criança. Chefe, já que você é o responsável por ele, é melhor explicar a situação para os outros *penpals*.

— É verdade! Boa ideia!

E, assim, enquanto Hajun escrevia à mesa, Seonho escreveu uma mensagem pedindo desculpas ao destinatário anônimo da carta. Não havia limite de idade para usar o serviço de *penpal*, mas, como o serviço era muito eficaz, as pessoas talvez desejassem receber cartas de alguém que realmente soubesse escrever. Ou, então, poderia rir da mensagem inesperada.

— Pai, posso escrever "para um estranho"?

— Pode escrever o que quiser. Essa carta é sua, então você coloca o que quiser nela.

Com uma expressão séria, Hajun encostou a ponta do lápis em sua bochecha rechonchuda. Seonho achou graça e imediatamente pegou o celular para tirar uma foto. Concentrado, o filho não deu a mínima e começou a escrever.

PARA: Um estranho

Oi, estranho! Meu nome é Kang Hajun, da turma "Amor" do Jardim de Infância de Yeonhui.

Tenho sete anos e tô escrevendo essa carta na loja do meu pai.

A loja do meu pai não é legal? Tem papel de carta de cereja e de limão também, tem um que do lado de fora é vermelho e verde e tem um sem nenhum desenho.
Você pode vim aqui e comprar um monte de papel de carta.
Muito boa sorte com a sua carta!

DE: Hajun

Ao escrever a última frase com uma expressão satisfeita no rosto, Hajun levantou a mão para chamar o pai. Quando Seonho começou a ler a carta, ele cobriu os olhos do pai com a mão e gritou:
— Não é para ler! É segredo!
— Ah, não tem nada de especial escrito aí.
— É segredo mesmo assim. Só me fala como que dobra o papel.

Seonho olhou para Hajun com uma expressão intrigada e disse que tudo o que ele precisava fazer era dobrar a carta ao meio. A carta era quadrada, portanto, mesmo dobrada ao meio, caberia perfeitamente dentro do envelope.
— *Noona*, posso usar mais uns adesivos?

Ele estava tentando selar a carta como se fosse um tesouro antigo. Hyoyeong fez que não com a cabeça, e Hajun fez cara de desapontado, mas lhe entregou a carta sem dizer nada.
— Você não desenha nos selos?
— É a minha *noona* que vai desenhar. Eu não sei desenhar.
— Tá bem! Já que Hajun tem as bochechas rechonchudas, que tal desenhar um *mandu*?
— Hein? Um *mandu*? — Hajun estufou as bochechas.

Hyoyeong e Seonho deram risada e observaram o truque do garoto de sete anos. Hyoyeong pegou uma caneta e desenhou um *mandu* parecido com Hajun em um pequeno selo. Ela colocou até olhos e uma boca minúscula.
— Então eu vou ganhar uma carta daqui!?

Hajun foi correndo até o nicho do serviço de *penpal* e pegou as cartas, uma de cada vez. Depois de observar o desenho nos selos dos envelopes, escolheu o que mais gostou.

— Eu quero a do golfinho!

Hajun, que havia entregado a carta para Hyoyeong, pediu que ela a lesse. Hyoyeong leu os adjetivos circulados no envelope: "descontraído", "dança em casa", "infeliz", "pavio curto"...? Ela imaginou como alguém poderia ser ao mesmo tempo "descontraído" e "pavio curto", e que "dança em casa", mas é "infeliz". Ela achava que um comportamento descontraído e um temperamento explosivo não poderiam coexistir na mesma personalidade.

— Seonho *sunbae*...

— O quê?

— Como é que alguém dança em casa, mas é infeliz?

— Essa pessoa deve estar fingindo, Hyoyeong.

— Hum, igual a você na época da faculdade, então?

— Nossa... pegou pesado agora.

Hyoyeong sorriu e entregou a ele o envelope com o desenho de um golfinho. Seonho também deu uma risadinha ao ler os adjetivos circulados.

— Agora também quero saber. Como será que essa pessoa dança?

Naquele momento, Hajun fez uma cara de "acho que eu sei!" e parou no meio da loja. Com o rosto contorcido em uma careta, começou a agitar os braços e mexer o corpo, animado. Seonho abriu outro sorriso e começou a gravar com o celular.

— Que divertido! Já você está com uma cara triste...

Hyoyeong sorriu enquanto observava Hajun. Seonho entregou a carta ao garoto e disse que ele devia tentar ler sozinho. Hajun pegou a carta e leu palavra por palavra com uma expressão séria no rosto, então se virou para Hyoyeong.

— *Noona*, o que é mesmo "insônia"?

— Insônia? O dono da carta diz que não consegue dormir à noite?

— Acho que sim.

Hajun contorceu os lábios ao terminar de ler e dobrou a carta com cuidado antes de devolvê-la ao envelope.

— Muito difícil. Eu não vou responder.

Ele já estava naquela idade em que perdia o interesse depressa. Seonho pegou na mão de Hajun dizendo que estava na hora do jantar, e os dois saíram da Geulwoll. A cortina de linho pendurada na frente do caixa brilhava em um tom escarlate ao pôr do sol. Ao abrir a gaveta para guardar o restante dos papéis de embrulho, Hyoyeong se deparou com uma carta amassada. Era a carta em que tinha rabiscado só as palavras "Para: minha irmã". Hyoyeong a havia amassado e jogado no lixo no mês anterior, mas Seonho devia tê-la encontrado.

Pensou em rasgá-la e jogá-la fora, mas, em vez disso, dobrou-a ao meio e a guardou de volta na gaveta. Ainda tinha esperanças de que, um dia, a próxima frase lhe viesse à cabeça.

A loja estava escura, e tinha chegado a hora de os papéis de carta virarem a noite. Hyoyeong verificou se o notebook estava desligado e as luzes apagadas antes de sair da Geulwoll.

— Hyoyeong, está ocupada?
— Estou no cinema. Na estreia. Por quê?
— É que estou perto da sua faculdade. Quer jantar fora?
— Perto da minha faculdade? Você não disse que hoje ia se encontrar com o decorador de interiores?
— Eu ia, mas ele cancelou.
— Ele remarcou? Por que iria cancelar depois de receber tanto dinheiro?
— Não. Aproveite o filme.

No caminho para casa, Hyoyeong ouviu a gravação de uma conversa que teve com a irmã por telefone no verão anterior. Quando se está em um estúdio de filmagens em ritmo acelerado, é difícil prestar atenção no que alguém fala ao telefone, por isso, Hyoyeong tinha o hábito de deixar o celular gravando automaticamente, para que sempre pudesse gravar as chamadas. Assim, acabou gravando uma conversa telefônica com a irmã.

Em retrospecto, ela percebeu que a irmã tinha sido enganada naquele dia. Havia perdido contato com seu parceiro de negócios e estava pagando o decorador de interiores sozinha. Às vezes, Hyoyeong se pegava imaginando o que a irmã estava vestindo naquele momento. Será que estava de calça *slack* e blusa preta, como sempre, ou será que estava de salto alto, ou de tênis de corrida? Será que estava frustrada e nervosa, com o sol batendo na nuca e a blusa encharcada de suor, enquanto cobria a testa com o dorso da mão e olhava em volta sem saber para onde ir?

Antes que percebesse, Hyoyeong estava na porta de seu apartamento. Enviou uma mensagem curta para a mãe, dizendo que estava bem, lavou as mãos e os pés e foi direto para a cama. Enquanto lutava para manter as pálpebras pesadas abertas, ficou relembrando os velhos tempos. O dia em que pegou a câmera do pai de dentro do armário e filmou a irmã desenhando um esqueleto e escrevendo o nome de cada um dos ossos humanos. Quando ela fazia isso, Hyoyeong a achava um gênio. Hyoyeong tinha oito anos, e a irmã, treze. Hyomin sonhava em ser médica, e seu passatempo era ir à biblioteca toda semana e pegar livros de medicina emprestados para estudar. Hyoyeong queria capturar a imponência dela pelas lentes da câmera e, sempre que escrevia um roteiro, se inspirava na irmã para criar uma mulher forte e inteligente como protagonista.

— Woo Hyomin... sua imbecil.

Agora, ela só pronunciava aquele nome com um tom de ressentimento e acusação. Hyoyeong fechou os olhos e tentou dormir, afastando tudo aquilo que a perturbava.

◊ A mão que corre sobre o papel de carta

1

Enquanto observava o céu limpo e os telhados das casas banhados de sol, o vento soprando em silêncio, Hyoyeong sentiu que o auge do verão havia chegado. A cortina de linho balançava com a brisa suave, e o ventilador portátil fazia barulho, girando atrás do caixa. Ela ergueu a mão na direção da janela e moveu os dedos lentamente para sentir a luz do sol por meio deles.

Já haviam se passado quatro meses desde que chegara a Yeonhui--dong, em março. A essa altura, já tinha se tornado especialista em editar e organizar as imagens no site da loja e se familiarizado com o rosto dos clientes que vinham três ou quatro vezes por mês. Suas mãos também se tornaram tão hábeis que ela era capaz de dobrar os envelopes ao mesmo tempo que observava a vista e o movimento dos clientes. Hyoyeong havia se integrado naturalmente à paisagem de verão da Geulwoll.

Mesmo em um lugar como aquele, que se orgulhava de oferecer um ambiente calmo em horário comercial, às vezes dava para ouvir a voz animada de alguém. Uma mulher com um belo corte de cabelo, usando uma blusa cor de chá verde, soltou um berro assim que abriu a porta da loja e viu Hyoyeong.

— Você não é a moça que alugou um imóvel na Travessa Sae Haneul Piano?!

— Ah! *Ahjumma!*

Era a corretora de imóveis que havia ajudado Hyoyeong a encontrar um apartamento cinco meses antes. O escritório dela ficava na Imobiliária Hobak, próxima ao cruzamento bem em frente à Geulwoll. Hyoyeong ainda guardava na carteira o cartão de visitas que ela havia lhe dado. Seu nome era Kwon Eunah — um nome jovem e sofisticado de que Hyoyeong se lembrou na hora.

— Está tudo certo por lá? Sem goteira, sem vazamento, sem cheiro de ar-condicionado?

— Sim, está tudo bem, graças a você.

— Ah, que isso! A minha sorte de encontrar bons lugares é a sua sorte. Mas eu não sabia que você trabalhava tão perto. É meio período?

— Sim, trabalho meio período aqui.

Eunah morava em Yeonhui-dong e todos os dias caminhava pelo bairro, mas nunca pensou em subir até o quarto andar daquele prédio. Ela via jovens, em sua maioria, entrando e saindo da loja, por isso achou que não era um lugar para ela.

— Na verdade, meu marido é o dono da padaria no térreo.

— Ah, jura? O pão de lá é muito famoso no bairro.

— Que famoso o quê, só é antigo.

Hyoyeong teve uma surpresa agradável ao descobrir essa coincidência. O motivo do bom humor de Eunah parecia ser aquele pão fofo e cheiroso.

— Eu achava que aqui só tinha cartões coloridos para os jovens ou coisa do tipo. Mas também tem papéis de carta pautados que nem os que eu usava antigamente. Ah, é como nos velhos tempos.

Toda animada, Eunah abriu uma das gavetas e ficou olhando para o pacote de papéis de carta simples por um longo tempo. Antes de se casar, ela tinha ganhado o prêmio de melhor poesia no concurso de escrita feminina mais antigo da Coreia. Considerava-se amante da literatura. Agora, estava presa a uma vida monótona, com um marido padeiro sem graça e dono de uma pança estufada.

— O que é aquilo? Cartas deixadas para alguém pegar? — perguntou Eunah, olhando para o nicho em frente à janela grande.

— São cartas escritas por quem usa o serviço de *penpal*. Se quiser escrever para um destinatário anônimo, pode pegar uma das cartas dali.

— Ah! *Penpal!* Eu tinha vários no ensino médio.

As histórias de Eunah sobre seus *penpals* eram bem interessantes para Hyoyeong, no alto de seus vinte e tantos anos. Eunah tinha nascido em Jeongseon, na província de Gangwon. Os alunos do ensino médio que vinham de outras partes do país para fazer passeios escolares costumavam pegar o trem e passar em frente à escola para garotas que Eunah frequentava.

— Nos dias em que o trem dos meninos passava, as meninas davam um jeito de descobrir o horário e pulavam o muro da escola.

— Por quê?

— Quando a gente corria para a estação, os meninos jogavam bilhetes com o endereço da casa deles pela janela do trem. A gente pegava os bilhetes, e eles viravam nossos *penpals*.

Hyoyeong sorriu ao imaginar meninas do ensino médio, com suas saias do uniforme escolar, correndo pelo campo até os trilhos do trem. Ela quase podia sentir seus corpos saudáveis e rostos animados, a respiração irregular e o coração acelerado.

— Estava no meio do verão, que nem agora, e as cigarras cantavam. Eu corri tanto que a gola do meu uniforme ficou encharcada de suor, até que vi um garoto lindo saindo do trem.

— Lindo como?

— Tipo o Lee Jungjae!

Eunah franziu o nariz e sorriu. Seu sorriso transbordava beleza.

— Nem sei quantas vezes saí correndo para pegar os bilhetes daquele garoto. Debaixo dos trilhos ficava uma colina, então os bilhetes rolavam para lá e para cá e iam para longe de mim.

Mas os céus a ajudaram, e uma brisa fresca de verão soprou, fazendo as saias das alunas esvoaçarem na mesma direção. O bilhete do garoto bonito que se parecia com Lee Jungjae passou zunindo e aterrissou aos pés de Eunah. Foi coisa do destino! Para a jovem Eunah, aquele momento tinha sido tão marcante quanto seu primeiro beijo.

Empolgada com a lembrança, Eunah se sentou à mesa assim que terminou de contar a história e disse que ia usar o serviço de *penpal*.

Hyoyeong trouxe os papéis de carta e as canetas, e Eunah pegou uma caneta-tinteiro. Talvez por ter ficado intrigada com aquela história, Hyoyeong estava ansiosa para ler a carta de Eunah, mesmo sabendo que não deveria. Contraindo os lábios como se provasse uma refeição, Eunah ergueu a caneta-tinteiro e começou a escrever.

PARA: Olá!

Sou veterana nesse negócio de penpal, mas é a primeira vez que escrevo para alguém sem saber a aparência ou a idade da pessoa.

Me veio a lembrança de trocar cartas com um "crush" quando eu era mais nova, então vou tentar escrever algumas palavras. Vai ser meio que uma sessão de desabafo, então se escolheu esta carta esperando ler palavras bonitas, você está sem sorte!

Eu me pergunto por que ando acordando tão cedo ultimamente. Acho que estou ficando velha e dormindo menos.

Um dia, acordei antes do nascer do sol para fazer compras on-line. Já comprei aspirador de pó, louça, massageador para as pernas, coisas que não me interessam nem um pouco.

Hoje de manhã, fiquei vendo pacotes de viagem para a Tailândia... Eu não sabia o que estava procurando, mas, assim que vi, pensei: *É isso!*

Meu marido e eu nunca viajamos para o exterior, a única viagem que já fizemos foi para a Ilha de Jeju, na nossa lua de mel, então deve ter sido isso que me atraiu.

Quando acordei meu marido e pedi a ele que me levasse para viajar, ele respondeu: "E quem vai fazer o pão?"

Meu marido é fissurado em pão. Ele é padeiro. Abre a padaria às cinco da manhã todos os dias para sovar a massa. Ele não consegue endireitar as costas uma única vez.

Mas são a dedicação e a perseverança dele que mantêm a padaria de pé há mais de trinta anos.

Isso é incrível. E não é só porque ele é meu marido. Ele é o tipo de pessoa que, por mais que os dedos estejam dormentes, não vai passar analgésico para a massa não pegar o cheiro.

Mas por que compramos pão? Compramos para ficarmos felizes.

É pão de cachorro-quente, pão de chocolate, pão de milho, bolinho castella, pão de leite, muffin de chocolate, folhado, pão de sal, pão doce de feijão-vermelho, brioche, pão com creme de batata-doce, pretzel, massa de pizza... mal dá para esperar pelo próximo.

Se este ano não fizermos outra viagem, vou deixar meu marido para trás e ir sozinha.

Na Tailândia, vou comer tom yum goong ou sei lá o quê, e ouvi dizer que as mangas de lá são muito mais doces do que as da Coreia, então quero provar também.

Depois de um minuto escrevendo e bufando, estou bem aliviada por ter escrito esta carta. É para isto que servem as cartas: não importa quanta raiva eu sinta, não consigo parar de escrever. Os dedos são sempre mais lentos do que um coração enraivecido.

Não sei se você é um moço ou uma moça jovem, ou mais velho do que eu, mas pense que isto aqui é só mais uma reclamação da ahjumma sentada à sua frente no metrô, no ônibus ou em frente ao caixa do banco.

Quando a vida está uma completa bosta, mas ainda temos alguma coisa presa na garganta, é aí que nos sentimos vivos de novo.

Sendo assim, fique na paz ^^

DE: Moradora de Yeonhui-dong

Ela logo terminou de escrever a carta. A rainha da caligrafia tinha chegado a Yeonhui-dong! Orgulhosa, Eunah tampou a caneta-tinteiro com uma expressão satisfeita. *Clique!*, soou agradavelmente. Dobrou a carta grossa ao meio e a colocou em um envelope escuro, finalizando com um adesivo transparente da Geulwoll e o desenho de uma folha de árvore como assinatura no selo. Combinava direitinho com sua blusa verde. Ela pôs a carta em um dos nichos e olhou as outras quatro cartas que esperavam por seus destinatários. Passou o dedo indicador por elas e pegou uma ao acaso.

Olá :)

Eu sou a Nuvem (desenho de nuvem) e gosto de caminhar por todos os cantos.

Hoje está um pouco frio, mas é bom vir passear em Yeonhui-dong.

Também tomei chá da tarde... Afinal, não tem como não ficar feliz depois de comer uma sobremesa bonita e deliciosa.

Você gosta de sobremesa? Ultimamente, estou gostando muito de scones. >_< (desenho de scones)

Eu queria saber quantos anos tem a pessoa que vai receber esta carta e como está a vida dela... Como foi seu dia ontem e hoje?

Estou meio mal-humorada ultimamente... haha, isso também deve passar, né?

Este ano estou tentando me concentrar mais em seguir meu coração e deixar as coisas fluírem. Como será que a pessoa que vai receber esta carta vive? Ou melhor, como será que está planejando viver?

Vou preencher este ano com momentos felizes, viajando pela Coreia e para o exterior, explorando novos lugares, experimentando comidas diferentes e passando tempo de qualidade com os meus amigos. Ah! Com certeza, vou viajar de trem. (desenho de trem)

Espero que você, lendo esta carta, seja feliz todos os dias. (desenho de flor)
Estou tentando focar naquilo que quero agora. Comecei a fazer isso há pouco tempo, mas acho que é uma boa ideia.

Meus planos para este ano são: fazer montanhismo, fazer exercício físico, ler mais, fazer trabalho voluntário, viajar e ser feliz... é isso. O que você acha? Muita ou pouca coisa? Na verdade, é muito para mim também kkkk sou bem preguiçosa. Meus planos e objetivos são levantar da cama e experimentar coisas diferentes. (desenho de pessoa perseguindo uma nuvem)

Ah, é! Ultimamente, estou tentando cozinhar mais, tenho feito principalmente ovos mexidos molinhos. É só bater os ovos, misturar com o leite, depois cozinhar os ovos mexidos em fogo alto, esperar o quê, uns cinco segundos? Aí você mexe com uma espátula (de silicone) reta, (desenho de uma espátula) fazendo movimentos rápidos e longos, polvilha muçarela por cima, desliga o fogo depois de alguns minutos e pronto! Vai ter deliciosos ovos mexidos, muito macios e molinhos :) Você também pode colocar cebola picada e cogumelos grelhados, que fica uma delícia (aliás, a rapidez é essencial!). Dá para colocar o que quiser, mas acho que o leite e a muçarela são indispensáveis!

Posso indicar um dos meus lugares favoritos? É um restaurante chamado "The Original Pancake House", e os omeletes de lá são deliciosos. Já que estou falando de pratos com ovos, você já deve imaginar, mas... se você gosta, eu recomendo muito! kkkk >_<

Para quem estiver lendo... Acho que foi coisa do destino você ter recebido minha carta, então espero que seu ano seja cheio de alegrias. ♡

DE: Nuvem (desenho de nuvem) que quer trocar a tristeza pela alegria

— Nossa, quantas palavras para duas folhas de papel!

Eunah abriu um sorrisão e olhou outra vez para a caligrafia bonita, tão elaborada quanto o conteúdo. O papel estava cheio de desenhos fofos de nuvens, trens e *scones* por todo lado. Eunah, que tinha dois filhos meninos, ficou impressionada com a carta da "Nuvem". Se tivesse uma filha que nem ela, talvez passasse todos os fins de semana conhecendo novos lugares, comendo sobremesas e vendo coisas incríveis e lindas.

— Você deve ter gostado da carta.

Hyoyeong sorriu, estudando o rosto de Eunah. Ela fez que sim com a cabeça, dobrou a carta com cuidado e a colocou de volta no envelope.

— É isso aí, tenho uma nova *penpal* e ela é uma fofa.

Eunah disse a Hyoyeong o nome do restaurante que sua *penpal* tinha recomendado e sugeriu que elas fossem lá no fim de semana. Assim que foi até o caixa e pagou pelo serviço, duas clientes com uniforme escolar entraram. Enquanto as cumprimentava, Eunah falou com Hyoyeong. Ela queria comprar a caneta-tinteiro que usara logo antes.

— Ah, está fora de estoque no momento. Quer que eu ligue para você quando chegar?

— Pode ser. Você tem meu cartão de visita, né?

— Tenho, sim.

Eunah acenou em despedida.

— Então nos vemos por aí! Se cuida, garota!

Quando ela saiu da Geulwoll, Hyoyeong abriu a gaveta do aparador e espiou de canto de olho as meninas que observavam os papéis de carta. Elas olhavam para além do aparador — para a estante embaixo do nicho do serviço de *penpal* — e cochichavam alguma coisa. Deviam ser as quietinhas da turma. Sentiam-se mais à vontade escrevendo do que conversando, e pareciam gostar mais de livros do que de cantores pop.

— Gosto que aqui é silencioso. E a cor das paredes é linda — comentou a garota com cabelo preso em um rabo de cavalo firme, enquanto admirava as paredes.

— Tem muitos compilados de cartas. E uma coleção de ensaios. Acho que vendem livros aqui também — disse a garota de cabelo curto, abrindo o livro que tinha nas mãos.

Era curioso como elas conseguiam falar sem deixar de prestar atenção no que a outra dizia. Pareciam ser boas amigas. Com uma expressão contente no rosto, Hyoyeong acompanhou os movimentos delas com o olhar. Ao vê-las zanzando por ali na tarde de um dia de semana, se perguntou se havia algum evento na escola que tinha acabado mais cedo ou se era época de provas. Espere aí, era época de provas? Ela não tinha certeza, agora que a lembrança de usar uniforme escolar era tão distante.

A garota com rabo de cavalo pegou um bloco de papel de carta clássico com a borda vermelha. A de cabelo curto comprou uma caneta roxa de madeira e um cartão-postal com uma ilustração de Yves Saint Laurent. Hyoyeong entregou a elas um recibo escrito à mão com o valor dos produtos comprados. As meninas eram muito novas para saberem o que era um recibo e o olharam com admiração.

— Nossa, que lindo! Quero pendurar na parede do meu quarto.

— Amei sua letra.

Hyoyeong sorriu e agradeceu pelos elogios. Em seguida, chegaram um jovem em busca de um cartão de aniversário para a namorada e uma mulher querendo escrever um cartão de agradecimento aos colegas para celebrar sua saída da empresa. Justo naquele dia, os clientes não paravam de chegar. Foi só às quatro horas da tarde que Hyoyeong teve tempo para respirar. Sentou-se em um banquinho atrás do caixa e, enquanto tomava café, deu uma espiada no Edifício Yeonhwa. As novas cortinas do quinto andar eram chamativas: de seda preta com estampa de grandes lilases dourados. Isso a fez se perguntar se era o estilo de Yeonggwang.

As visitas de Yeonggwang à Geulwoll passaram a ser cada vez mais raras. A última tinha sido em meados do mês anterior, quando passou por lá e comprou dois blocos de papéis de carta com padrão de frutas. Seonho disse que ele estava estressado com seu próximo projeto, e Hyoyeong, que também já passara noites em claro por causa de um roteiro, sentiu a dor dele. Quando um trabalho não dava certo, a sensação era de que estava regando uma flor já murcha sem parar. Apesar de murcha, a flor ainda não morreu, e não se pode deixar de jogar água. Mesmo que depois seja necessário arrancá-la e plantar novas sementes.

— Boa tarde.

Às cinco horas, um homem de meia-idade entrou na loja e a cumprimentou educadamente. Era meados de julho, mas sua boina xadrez passava uma impressão de que o clima estava ameno do lado de fora. Ele tinha as sobrancelhas grisalhas e grossas, e as rugas eram visíveis em seu rosto, que parecia exibir um eterno sorriso.

— Seja bem-vindo.

Hyoyeong se curvou respeitosamente, depois o cliente de boina virou-se e foi até o nicho onde ficavam as cartas. Hyoyeong ficou curiosa para saber de onde teria vindo aquele senhor, que usava camisa de manga curta e carregava uma enorme mochila de montanhismo nas costas.

— Eu gostaria... de usar o serviço de *penpal* daqui.

— Claro! Por favor, fique à vontade, eu vou pegar alguns papéis de carta e umas canetas para o senhor.

Hyoyeong se abaixou e pegou os materiais debaixo do caixa.

Crac!

O som de algo se quebrando veio da mesa. Ela nem precisou olhar para saber o que era. O vaso que a mulher de Seonho havia trazido da França estava em pedaços.

— Ah, o que...

O homem tirou a boina e coçou a lateral da cabeça. Seu rosto ficou vermelho igual ao do personagem do livro *Marcellin Caillou*, do francês Jean-Jacques Sempé.

— Pode deixar que eu limpo.

— Caramba, eu não costumo ser tão desastrado assim...

Hyoyeong pegou os pedaços maiores com as mãos protegidas por luvas e os envolveu com jornal. O poema "Em pedaços", que Seonho tinha recitado, lhe veio à mente. Ela sabia que isso ia acontecer. Ao levantar a mochila de montanhismo, o cliente de boina tinha derrubado sem querer o vaso que Hyoyeong queria ter colocado no centro da mesa.

— Eu vou pagar — disse ele, curvando-se ligeiramente para Hyoyeong, que varria o chão.

Se os papéis de carta tivessem amassado ou manchado, ela os descartaria sem pedir que o cliente pagasse. Era a política de Seonho para que a Geulwoll fosse lembrada como um lugar tranquilo. Mas o que ela deveria fazer no caso de um vaso? Hyoyeong disse que ligaria para o chefe e foi para o corredor, preocupada que a ligação pudesse constranger o visitante.

— Você deve ter tomado um susto. Tome cuidado para não se machucar.

— Ele quer pagar, o que eu faço?

— Eu também não sei. É um cliente novo, por acaso?

— Não sei. Ele está usando boina, então deve ter uns cinquenta anos... talvez sessenta.

— Ah! Ele sempre aparece na loja. É o diretor da Escola Primária de Yeonhui!

Seonho falou mais alto, como se tivesse ficado subitamente feliz. A Escola Primária de Yeonhui ficava a cinco minutos da loja, bem atrás do Edifício Yeonhwa.

— Diga "oi" para ele por mim. Ele adora a Geulwoll, então fico contente por ele ter passado aí.

— Eu nunca tinha visto ele. Desde quando ele frequenta a loja?

Hyoyeong ficou surpresa por existir outro cliente regular da Geulwoll além de Yeonggwang. *Chefe, você tem se esforçado bastante, né?*

— Não lembro. É normal fazer amizade com alguém e, depois de alguns meses, não se lembrar mais de quando tudo começou?

Hyoyeong concordou em silêncio, com um aceno de cabeça, lembrando-se de sua melhor amiga no ensino primário. Seonho não estava errado.

Quando encerrou a ligação, Hyoyeong voltou para a loja com um leve sorriso. O cliente havia colado fita adesiva ao redor do jornal que envolvia os cacos de vidro.

— Obrigada, senhor. Pode deixar isso comigo.

— Tudo bem, já terminei. Como posso pagar pelo vaso quebrado?

— O chefe disse que está tudo bem, então não se preocupe. Ele só quer que o senhor continue vindo à Geulwoll e fique à vontade.

O cliente, que não parava de sorrir, fez que sim com a cabeça. Então, falou que ele mesmo levaria o lixo embrulhado no jornal, e que Hyoyeong não poderia impedi-lo de fazer o que quisesse com ele.

— Ah, tem isto também.

O cliente pegou uma sacola plástica de dentro da mochila e a entregou para Hyoyeong. Ali havia pepinos cortados em fatias, com uma bolsa de gelo junto para mantê-los frescos.

— Eu os embalei para comer na montanha, mas fiz vários para dividir com o pessoal durante a subida. Este está intocado...

O homem obviamente queria se redimir por ter quebrado o vaso, e ela não conseguiu recusar. Quando ele saiu da loja, Hyoyeong pegou um pedaço de pepino da sacola e o mordeu. O frescor do verão se desfez em sua boca.

2

[Diário de registro da Geulwoll]

— Data: 23 de julho (fim de semana)

— Clima: ensolarado
— Funcionária: Woo Hyoyeong
— Número de clientes: 33
— Vendas no cartão: 381.000 won
— Vendas em dinheiro: 15.000 won
— Vendas totais: 396.000 won
— Compras no site da loja: 8 + 11 no site da 29CM

Detalhes do estoque:
— Cartuchos da Kaweco: 4 pretos / 3 marrons
— Perfume Ink Wood: 4 unidades
— Livro "Como escrever uma carta": 31 exemplares em estoque no momento
— Saquinhos para embalagem P/M/G

Lista de produtos fora de estoque:
— Ímã de papel (pouca quantidade restante)

Observações: há duas semanas, uma mulher de trinta e poucos anos veio comprar um cartão de agradecimento, pois estava saindo do emprego. Ela gostou tanto que voltou hoje e comprou cinco lápis da Swiss Wood para dar de presente. A coleção de livros do Seonho também continua aumentando. O reflexo da janelinha da Geulwoll e do céu na prateleira de vidro é tão bonito. Vários clientes tiram fotos da janela, por isso estou tentando limpá-la todos os dias. Hoje, mais de quinze clientes usaram o serviço de penpal. A mesa ficou tão cheia que alguns deles quiseram ir até a cafeteria aqui perto para escrever. Assim como a Hayul, a Geulwoll também está crescendo!

Alguns dias depois, quando já era quase fim do expediente, Hyoyeong verificou o estoque e fez um rápido registro no diário. Às cinco e meia, um cliente inesquecível retornou. Era o diretor da Escola Primária Yeonhui, o homem de boina. Ela se lembrou de Seonho ter dito que, depois de algumas conversas, os dois já estavam tratando um ao outro sem formalidades. Ao escrever a lista dos *penpals*, ela acabou memorizando o nome dele.

O cliente se chamava Keum Woncheol. Ele ia à Geulwoll principalmente para usar o serviço de *penpal*, uma vez a cada duas ou três semanas, e, até aquele outro dia, só tinha ido às quintas-feiras, que era quando Seonho trabalhava. Por isso, Hyoyeong não sabia que ele era um cliente regular.

Desta vez, Woncheol apareceu com uma grande mochila de montanhismo, colocou-a sobre o balcão e tirou de lá um vaso com um buquê de flores embrulhado em jornal. Havia rosas do tamanho do punho de um adulto, nas cores amarela, vermelha e rosa. O vaso era uma cerâmica quadrada com estampa de rattan, fazendo um contraste peculiar com as rosas coloridas.

— Cultivamos essas rosas no terraço lá de casa. Achei que combinariam com a loja.

— Obrigada, são lindas.

— Não sabia o que comprar para o vaso, mas aquele que eu quebrei parecia ser bem caro. Quando eu encontrar o Seonho, vou ter que perguntar quanto custou — disse o homem, aos risos.

Sorrindo, Woncheol contou que procurou um vaso semelhante depois de sair do trabalho, mas não conseguiu encontrar. Hyoyeong achou uma graça pensar nele subindo no terraço e cortando os caules das rosas com uma tesoura, uma a uma, para se desculpar.

— Não, ele já disse que está tudo bem...

— Mas talvez ele gostasse muito do vaso.

Woncheol olhou para Hyoyeong com uma expressão aflita. Não devia ser fácil ter um coração que dava tanto valor as coisas dos outros quanto às próprias. Hyoyeong ainda nem tinha chegado aos trinta, mas já sabia que o coração dele valia ouro.

Ela disse "sem problemas", pegou o vaso e o colocou no centro da mesa. A princípio, quando olhou de trás do caixa, achou meio cafona, mas até que não tinha ficado tão ruim em cima da mesa branca.

— Acho que assim está ótimo!
— Sério?
O sorriso de Woncheol era amplo, e suas rugas, profundas. Ele pegou um papel de carta e se sentou à mesa, dizendo que iria escrever para seu *penpal*. Pegou uma caneta de madeira com ponta de um milímetro. Pela forma como movia a mão, sua caligrafia parecia ter traços longos. A caneta começou a correr sobre o papel, estendendo-se em todas as direções. O que será que um homem adulto que usa boina sempre que sai de casa, cultiva rosas no terraço e fala com os mais jovens de maneira formal escreveria em uma carta? Hyoyeong controlou a curiosidade e se escondeu atrás da cortina translúcida de um dos lados do caixa.

PARA: Alguém

Como você tem passado?

Está fazendo um verão de matar, aí quando nos viramos e damos de cara com uma brisa é como se fosse um presente.

Não sei se estou sendo legal demais para um primeiro contato, mas assim que penso "quando vou poder demonstrar tanto afeto a um estranho de novo?", eu me encho de coragem para perguntar como você está.

Estou prestes a completar sessenta anos. Sei que estou envelhecendo, mas continuo sendo um homem, e nem sempre é fácil abrir o coração para os amigos.

Por isso, aqui estou eu, me valendo do poder do anonimato para escrever algumas palavras.

Eu tinha uma esposa que adorava rosas. No fim da primavera, quando o ventilador elétrico velho funcionava, ela voltava para casa depois de cuidar do jardim no terraço e eu via as unhas dela cheias de terra preta.

O que tem de tão bom em tocar os caules com as mãos nuas? Poderia ter se machucado.

Depois dessa travessura, pedi que ela se sentasse e cortei suas unhas. Quando ela viu as unhas bem aparadas, abriu um sorriso enorme e me disse: "Sabe, quando vejo uma coisa bonita, eu preciso tocá-la."

Agora, preciso cuidar dessas coisas bonitas sozinho.

Fiquei encarregado de tudo depois que minha esposa se foi há dois anos.

Eu não sabia quando deveria regar as plantas nem quando replantar. Não sabia nem sequer como podar.

Minha esposa ficou pequena e fraca muito depressa para eu poder perguntar essas coisas.

Ela não viveu o mesmo tanto que uma rosa. Nem o mesmo tanto que uma rosa...

A lembrança dela, tão cheia de vida, ainda deixa um nó na minha garganta.

Acho que não existe mais nada que eu possa fazer para acalmar meu coração aflito além de escrever cartas.

Obrigado por ler a história deste senhor aqui até o fim.

Não imaginei que falar da minha mulher a alguém seria assim, um pequeno consolo.

Espero que esteja cuidando bem da saúde.

Talvez nos encontremos outra vez quando chegar a hora.

DE: Alguém

Com um clique, Woncheol tampou a caneta e dobrou a carta com as mãos queimadas de sol. Hyoyeong então notou que as unhas do homem estavam pretas. Será que havia se sujado ao colher as rosas? Woncheol se aproximou do caixa com um envelope cuidadosamente lacrado. Sua assinatura era uma flor de cinco pétalas sem nome. Hyoyeong pegou o arquivo com a lista de participantes do serviço de *penpal*; Woncheol havia rabiscado seu número de celular e sua assinatura no final da lista.

— Sua letra é linda.

Hyoyeong olhou para as letras que formavam o nome "Keum Woncheol", maravilhada. *Então era isso que queria dizer "caligrafia primorosa"*, pensou ela. A pessoa que escolhesse a carta de Woncheol seria uma sortuda.

— É que, na minha época, eu tinha que escrever muito à mão.

Woncheol ajeitou a boina com uma expressão tímida no rosto e foi até o nicho das cartas dos *penpals*. No canto superior direito da carta que ele tinha pegado, havia um rosto sem olhos, só com a boca, o nariz e as orelhas. Woncheol ficou intrigado com o "gosta de caminhar" circulado. Ele também gostava de caminhar todos os fins de semana em um parque a vinte minutos a pé de casa, então se identificou.

Olá.

Escrevo algumas palavras da minha janela, de onde posso ver os telhados aglomerados.

O tempo está quente e fresco ao mesmo tempo, do tipo que te faz suar depois de caminhar, mas que esfria assim que você para. Ainda bem que eu não trouxe cachecol, ou não teria suado, teria derretido.

Está o clima perfeito para pegar um resfriado, mas você não deve estar preocupado comigo. Por isso, também não vou mais me preocupar com você rsrs.

Mas, ainda assim, hoje saí de casa usando o perfume que você me deu. Foi um presente e é meu favorito. Talvez eu goste de tudo sobre você.

Engraçado, né? No fim, ainda vamos viver outro dia debaixo do mesmo céu. Que pena.

Deve ser coisa do destino, hein?

Está tudo bem agora, então pode ir. Se afaste de mim para sempre.

Aproveite seus dias em um lugar onde é difícil te encontrar.

Vou olhar para o céu com tristeza, enquanto me lembro de você.

— Uau, parece até um poema ou uma letra de música...

De trás da cortina, Hyoyeong virou a cabeça ao ouvir o murmúrio dele, seguido de um comentário em voz mais alta:

— Pelo visto, esta carta já está aqui há algum tempo. Acabei de ler uma carta deixada durante o inverno.

Hyoyeong se levantou e parou em frente ao caixa. Woncheol estava certo — aquela carta estava ali desde que Hyoyeong tinha chegado. Ela viu a data no envelope e mudou a carta de lugar de propósito, para que pudesse ser alcançada, porém, como se fosse destino, ninguém a escolheu por um bom tempo. Ainda assim, talvez tivesse encontrado sua cara-metade hoje.

— Será que acabei de conhecer uma boa pessoa? — murmurou Woncheol para si mesmo antes de se virar para Hyoyeong. — Às vezes, é bom ter um vislumbre da mente dos mais jovens por meio das cartas. Na minha idade, é difícil ter amigos de vinte ou trinta anos, mas é bom trocar uma ideia sincera com eles através das cartas.

— Que bom. Acho que o senhor escolheu sua carta favorita.

— Essa pessoa é fantástica. Apesar de ser uma carta curta, mostra o quanto se dedicou aos próprios sentimentos.

Woncheol acrescentou que estava grato pela pessoa não ter deixado o romantismo de lado em uma época em que os jovens tinham tanta dificuldade para demonstrar sentimentos. Hyoyeong abriu um sorriso radiante e pôs a carta de Woncheol dentro do nicho. Uma caligrafia realmente primorosa... Ela resistiu à tentação de utilizar o serviço de *penpal* naquele exato instante e abrir a carta de Woncheol.

De volta ao seu lugar, Hyoyeong olhou mais uma vez para a caligrafia de Woncheol na lista de *penpals*. A linha horizontal se inclinava levemente de baixo para cima, da esquerda para a direita, o que a deixava elegante, mas nada exagerada. Os círculos eram suaves, sem parecerem tortos, e as vogais desciam perfeitamente depois de uma leve curva no início.

Por alguma razão, Hyoyeong reparava na caligrafia dos outros. Não só a forma de escrever era diferente; as assinaturas que usavam para se expressar eram únicas. Olhando a lista, era estranho ver que tantas pessoas no mundo tinham a própria "marca". Quando estava na faculdade, se dedicando à carreira de roteirista, Hyoyeong pegava o metrô lotado a caminho da aula e ficava olhando as pessoas ao redor. Ela imaginava todas as lembranças, tanto as boas quanto as ruins, que poderiam estar dentro daquelas cabeças, e, de repente, começava a se perguntar quantas pessoas poderiam se identificar com seu roteiro... Ficava apavorada com o desconhecido.

Enquanto refletia, Hyoyeong notou o desenho de um golfinho na carta que Hajun havia escolhido. Lembrou que o menino tinha dito que recebeu a carta, mas que não planejava escrever de volta. Hyoyeong leu um nome conhecido ao lado do desenho do golfinho. Cha Yeonggwang. Ela ergueu o olhar e viu que as cortinas do quinto andar ainda estavam fechadas no Edifício Yeonhwa, do outro lado da rua. Diziam que só usava cortinas blackout quem tinha insônia.

E, assim, passaram-se dez dias. Quando a Geulwoll ficava sem clientes, Hyoyeong apontava sua câmera para o lado de fora das janelas. As janelas laterais eram pequenas, mas, dependendo de onde estivesse, ela conseguia ver diferentes paisagens. À direita, podia-se ver os telhados coloridos e, à esquerda, um longo trecho de rua com um complexo de apartamentos ao final. Hoje, havia uma única nuvem, fofa como um algodão-doce, flutuando no céu limpo. Assim que tirou a foto, Hyoyeong postou no Instagram a paisagem da Geulwoll naquele dia, junto com uma mensagem curta, além da hashtag #registrodalojadecartas. Fazia alguns dias que ela postava fotos da Geulwoll e registros diários por sugestão de Seonho.

Assim que publicou a foto, uma mensagem de sua mãe apareceu na tela do celular.

"Mandei a carta da sua irmã para sua casa em Yeonhui-dong. Já que é para você, você que lide com isso."

Então a irmã ainda estava enviando cartas, e a mãe delas havia se dado ao trabalho de mandar uma para a casa de Hyoyeong. E, pelo visto, a irmã ainda não tinha voltado para o mundo real. Hyoyeong encarou o vaso que Woncheol trouxe, tentando ignorar a súbita sensação de desgosto. A ponta das pétalas das rosas já estavam secas e mostravam um tom amarelado havia muito tempo. Seonho tinha dito que passaria na Geulwoll naquela noite para trocar as flores depois de fazer a bebê dormir. As flores se abriram e murcharam, a bebê chorou e adormeceu, e a primavera se transformou em verão. Mas a irmã de Hyoyeong ainda não havia dado as caras, continuava se escondendo atrás das cartas.

"Para quê? Eu não vou ler."

Depois que ela enviou essa mensagem, a mãe não mandou mais nada. Sentindo-se sufocada, Hyoyeong abriu a janela lateral. A brisa de agosto entrou. O céu de Seul abraçava o calor do meio-dia e mandava um vento quente para zombar das pessoas.

Naquele instante, o cliente que usava gravata-borboleta entrou: Seong Minjae, o contador. Ele estava bem-vestido, com um terno de verão, e seco, desta vez. Ele agradeceu a Hyoyeong pela última vez em que fora à loja e pediu para usar o serviço de *penpal*.

— Você trocou o vaso? Essas rosas são lindas.

Até uma rosa com pétalas secas ainda era bonita aos olhos de alguém. Quando Hyoyeong perguntou se ele precisava de caneta, Minjae fez que não com a cabeça. Hyoyeong lhe entregou um papel de carta e se sentou atrás da cortina do caixa. Precisava de um tempo para se recompor.

Minjae olhou em volta, para as paredes cor de pêssego da Geulwoll, e abriu um sorriso suave. Tinha passado a manhã com dor de cabeça no trabalho e saiu mais cedo do escritório com a intenção de ir ao hospital, mas daí a dor passou. Ele ficou envergonhado de ir para casa e sentiu que não seria uma boa ideia voltar ao trabalho, então lembrou-se da Geulwoll. Andava muito ocupado e fazia tempo que não dava uma passada lá, mas sentiu falta de um lugar para contar sua história.

Com a respiração lenta, Minjae pegou a caneta bico de pena que ganhara de presente de um colega de trabalho havia alguns dias. Tinha um formato alongado, parecia uma varinha mágica. Por ser específica para a prática de caligrafia, a ponta facilmente se quebrava com a menor pressão, então ele precisaria ter cuidado e controlar a força na ponta dos dedos. Não era um instrumento confortável para escrever textos grandes, mas Minjae achava que a carta daquele dia exigiria mais zelo e cuidado.

— O dia de hoje é como um presente, já que se tornou um dia de folga por acaso.

Com as palavras dele, a silhueta por detrás da cortina translúcida se movimentou. Hyoyeong imediatamente colocou a cabeça para fora e perguntou:

— Pois não? Precisa de alguma coisa?

— Não, está tudo certo.

Minjae soltou uma risada e voltou sua atenção para a carta, retirando de sua maleta a tinta que guardava para a caneta bico de pena. Era de um azul brilhante, com um toque de violeta, dentro de um pequeno frasco de vidro de trinta mililitros. A cor o fazia lembrar-se do oceano gelado, onde um grupo de golfinhos poderia nadar e brincar.

Logo a caneta bico de pena começou a jorrar o oceano de sua tinta azul sobre o papel de carta.

PARA: Alguém

Olá, como vai?
Está tendo um dia gostoso de verão?
Eu gostaria de saber a que hora do dia e em que lugar você, que pegou esta carta, está lendo isto.
Comecei a ler um livro esses dias, e uma frase do primeiro capítulo chamou minha atenção. É um ensaio chamado "On Reading", ou "Sobre a leitura", do escritor Guy Davenport. A frase dizia que o ato de ler um livro se apega à sala, à cadeira e à estação do ano em que foi lido.
Fiquei estranhamente fascinado com a ideia de que nós, em geral, conseguimos nos lembrar do momento e do local em que lemos um livro.

Acho que seria maravilhoso se meus textos ou minhas cartas pudessem se cravar no tempo e no espaço de alguém.

Durante muito tempo, sonhei em ser escritor. Não tive coragem de ir atrás do meu sonho e comecei a trabalhar cedo.

Agora, só escrevo um ou dois parágrafos depois do trabalho.

Acho que não sou muito bom escritor, mas que se dane. Me apegar ao que quero fazer e não desistir é a minha forma de amar o mundo.

Existe alguma coisa que ainda faz seus olhos brilharem? Caso exista, eu gostaria muito de ouvir sua história, se puder responder a esta carta.

Até lá, seja feliz!

DE: Gravata-borboleta

Ao contrário de Hyoyeong, que estava sempre com a mente frenética, Minjae parecia ser um homem tranquilo, e, ao terminar a carta, pegou um lenço umedecido para limpar a ponta da caneta com calma e delicadeza. Seu mantra era fazer uma coisa de cada vez e em ordem. Hyoyeong encostou de leve a barriga no caixa e observou os movimentos de Minjae. Ele pôs uma capa de couro sobre a ponta da caneta bico de pena e, sem a menor pressa, guardou na maleta os itens que havia colocado na mesa. Depois, se certificou de que todos os zíperes e bolsos estivessem em seus devidos lugares.

Seguindo as instruções de Hyoyeong, Minjae escreveu seu nome na lista de participantes do serviço de *penpal*. A caligrafia dele era a combinação perfeita de linhas retas e curvas. A assinatura era uma gravata-borboleta, como esperado. Minjae imediatamente escolheu uma carta para tirar do nicho. Um a um, ele pegou os envelopes e leu os adjetivos que os remetentes circularam. Qual combinação chamaria a atenção dele? Ao terminar de escolher, ele acenou com o envelope para Hyoyeong.

— Já escolheu?

— Já, vou levar esta aqui.

Minjae parou em frente ao caixa e abriu o envelope. Pelo jeito, iria ler antes de sair. Hyoyeong sorriu furtivamente ao ver uma letra familiar no envelope. "Grilo Anônimo", escrito na caligrafia de Keum Woncheol.

— Ah...

Minjae soltou um suspiro maravilhado ao ler a última frase. Hyoyeong ficou curiosa para saber o que havia na carta de Woncheol capaz de emocionar tanto uma pessoa desconhecida.

— Fui pego de surpresa.

— Hein?

Minjae deu uma risadinha e guardou o envelope na maleta.

— Parece que foi uma boa ideia ter tirado o dia de folga.

Minjae deu um rápido aceno de despedida para Hyoyeong e saiu da Geulwoll. Seus passos estavam leves.

3

Era seu dia de folga. Hyoyeong começou a fazer as tarefas domésticas que vinha adiando. A máquina de lavar de nove quilos estava cheia, mesmo que só tivesse uma fina capa acolchoada dentro. Havia uma lavanderia nas proximidades, mas custava dez mil won para usar a lavadora e a secadora. Enquanto o barulho da lavadora ecoava pelo cômodo pequeno, Hyoyeong abriu a janela até a metade e abaixou a persiana. Do lado de fora, ouvia-se o som da motocicleta de um entregador.

"Por que você não foi? Eu fui só para ver você."

Era uma mensagem de Eunchae, uma colega de faculdade, de dois dias antes. Dizia respeito à festa de cem dias de Hayul, e havia uma pontada de frustração nas palavras dela. Hyoyeong cobriu o rosto com o travesseiro, dividida entre a alegria por alguém ter se lembrado dela e o desejo de que todos sumissem sem deixar vestígios. No ar, giravam as vozes de sua mãe, repreendendo-a com "você é igual à sua irmã", de seu pai, comentando "você não tem dó da Hyomin? Do quanto se esforçou para sustentar a casa sozinha?", e dela mesma, gritando "é por isso que você só pode continuar sendo a irmã mais velha estudiosa, sem se meter nos negócios!".

Hyoyeong arremessou o travesseiro para abafar as vozes e sentou-se ereta. Agradeceu a Eunchae pela mensagem e disse que a veria em breve, ao que ela respondeu em menos de um minuto, como se já esperasse pela mensagem de Hyoyeong.

"Quando? Vai mesmo?"

"Vou, sim. Vamos nos ver no meu próximo dia de folga."

"Ei, Woo Hyoyeong..."

"Quê?"

"Bom trabalho."

"Pelo quê?"

"Descansa um pouco. Não esperava que você fosse me perguntar isso."

Ela soltou uma risada. Enquanto Hyoyeong lia a mensagem de Eunchae, dizendo que daria uma passada na loja de Seonho em breve, a máquina apitou para avisar que a roupa estava lavada. Depois de pendurá-la para secar, de repente deu-se conta de que queria escrever uma carta de agradecimento a Eunchae pela mensagem. Surpreendeu-se por não ter escrito uma única carta em meio ano, mesmo trabalhando meio período na Geulwoll.

— Hein? Woo Hyoyeong, o que está fazendo aqui no seu dia de folga?

Seonho olhou de canto de olho para Hyoyeong. Ele usava um avental cáqui, as mangas da camisa azul-clara dobradas até os cotovelos.

— Hoje vim como cliente. Quero escrever uma carta.

— Mal chegou como cliente e já está pedindo coisas... Para quem? Para Eunchae?

— Para um fantasma.
— Eunchae perguntou por você na festa de cem dias da Hayul.

Hyoyeong escolheu um cartão-postal para enviar à amiga, assim não precisaria de resposta. Era um cartão ilustrado com uma "mão escrevendo". Ela achou que não conseguiria redigir um texto longo, só o suficiente para transmitir seus sentimentos.

— Escreva com isto. É uma caneta-tinteiro nova. Veja como é ao toque.
— Olha só, você sabe até a diferença entre as canetas.
— Pois é, o que eu não sabia era que você era tão sensível, Woo Hyoyeong...

Seonho pôs uma caneta-tinteiro sobre a mesa, cuja tampa Hyoyeong abriu enquanto balançava a cabeça. Era uma caneta de plástico com um design casual, e, quando ela rabiscou em um bloco de anotações próximo, a tinta era de um verde-escuro vivo.

— É boa. Parece ótima para se usar em um cartão-postal.
— Acho que vai funcionar melhor em um papel mais grosso. Outra vantagem é que ela não é muito cara.

Aparentemente satisfeito com a resposta de Hyoyeong, Seonho fez que sim com a cabeça e se dirigiu ao caixa. Quando ele pegou a dobradeira e começou a trabalhar nos envelopes com afinco, Hyoyeong, que observava seus movimentos ordenados e meticulosos, sentiu que estava de fato em uma loja de cartas. Assim como o cliente da gravata-borboleta, decidiu escrever o conteúdo da carta para a amiga no bloco de anotações primeiro. Queria enviar um cartão-postal bonito e direitinho. Era tão singular ir à Geulwoll como cliente... Ela sorriu de leve ao perceber isso enquanto escrevia.

Foi quando um rosto familiar entrou na loja: Kwon Eunah, a mulher do dono da padaria e proprietária da Imobiliária Hobak.

— Seonho, trouxe pão para você.
— Poxa, não precisava...

Eunah estendeu o saco de pão, e Seonho a fez rir com seu jeito de falar e gestos exagerados. Depois de conversarem brevemente, Eunah se voltou para Hyoyeong, sentada à mesa.

— Está escrevendo uma carta? Acho que é a primeira vez que vejo você fazendo isso.
— É o dia de folga dela, mas veio até a loja mesmo assim.
— Mentira... Você não tem nenhum encontro, não? — brincou ela.

Rindo, Eunah se sentou ao lado de Hyoyeong e tirou uma pasta de documentos de dentro da bolsa.

— Certo, vou ao centro cultural hoje e trouxe isto aqui comigo. Quer dar uma olhada, minha linda?

Era a terceira ou quarta vez que Eunah a chamava de "minha linda" de forma carinhosa, e Hyoyeong não se incomodava. A mulher tinha começado a fazer aulas de poesia em um centro cultural havia pouco tempo e estava com medo de não ter jeito para a escrita, por isso tinha procurado em seu armário e encontrado um pacote de cartas de quando tinha vinte anos. Ela abriu a tampa da pasta de rattan e mostrou mais de cinquenta cartas.

— É um chumaço de cartas de e para homens jovens e bonitos que não são meu marido — começou ela —, mas, enquanto vasculhava, percebi que meu marido também me escreveu. Mas uma vez só!

— Uau, isso é um tesouro! Posso ver?
— Claro! Pode ler.

Eunah estendeu um cartão-postal para Hyoyeong. Era branco com desenhos de andorinhas à tinta e, apesar de o material não ser da melhor qualidade, era macio ao toque.

> Você fez um ótimo trabalho!
> Volto amanhã cedo, quando terminar a massa.
> Obrigado por ter dado à luz um bebê saudável, vamos criá-lo com muito carinho e cuidado.
> Se a criança for parecida com você, não vai dar muito trabalho, mas se for parecida comigo, vai ser frustrante não saber o que se passa na cabeça dela.
> Melhor pensar que é o destino.
>
> Continue se cuidando.

— Eita!

Hyoyeong gargalhou. Eunah estava certa, não eram palavras muito emocionantes — era uma carta franca e direta, e até engraçada, pois refletia a personalidade do *ahjussi* da padaria. Era parecida com o pão que ele vendia, com seu sabor leve, nem muito doce, nem muito salgado.

— Não é brega? E sem graça?

— Ah, bom... mas é sincera.

— Uma vida inteira juntos para um único bilhete no primeiro parto!

Eunah guardou os cartões-postais e as cartas de volta na pasta. Estava na hora de se levantar para ir ao centro cultural.

— É uma pena, toda vez que venho aqui fico reclamando do meu marido.

Em resposta ao desabafo de Eunah, Seonho parou de dobrar os envelopes e perguntou:

— Você falou para ele que queria viajar?

— Falei! Sabe o que ele respondeu? Disse para eu ir sozinha. Ou, então, para ir com a minha família!

— Poxa vida, você trabalha há trinta anos, merece um descanso.

— É verdade, aff!

Eunah saiu agitando as mãos, e Seonho, que havia terminado de dobrar os envelopes, colocou a música "days", de AOKI,hayato, para tocar em seu notebook. Era a favorita de Hyoyeong.

Ela parou com a mão acima do cartão-postal por um instante, enquanto sentia a música fluir pela Geulwoll. Em sua mente, conseguia ver as mãos de AOKI,hayato tocando violão. Quando a luz do sol aquecia as cordas, a ponta de seus dedos produzia notas quentes que evocavam o outono. Ao ouvir a melodia das folhas caindo, enquanto o som tocava, ela imaginou folhas de chá se acomodando lentamente em uma xícara. A música era como uma aquarela bem seca com o cheiro da tinta. Poderia escutá-la várias vezes sem se cansar.

Relaxada, Hyoyeong finalmente se concentrou na carta para a amiga. Enquanto a música tranquila ecoava pela Geulwoll, Hyoyeong pensou, de repente, que permanecer ao lado de alguém era algo valioso. As pessoas que ela mantinha ao seu lado eram aquelas que a aceitavam como ela era. Por isso Hyoyeong ainda era amiga de Seonho, que largou a faculdade logo após ela ter entrado.

— Acho que escolhi bem minha funcionária, afinal.
— Como assim? Um elogio do nada?

Hyoyeong parou de escrever e olhou para Seonho.

— Você não acha que os clientes se sentem à vontade para conversar com você?
— Sério? É o meu jeito de sempre.
— Estou dizendo, é um talento natural.

Seonho mexeu as sobrancelhas escuras e olhou para ela com uma expressão satisfeita. Enquanto ele era do tipo que se aproximava de todo mundo com facilidade, Hyoyeong era do tipo que ficava sentada e observava as pessoas ao redor. Em sua época de estudante, tinha vários amigos que a procuravam para pedir conselhos sobre carreira. Ela só balançava a cabeça e não dizia nada, e seus amigos a olhavam satisfeitos por terem recebido uma resposta sábia.

— Acho que precisávamos de alguém que ouve o que os outros têm a dizer aqui na Geulwoll, porque falar, ler e escrever são ações conectadas. Não dá para escrever se não falar.
— Ouvir não é um problema. Falar sobre mim mesma é que é difícil.

Hyoyeong deu de ombros e voltou à mensagem, da qual estava apanhando. Apesar de seu esforço, conseguiu escrever apenas três frases: "Para Eunchae", "Como você está?", "Eu estou bem". A tinta verde já havia secado fazia muito tempo, à espera das próximas palavras. Sentiu-se tentada a pedir que Seonho escrevesse no lugar dela, quando mais um cliente entrou na Geulwoll. Era Yeonggwang.

— Quanto tempo!

Depois de falar com Seonho, Yeonggwang cumprimentou Hyoyeong, sentada à mesa. Ela virou a cabeça, distraída, e olhou para trás, na direção do quinto andar do Edifício Yeonhwa. As cortinas estavam fechadas. Yeonggwang não estava com uma aparência muito ruim. Tinha raspado a barba e usava um cardigã verde-claro e calça bege bem passada, o que sugeria que ele tinha saído a trabalho.

— Como foi?

— Uma merda, como sempre.

Ele havia acabado de receber o feedback a respeito de seu próximo webtoon. Houve uma pequena discussão entre o produtor, que queria lançar logo o projeto, e o editor, que achava que deveriam ter mais tempo para pensar em algo melhor. Sentado no meio dos dois como se fosse um réu, Yeonggwang sentiu que sua energia vital estava se esvaindo, mesmo sem se mover.

— Não foi tão ruim assim... Deixe a Hyoyeong te mostrar a carta dela. Ela escrevia roteiros de filmes.

Ao ouvi-lo, Hyoyeong levantou as mãos, surpresa.

— Estou fora do ramo cinematográfico há muito tempo! Não sei de nada!

Yeonggwang riu e se sentou na frente dela. De forma inconsciente, Hyoyeong cobriu o cartão-postal com a palma da mão. Teria sido porque viu o homem escrever uma carta com tanta facilidade? Ela não queria ser enxergada como alguém que não conseguia sequer mandar um oi para uma amiga próxima.

— Para quem você está escrevendo?

— Para alguém que eu conheço.

— É uma carta de amor?

Hyoyeong balançou a cabeça em negativa e disse que era para uma amiga da época da faculdade. Yeonggwang deu uma olhada rápida na carta e se levantou devagar.

— Quando você escreveu o recibo, notei que sua caligrafia é bem bonita.

Hyoyeong olhou para o cartão-postal, constrangida com o elogio de Yeonggwang. Ela não era tão estudiosa quanto a irmã, mas sempre anotava tudo na época da escola. Fosse com um marca-texto, uma caneta esferográfica ou a lápis, sua caligrafia era muito bem delineada. Quando estava no primário, sua professora, enquanto verificava a lição de casa, uma vez mostrou suas anotações para a turma e disse: "Crianças que escrevem bem que nem a Hyoyeong tiram notas boas." Houve uma época em que ela recebia esse tipo de elogio.

— É verdade, ainda sou boa em alguma coisa.

Hyoyeong sorriu ao se lembrar daquele dia. Talvez sua autoestima não estivesse no fundo do poço só porque tinha abandonado o filme. Ou talvez ela estivesse desfrutando daquela cura que havia encontrado na Geulwoll, um lugar tão tranquilo e agradável quanto o interior de um pêssego.

Em pouco tempo, diversos clientes foram chegando à Geulwoll. Yeonggwang não queria voltar para casa, então decidiu ajudar Seonho a embrulhar cartões-postais. No começo de maio, Hyoyeong percebeu um aumento no número de clientes, graças ao esforço do chefe em divulgar a loja no Instagram e à hashtag #registrodalojadecartas, que ela própria havia criado e que recebia cada vez mais curtidas. Mas, principalmente, acreditava que o sucesso se devia ao fato de as pessoas apaixonadas por cartas terem lido as palavras sinceras que Seonho escreveu sobre elas.

— Meu amigo me deu uma agenda daqui, então fiquei curiosa e vim dar uma olhada. O espaço é mesmo lindo.

— Suas fotos ficam tão bonitas no Instagram. Tudo bem se eu tirar algumas fotos daqui?

— Claro! Obrigado.

Seonho abriu um sorriso radiante. Depois que os clientes que compraram cartões-postais, livros e canetas foram embora, chegaram algumas *penpals*: duas mulheres na faixa dos trinta anos. O proprietário de uma doceria nas proximidades se inscreveu para o serviço ao mesmo tempo, e não tinham sobrado cadeiras suficientes. Por fim, Seonho chamou Hyoyeong.

— Hyoyeong...

— Sim?

— Estamos sem cadeiras. Vá escrever na cafeteria.

— Tudo bem, chefe.

Hyoyeong sorriu para os clientes que se desculparam e disse que estava tudo bem, pois ela era funcionária. Quando estava prestes a sair, Yeonggwang, que havia terminado de preparar as embalagens, perguntou se poderia ir junto.

— Hoje não quero voltar para casa cedo — começou ele. — Acho que meu cérebro está travando só de olhar para o monitor e o tablet.

— Ah, sei.

— Vou ficar quieto, não vou te incomodar.

Yeonggwang pegou um livro de cartas de amor da estante.

— Seonho *hyung*, estou levando este livro. Pode colocar na conta!

— Ok!

4

Havia algumas cafeterias modernas próximas à loja. Hyoyeong e Yeonggwang entraram em uma que parecia uma casa de família, com janelas grandes e vitrais. Depois de pedir um café americano gelado e sentar-se, Hyoyeong voltou a se concentrar no cartão-postal para a amiga. Sem dizer nada, Yeonggwang se sentou na frente dela e abriu o livro que tinha comprado na Geulwoll. Era uma coleção de cartas de amor dos anos 1980, e dava para vê-lo sublinhando a lápis algumas frases.

— Se você está sofrendo com insônia, pode ficar tomando café?

— Hyoyeong cuspiu as palavras sem pensar e só depois se deu conta: eles nunca haviam conversado sobre aquele assunto, ela só sabia porque ouvira Hajun comentar depois de escolher uma carta.

Yeonggwang não perguntou como ela descobrira sobre sua insônia, mas desconfiou que Seonho tinha contado a ela.

— É como dever cinquenta milhões ou cinquenta e cinco milhões de won. Como ir para a cama às três ou às cinco da manhã.

— Você está comparando sua insônia a uma dívida... acho que entendi... quer dizer, não, acho que não.
— O quê?
Hyoyeong o ignorou e se concentrou no cartão-postal. No fim, acabou escrevendo uma frase clichê, dizendo que estava bem e agradecendo por ter entrado em contato. Ela não ficou satisfeita, mas sabia que havia escrito cada palavra de coração e que a amiga apreciaria o esforço.
— Há quanto tempo você frequenta a Geulwoll?
— Não sei. Comecei a frequentar a loja depois de conseguir meu apartamento no ano passado. Uns cinco meses, talvez.
— É bastante tempo. Já é um freguês.
— É verdade.
Hyoyeong segurou o cartão-postal na frente do rosto e assoprou para que a tinta secasse, então tocou as letras com o dedo indicador para garantir que estivessem completamente secas antes de pôr o cartão-postal no envelope. Colou um adesivo escrito "geulwoll" na abertura do envelope e o pressionou com força com o polegar.
— E quanto ao filme, por que desistiu dele? — perguntou Yeonggwang, fitando Hyoyeong.
Ela tentou responder com calma; não queria demonstrar que seu sonho tinha sido frustrado.
— Foi como um amor não correspondido. Na verdade, tive a chance de fazer um filme com investimento externo, mas acabei desistindo.
— Por quê?
— Porque as coisas não aconteceram como eu imaginava. As pessoas sentem coisas diferentes e desejam coisas diferentes, e acho que me esforcei demais para ficar neutra. Tive medo de que ficasse parecendo o trabalho de uma diretora amadora.
— Deve ter sido difícil.
Hyoyeong fechou a boca com força e bufou pelo nariz. A verdade é que havia muitos motivos para ela ter desistido do filme. Não gostava de filmar ao ar livre em dias quentes e se frustrava quando um assistente de direção ou os atores não entendiam de imediato as

emoções de seus personagens. Tinha sempre que exagerar nos sorrisos e fingir simpatia ao reservar locações, e precisava pagar os custos extras das filmagens do próprio bolso.

Mas o fato era que, depois de todos esses incidentes e chateações, ela não estava mais curtindo gravar o filme. Ou melhor: estava entediada. Na verdade, ela não sabia como realmente se sentia.

— No fim, não sou boa nisso.

— Foi por isso que desistiu?

— Talvez? Quando a gente gosta de alguma coisa que não dá certo, acabamos desistindo, não é mesmo?

— Também me sinto assim. Será que está na hora de desistir?

— Ei, é diferente para quem está sendo pago. Você não disse que seu primeiro projeto foi um sucesso?

Eles conversaram por cerca de uma hora. Cada um falou sobre seus webtoons e filmes favoritos. Havia muito assunto entre alguém que desistiu de um sonho e alguém que se agarrou a ele. Ela falou de como o esforço não era o suficiente para se fazer um filme; de como as conexões pessoais eram o caminho mais fácil; e, enquanto desabafava, se corrigiu para não dar a impressão de que era uma covarde.

— Então, você vai continuar trabalhando na Geulwoll?

— Não sei... ainda não pensei no que vou fazer. Acabei parando lá por acaso.

Hyoyeong não mencionou que tinha fugido sem pensar por causa das cartas da irmã. Ainda que Seonho tivesse contado para Yeonggwang, ela achou que não deveria conversar sobre aquele assunto com ele. Ao olhar para o relógio, viu que eram cinco e meia da tarde. Ela estava prestes a se levantar quando recebeu uma ligação de Seonho.

— Vamos todos jantar, eu pago a panceta grelhada *samgyeopsal*!

— Do nada?

— Tenho duas horas livres; para um homem casado, tempo livre vale ouro. E não aceito um "não" como resposta!

Assim, eles se reuniram em um restaurante nas proximidades após as seis da tarde. Depois de tirarem os sapatos, os três se sentaram e pediram *samgyeopsal* e cerveja.

— Hyoyeong, tivemos mais de quarenta clientes hoje. É muito para um dia de semana, né?
— É mesmo. Será que as pessoas gostam de cartas ou gostam da Geulwoll?
— Os dois!
Sorrindo, de bom humor, Seonho esvaziou seu copo de cerveja. Yeonggwang pegou a garrafa na hora e educadamente encheu o copo de Seonho de novo.
— Na verdade, estou pensando em abrir uma segunda unidade da loja depois que a Hayul fizer um ano.
— Uma segunda unidade? Onde?
— Ainda não decidi. Por quê? Está interessada em trabalhar na segunda unidade?
Hyoyeong bufou enquanto olhava para Seonho, que esticou a cabeça com uma expressão dissimulada no rosto. Ele a observou outra vez, se perguntando se ela já teria aprendido a administrar uma loja de cartas a essa altura. Hyoyeong questionou como ele estava pensando em abrir uma segunda loja quando tinha uma filha para criar. Seonho respondeu que gostaria de desenvolver uma "cultura de escrever cartas" entre as pessoas, e que foi a ideia de criar um "ponto de apoio" para as cartas que o fez querer abrir outra unidade. Tinha acabado de receber uma oferta de um conhecido de sua esposa para abrir uma loja, o que aumentou seu entusiasmo.
— Se tudo der certo — disse ele —, a loja nova provavelmente terá um conceito diferente da Geulwoll de Yeonhui-dong.
— *Hyung*, você é incrível mesmo. As coisas estão indo de vento em popa!
— Eu também já tive um longo período de trevas, Hyoyeong, você sabia? Apesar de ser o mais velho, eu era o pior ator. O professor vivia me repreendendo e os meus colegas viviam me ignorando.
— É mesmo? — perguntou ela aos risos.
— Eu desisto rápido. Começo em disparada, que nem um louco, mas se não consigo chegar aonde eu gostaria, desisto de novo. Devo ter desistido de atuar depois de menos de dois anos na faculdade.

Seonho virou os pedaços de *samgyeopsal*. Hyoyeong relembrou seus dias de faculdade juntos.

— Mas você era ótimo. Toda semana saía por aí entrevistando desconhecidos, perguntando sobre suas profissões, para ajudar com seus estudos de personalidade.

— Sério? Como você abordava as pessoas? — Yeonggwang olhou para Seonho, interessado.

— Eu pesquisava métodos na internet. Mas sabe de uma coisa? Tive a ideia da Geulwoll durante essas conversas.

Fazendo as entrevistas, Seonho percebeu que as pessoas gostavam muito de contar as próprias histórias e, nesse processo de fazer uma pergunta, acenar com a cabeça e, em seguida, fazer outra pergunta, elas acabavam se conhecendo melhor.

— Eu queria ter uma loja para ouvir histórias, não importava como. Mas foi só quando abandonei a faculdade e conheci minha mulher que a ideia tomou forma.

A esposa de Seonho então o aconselhou a deixar que as pessoas escrevessem o que gostariam de dizer e lessem umas para as outras, assim como quando garotas adolescentes trocam diários secretos, e pedir que elas escrevessem uma carta com a certeza de que alguém iria ler. Assim, a ideia do serviço de *penpal* surgiu naturalmente.

— Agora, sim, encontrei minha vocação: ser dono de uma loja de cartas. As pessoas acham que abri a loja porque casei bem, mas levo meu trabalho muito a sério. Com uma mentalidade empreendedora!

— Vamos brindar!

Com as palavras de Yeonggwang, Hyoyeong e Seonho levantaram seus copos. *Tim-tim*! O som alegre dos copos se chocando ecoou à mesa. Pouco depois, Seonho recebeu uma ligação. Era a esposa, perguntando onde ele havia deixado as toalhinhas da bebê.

— Não estão no compartimento de baixo do carrinho? Hoje eu dobrei tudo que estava seco e deixei organizado.

Após encerrar a ligação, Seonho olhou a hora: precisava voltar para casa. Ele pagou a conta, acenou para Hyoyeong e Yeonggwang e desapareceu logo em seguida, em um ritmo acelerado. Yeonggwang perguntou com educação a Hyoyeong se poderia acompanhá-la até em casa, e ela disse que não precisava.

— Não moro muito longe.

— Certo, entendi.

Ainda assim, decidiram andar juntos até a Geulwoll, já que estavam indo na mesma direção. Não tinham caminhado por muito tempo quando Hyoyeong recebeu uma ligação de Seonho.

— Hyoyeong, esqueci um sanduíche na loja, quer comer antes que estrague? Foi o padeiro que me deu.

— Estou bem na frente da loja, pode deixar.

Hyoyeong explicou a situação a Yeonggwang e, quando estava prestes a entrar no Edifício Yeongung, ela se lembrou de uma coisa e pediu que ele a esperasse lá embaixo.

— É um presente.

Hyoyeong voltou depois de alguns minutos e entregou uma caixa de papel parecida com um porta-lápis a Yeonggwang. Na lateral, havia caracteres japoneses.

— É um peso de papel em formato de cachalote.

— Ah, eu já vi isso exposto várias vezes. Mas por que do nada um presente...?

Hyoyeong não conseguiu pensar em nenhum motivo. Talvez por terem passado metade do dia em uma cafeteria e um restaurante de *samgyeopsal* sem ficarem desconfortáveis. Talvez por ter sido divertido conversar sobre seus sonhos com alguém da mesma idade pela primeira vez em muito tempo.

Yeonggwang ficou virando a caixa várias vezes na mão. Era uma caixa de papel comum, sem nenhuma estampa, só com a palavra "baleia" escrita em japonês. Hyoyeong foi a primeira a falar, tentando afastar o silêncio constrangedor.

— É de ferro fundido, então pesa pouco mais de 260 gramas.

— Entendi, é bem pesado.

— Eu durmo melhor quando estou segurando alguma coisa pesada.

— Obrigado.

Yeonggwang agradeceu de coração e seguiu em direção ao Edifício Yeonhwa. Hyoyeong andou pela rua com o coração um pouco mais aquecido. Tinha sido inesperado, mas sentiu orgulho de si mesma. Isso também significava que ela havia completado o serviço de *penpal* no lugar de Hajun, ao dar de presente o peso de papel em formato de baleia para Yeonggwang, que não tinha recebido uma resposta.

Hyoyeong voltou para seu quarto e sala e olhou para a carta colada à porta. Era de sua irmã e estava colada com fita adesiva. Estava lá havia dias, e olhar para ela a fazia se sentir uma visita deixada do lado de fora da casa. Como sempre, Hyoyeong ignorou a carta e começou a fechar a porta, mas parou. Depois de passar o dia todo sendo gentil com pessoas sem uma única gota de sangue em comum nas veias, pensou consigo mesma que aquilo já era demais.

Era justo ficar com a carta. Hyoyeong a arrancou da porta e a levou para dentro. Antes mesmo de tirar os sapatos, a empilhou junto à conta de luz em cima da sapateira. Ainda não havia criado coragem para lê-la.

◊ Keum Woncheol, o romântico

1

Serviço de cartas [Geulwoll]

Olá, Keum Woncheol. Esta mensagem é para informar que você recebeu uma resposta para a sua carta através do Serviço de penpal.
Por gentileza, venha até a loja durante nosso horário de funcionamento. Caso não seja possível comparecer, podemos efetuar a entrega em domicílio.

Woncheol chegou assim que a Geulwoll abriu as portas. Estava usando um chapéu fedora e um paletó de linho bege. Ao ajustar o chapéu, pareceu um pouco tímido.
— Recebi a mensagem de que chegou uma carta do meu *penpal*.
— Ah, sim. Já vou trazer para o senhor.
Hyoyeong buscou uma carta com uma gravata-borboleta desenhada no canto inferior direito do envelope. Era a carta que Minjae tinha deixado lá havia alguns dias. Woncheol puxou uma cadeira para se sentar à mesa e começou a ler a resposta de Minjae lentamente.

PARA: Prezado Senhor das Rosas

Não sei se tenho permissão para me dirigir a você dessa forma.

Você falou das rosas em sua última carta, então tomei a liberdade de nomear o meu destinatário.

Espero que esta carta chegue para você em bom momento :)

Minha mãe também cultiva rosas no jardim da frente. Se as cortar logo acima dos botões que crescem para fora, isso evita que os galhos cresçam para dentro e se enrosquem uns nos outros.

É melhor cortar os galhos que forem muito finos. Qualquer um que seja mais fino do que um lápis.

Na verdade, acabei escolhendo sua carta quando vim à Geulwoll depois de sair mais cedo do trabalho.

Eu estava com dor de cabeça e me sentindo meio deprimido, mas fiquei emocionado quando li sua carta. Era tão visceral que não pude deixar de responder.

Fiquei tão admirado com sua caligrafia quanto com o conteúdo da carta.

Ninguém nunca falou mal da minha letra, mas fiquei com vergonha dela em comparação com a sua.

Eu adoro instrumentos de escrita. Para mim, cada caneta tem uma voz diferente, da mesma forma que cada pessoa tem uma voz diferente.

Gosto das canetas esferográficas porque são redondas, e dos lápis porque são mais quadrados. Acho o máximo as canetas-tinteiro, cuja espessura da linha depende da força usada. Recentemente, comprei uma caneta bico de pena de vidro, que me faz sentir um bruxo quando escrevo com ela. Haha.

Se o destino permitir, eu adoraria reencontrar você e sua bela caligrafia.

Tenho estado muito ocupado no trabalho, então não será com frequência, mas espero que possamos nos encontrar mais algumas vezes antes do fim do ano.

Até lá, se cuide.

DE: Gravata-borboleta

Woncheol sorriu enquanto segurava a carta com firmeza. O sol da manhã batia de leve em seu chapéu fedora xadrez. Depois de dobrar a carta e colocá-la de volta no envelope, ele o guardou no bolso interno do paletó e se levantou. Então, fitou os papéis de carta para decidir se deveria escrever uma resposta.

— Nunca fui uma pessoa muito falante.
— O quê?

Hyoyeong espiou por detrás da cortina.

— Depois que perdi minha esposa, me peguei conversando muito comigo mesmo — começou ele. — Mas me sentia tão vazio que comecei a escrever cartas porque eu precisava de um lugar para desabafar, mesmo que fosse só uma carta.

— Ah...

Hyoyeong não entendia muito bem o peso que o coração de Woncheol devia sentir por ter que se despedir da esposa. Era de se esperar, é claro, mas ela sentiu um pouco de dó dele e assentiu em silêncio.

Woncheol logo pegou um bloco de papéis de carta com as bordas vermelhas. Deu uma olhada rápida nas canetas no caixa e pegou uma caneta-tinteiro para iniciantes e tinta preta. Hyoyeong anotou os três produtos e os preços no recibo e, quando viu, sua caligrafia tinha ficado mais lenta e marcada.

— Obrigado. É muita gentileza da parte de um completo estranho escrever uma mensagem tão calorosa.

— Ah, que ótimo. Parece que o senhor encontrou o *penpal* perfeito.

— É bom mandar uma carta para dizer "oi" de vez em quando, mas tomando cuidado para não transformar isso em uma obrigação...

Woncheol saiu da Geulwoll rindo. Seus passos elegantes ecoaram do lado de fora.

Quando a loja esvaziou, Hyoyeong observou as nuvens passarem por trás do Edifício Yeonhwa e aumentou um pouco o volume da música.

O violão de AOKI,hayato estava tocando outra vez. Os sons metálicos, fricativos e ressonantes misturados ao som de campainha quase podiam ser confundidos com o som de palavras percorrendo um papel. O som metálico parecia o de uma caneta esferográfica em uma fina folha de papel de carta, ecoando as marcas na superfície da mesa; o som de fricção era o de uma lapiseira afiada sobre um cartão-postal de superfície ligeiramente áspera; e o som ressonante era como o de uma caneta-tinteiro embebida em tinta, descansando sobre uma folha de papel.

Distraída, Hyoyeong rabiscou "Para Hyoyeong" no verso de um recibo. Desta vez, estava pensando no que sua irmã diria a ela, se estivesse em seu lugar. Talvez houvesse muitas coisas que a irmã desejava dizer a ela, já que vivia mandando um monte de cartas. Será que as cartas estavam cheias de críticas? Ou será que questionavam se Hyoyeong tinha noção de como foi um fardo ser a filha mais velha, do tanto que se esforçou para ser a filha que dava orgulho ao pai, de como a irmã mais nova fora covarde ao escolher ficar em sua zona de conforto? Hyoyeong não sabia se encontraria essas palavras nas cartas.

Enquanto afastava os pensamentos na esperança de se sentir melhor e verificava o estoque na estante, um rosto familiar entrou na loja. Apesar de conhecido, era a primeira vez que via a dona desse rosto na Geulwoll. Era Jeong Juhye, uma funcionária dos correios da agência de Yeonhui-dong. Hyoyeong já tinha ido muitas vezes aos correios, por isso se lembrava do crachá que a mulher utilizava. Fora Juhye quem a avisara que havia escrito os endereços no local errado do envelope, pouco depois de começar a trabalhar na Geulwoll.

— Hum, é sua primeira vez aqui na loja, né?

Juhye sorriu timidamente ao ouvir a pergunta. Era a primeira vez que Hyoyeong a via usando roupas casuais, em vez do uniforme dos correios, então a situação era um tanto desconfortável. Juhye vestia calça jeans azul-clara, um cardigã de tricô cor de aveia e sandálias pretas. Nem todos os clientes tinham um estilo notável, mas foi interessante conhecer um novo lado de alguém que ela achava que estava acostumada a ver.

— É. Eu conhecia pelo "geulwoll" escrito nos envelopes sempre que os envio pelo correio, mas é a primeira vez que venho pessoalmente.

— Pode dar uma olhada. Se precisar de alguma coisa, é só me chamar.

Ela abriu um grande sorriso para Juhye, que sorria para ela sempre que Hyoyeong ia aos correios. A visitante pegou dois cartões-postais com estampa de flores e parou em frente ao nicho do serviço de *penpal*. Enquanto Hyoyeong explicava como funcionava, Juhye ficou olhando para os envelopes com curiosidade, depois se virou para lhe fazer uma pergunta.

— Posso só pegar uma carta?

— Hein?

— Não sou boa em escrever cartas, mas estou curiosa para saber como as outras pessoas escrevem. Não posso só pegar uma?

Em outras palavras, ela queria comprar a carta de outra pessoa por dez mil won. A princípio, Hyoyeong não soube o que dizer, porém, se ela só pegasse uma carta, o serviço de *penpal* ficaria desfalcado, então não teve escolha a não ser recusar. Juhye pareceu chateada.

— Você pode escrever uma carta simples — começou Hyoyeong.

— Falar do clima ou do seu livro favorito.

De repente, Hyoyeong achou curioso dar esse conselho a Juhye, quando ela mesma não era boa em escrever cartas. A outra fez uma pausa, com a mandíbula cerrada, tal como uma aluna quebrando a cabeça em uma prova, e então falou:

— Para falar a verdade, eu não leio livros nem tenho assistido a filmes muito bons ultimamente. Tudo o que assisto é um porre.

— Tomar um porre seria mais divertido.

— Verdade — concordou a funcionária dos correios, aos risos.

Juhye pôs um pacote de cartões-postais sobre o balcão. Enquanto Hyoyeong pegava uma caneta para escrever o valor dos produtos no recibo, a visitante continuou:

— Eu queria saber se as outras pessoas escrevem cartas porque têm algo a dizer. Talvez seja porque consegui um emprego logo depois de me formar na faculdade. Trabalho, casa, trabalho, casa. Nem sei do que eu realmente gosto porque minha vida é só isso.
— Você não acha que deveria ter algum hobby?
— Só vejo novelas que outras pessoas me indicam, que não são exatamente chatas, mas também não são a minha coisa favorita. Aí meus olhos se enchem de lágrimas quando penso no que é que eu gosto. É a mesma coisa com objetos e hobbies.
— E se você escrevesse sobre isso?
— Sobre isso?
— É. Sobre sua vida ser um porre, que está morrendo de tédio... Você poderia escrever sobre essas coisas.
Juhye deu uma risadinha. Tinha gostado da ideia. Perguntou se poderia pegar uns papéis de carta do serviço de *penpal*, e Hyoyeong lhe entregou alguns, junto com um envelope. Juhye pagou por tudo e falou:
— Nesta mesma hora na semana que vem! Vou escrever e venho aqui de novo.
— Legal, fico te esperando!
Juhye saiu da Geulwoll dizendo que tinha uma lição de casa divertida para fazer. Hyoyeong, que estava prestes a completar trinta anos, nunca tinha trabalhado das nove às dezoito horas. A loja de cartas era seu primeiro emprego em horário comercial. Antes disso, tinha trabalhado meio período em filmagens de comerciais e dava aulas particulares de roteiro para ganhar dinheiro. Também trabalhou em lojas de conveniência e cafeterias.
No entanto, não se lembrava dessa época como um período entediante, pois havia conhecido muita gente. Pelo contrário, era muito grata pela experiência, pois tinha sido graças àqueles momentos que ela conseguiu se inspirar para escrever seu roteiro.
Hyoyeong torceu de coração para que Juhye conseguisse superar aquela fase. As coisas nem sempre são do jeito que gostaríamos, e precisamos aprender a nos deixar levar pela correnteza. Assim como

Hyoyeong precisou aceitar que seu filme não era o amor de sua vida. E acabou descobrindo que a loja de cartas combinava com ela mais do que ela pensava.

Uma família chegou pouco depois de Juhye deixar a loja: um jovem casal lá pelos trinta com duas meninas, de dez e seis anos. A mãe pegou um ímã prateado no formato de uma bola e disse que queria pendurar um cartão-postal de sua viagem na porta da geladeira. O pai fez que sim com a cabeça e pegou um envelope com o desenho de andorinhas, dizendo que era Chuseok e que precisava de um envelope para mandar dinheiro aos pais. As filhas tagarelavam, olhando fascinadas para todos os produtos da Geulwoll.

Quando o casal estava prestes a pagar, a filha mais velha pediu para escrever uma carta para a avó e pegou um cartão-postal. A mais nova logo seguiu o exemplo da irmã e escolheu um postal também. Estava naquela idade de copiar tudo que a irmã mais velha fazia, e Hyoyeong entendia muito bem esse sentimento. A mãe agachou até a altura da filha mais nova e falou:

— Eunyul já sabe escrever em *hangeul*, mas você, não, Haeyul. Quer escrever mesmo assim?

— Quero!

— Está bem, então.

Hyoyeong estava prestes a embalar os produtos quando a filha mais velha se dirigiu à mãe.

— Mãe, posso escrever uma carta aqui? Eu trouxe lápis de cor e queria desenhar também.

— Eu também, eu também! — exclamou a mais nova.

A mãe olhou para Hyoyeong, que disse não haver problema, é claro, e afastou o vaso de flores para que as crianças pudessem ficar mais à vontade para escrever e desenhar. A mãe sentou-se junto da mais velha, e o pai, da mais nova, para pensar no que escrever na carta. Parecia uma importante reunião de família, o que fez Hyoyeong rir.

Ela verificava o histórico de pedidos on-line no site da Geulwoll quando o pai se aproximou, a testa franzida.

— Me desculpe, mas minha filha acabou manchando a mesa com o lápis de cor.

— Ah, deixa que eu limpo.

— Imagina. Por acaso, você tem um lenço umedecido?

Hyoyeong fez questão de dizer que não havia problema, porém o pai disse que limparia a bagunça e pegou o lenço. Ela ouviu os pais esfregando a mesa com pressa. Mas o móvel era branco, então talvez a mancha não tivesse saído. Quando foi até lá, ela constatou que, assim como previu, havia uma linha azul-alaranjada na superfície. Aparentemente, teria que usar algum tipo de produto de limpeza para removê-la.

— Desculpe, a mancha não está saindo.

— Não tem problema. Eu limpo depois.

A filha mais velha se curvou para Hyoyeong com as mãos encostadas na barriga.

— Me desculpa!

— Imagina! — respondeu Hyoyeong alegremente, e a mais nova imitou o movimento.

Depois que a família saiu, Hyoyeong tentou remover as manchas na mesa com lenços umedecidos mais algumas vezes, sem sucesso. Decidiu, então, comprar um produto de limpeza em uma loja Daiso no caminho para casa.

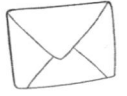

2

Yeonggwang acordou sentindo-se revigorado pela primeira vez em muito tempo. Olhou o peso de papel em formato de baleia em sua mão e sentiu como se estivesse boiando no mar calmo. O peso do objeto parecia suprimir sua ansiedade com delicadeza.

Ele deixou a baleia na mesa de cabeceira e foi para a sala. Tomou um copo de água na cozinha e sentou-se no sofá para ver televisão.

Estava passando um programa de televendas, vendendo pacotes de viagens de última hora para a Tailândia, e, quando mudou de canal e caiu na reprise de um programa musical, passou a mão pelo cabelo e foi abrir as cortinas blackout. Do outro lado, na Geulwoll, Hyoyeong dobrava envelopes com o auxílio de uma dobradeira. Era a primeira vez que a via usando um avental azul.

Quis acenar para agradecê-la pelo o presente que lhe garantiu uma boa noite de sono, mas sabia que aquilo seria invasivo. Yeonggwang fechou as cortinas de novo, foi ao banheiro e parou em frente ao espelho. Fez a barba e lavou o cabelo. Em sua mente, ainda não conseguia ver o fim do longo túnel que atravessava a escuridão, mas parecia haver uma brisa soprando dentro dele.

Ao sair do Edifício Yeonhwa, Yeonggwang desceu correndo a colina em direção à ponte Yanghwa. Era a última semana de setembro, e o cheiro do outono estava só começando a chegar com a brisa. Sua mãe perguntou se ele não iria visitá-los para o Chuseok naquele ano, ao que ele se desculpou. Já havia escolhido presentes para a mãe, o padrasto e o meio-irmão.

No início, ele não era tão distante do padrasto e do meio-irmão. Quando seu webtoon deu certo, sentiu-se um pouco melhor. Não queria voltar a trabalhar em um escritório, com um salário fixo, mas também quis garantir ao padrasto que ele não precisaria abrir a carteira. Mas agora que as coisas não estavam indo tão bem, era difícil encarar a família. Ele se perguntou se teria sido mais fácil se abrir com eles e contar que estava passando por dificuldades se fossem seus parentes de sangue. Yeonggwang ficou ansioso outra vez.

Ele pedalou por mais de quarenta minutos até encontrar uma cafeteria com vista para o rio Han, então se sentou e desenhou a paisagem do lado de fora da janela. Na esperança de conseguir acalmar a mente até o próximo projeto, desenhou as pessoas que pedalavam por ali. Após mais ou menos uma hora, tinha preenchido cinco folhas de papel com paisagens do rio Han. Iria desenhar até cansar, desenhar até entrar em colapso. Enquanto pudesse pôr alguma coisa em seu caderno de desenhos, ainda não era o fim.

Depois de voltar ao Edifício Yeonhwa, Yeonggwang comprou uma garrafa de água gelada em uma loja de conveniência e a bebeu. Quando ergueu o olhar, se deparou com a janela da Geulwoll outra vez e, de repente, quis fazer um registro daquele dia. Assim que abriu a porta da loja, sentiu o familiar aroma de floresta. A respiração de Yeonggwang também havia se tornado mais uniforme. Hyoyeong o cumprimentou, mais alegre do que de costume, como se algo de bom tivesse acontecido.

— Você está com uma cara boa hoje, hein? — comentou Yeonggwang, ao que Hyoyeong respondeu que sim.

— Uma família veio até a loja faz umas duas horas, e as crianças quiseram desenhar no papel de carta, mas deixaram uma mancha de lápis de cor na mesa enquanto escreviam.

— E aí?

— Mesmo depois de toda a família ter tentado limpar com lenços umedecidos, as manchas continuaram lá, então eu disse a eles que estava tudo bem, eu terminaria de limpar. Meia hora depois, eles voltaram com detergente e esponja.

— Esses pais estão criando os filhos direito.

— Pois é, foi legal ver todos limpando juntos, sem nem discutir.

— Deve ter sido bonito de ver.

— Não sei se foi por causa do feriado, mas eu achei lindo.

Hyoyeong pegou o vaso de flores no parapeito da janela e o colocou de volta na mesa limpa. Yeonggwang tirou algumas folhas de papel de dentro de sua bolsa transversal, dobrou uma delas com firmeza e a colocou em um envelope de cartão-postal. Então, estendeu o envelope para Hyoyeong.

— É uma mensagem de "Boas Festas".

— Para mim?

Yeonggwang fez que sim com a cabeça. Hyoyeong agradeceu e pegou o envelope da mão dele.

— Quando foi que você a escreveu?

— Hoje. Fui até o rio Han para tomar um pouco de ar.

Yeonggwang também tinha ido até a loja para escrever uma carta, mas, ao chegar, disse que estava cansado e precisava voltar para casa. Tinha passado quase duas horas andando de bicicleta, então era compreensível. Depois de se despedir dele, Hyoyeong abriu o envelope. Ali dentro, não havia uma carta, mas um desenho feito com traços finos de caneta: uma família sentada ou deitada sobre uma toalha à beira do rio Han.

Tinha uma atmosfera diferente do webtoon de Yeonggwang. Era um desenho feito com belas curvas, como uma ilustração de um conto de fadas francês. Lembrou-se de ele ter comentado, enquanto comiam *samgyeopsal* com Seonho, que se formara em pintura ocidental na faculdade. Hyoyeong ergueu o desenho de Yeonggwang contra a janela. O papel brilhou em um tom amarelo-claro, e ela teve a sensação de que o calor estava mais próximo.

Na manhã seguinte, Hyoyeong foi para a casa dos pais em Ansan. Era o primeiro feriado prolongado que aproveitava em muito tempo. Após a cirurgia da mãe, o pai de Hyoyeong havia assumido os preparativos das cerimônias para os ancestrais no lugar dela. Apesar de serem mais simples do que antigamente, ela gostava. A família se sentou à mesa depois da refeição; havia um torneio de luta livre de celebridades sendo transmitido na TV para celebrar o feriado.

— Hyomin agora está dando aulas em uma escola na província de Gangwon.

— Eu não perguntei nada. Mas ela está dando aulas outra vez?

— Ser professora é bom para uma mulher inteligente e agradável.

— Como está fazendo com as dívidas?

A mãe lhe disse para não se preocupar, enquanto o pai, que só escutava, pareceu desnecessariamente decepcionado.

— Você não quer saber como sua irmã está? Só quer saber se ela está pagando as dívidas?

— Mas é claro que ela está bem, ela é inteligente.

— Sem sarcasmo!

Hyoyeong já sabia. Sempre que os pais mencionavam a irmã, ela ficava na defensiva. Mas isso não ajudava, pois ela ainda detestava a irmã.

— Por quanto tempo você vai trabalhar meio período? E até quando vai morar sozinha?

— Não faço ideia.

— Te contar, viu... Deve ser bom viver sem ter certeza de nada...

À noite, Hyoyeong entrou em seu quarto pela primeira vez depois de muito tempo. O envelope ainda estava em cima da escrivaninha, onde seus pais insistiram em deixá-lo. Na escuridão do quarto, Hyoyeong rasgou a parte superior da carta e respirou fundo antes de abri-la.

PARA: HYOYEONG

Minha irmã,

Me dei conta agora de que esta é a quinta carta que escrevo para você.

Acho engraçado que não posso te ligar nem mandar mensagem, mas sempre posso te mandar uma carta.

(...)

Quando Hyoyeong ouviu uma batida na porta, apertou a carta que estava lendo e pulou na cama, puxando o cobertor acima da cabeça para ler o restante à luz da tela do celular. Não havia lágrimas em seus olhos, mas isso não queria dizer que não sentia emoção alguma. Só conseguiu se lembrar do dia em que a irmã foi ao hospital visitar a mãe delas.

"Depois de tudo o que vocês fizeram por ela, olha só onde a gente foi parar! A mamãe com essa lesão e Hyomin decide sumir depois de jogar a merda no ventilador!" Ela gritou de frustração na frente da mãe. A sombra de alguém passou pela porta aberta que dava para o corredor, usando um casaco cinza feito à mão e botas de lã azul-marinho. Esperava que fosse a irmã. Não, queria que fosse a irmã. Queria que ela ouvisse todos os seus gritos, que ficasse de coração partido e corresse para muito, muito longe.

— Isso foi maldade minha — murmurou Hyoyeong baixinho para si mesma, dobrando a carta e a colocando de volta no envelope. Não estava com vontade de continuar lendo, mas, por algum motivo, naquele instante, sentiu que queria escrever uma resposta. Uma que não fosse uma única frase.

Hyoyeong acendeu a luz do quarto e abriu as gavetas uma a uma. Na terceira, encontrou uma caixa para presente que comprou na época de escola. Dentro dela, havia uma mistura aleatória de moedas comemorativas que ganhou de um tio, selos de Natal, *photocards* de seus cantores pop favoritos, um brinquedo que conseguiu na máquina de garra de uma mercearia... e uma foto dela com a irmã. O momento em que a tiraram ainda estava nítido nas lembranças dela.

Hyoyeong encostou o nariz na foto e a cheirou. Pôde sentir o aroma suave do papel fotográfico. As irmãs estavam deitadas de barriga para baixo no chão, fazendo cartões de Natal. Ela se lembrou do cheiro do arroz cozido se espalhando pela sala de estar, do amaciante de roupas do suéter da irmã e do giz de cera cor-de-rosa e amarelo. Hyoyeong não soube dizer se eram sensações reais daquele dia ou apenas sua imaginação, mas tinha certeza de uma coisa: tinha se sentido bem e confortável ao lado da irmã naquele dia.

"Está dormindo?"

Era perto da meia-noite quando Hyoyeong enviou sua primeira mensagem a Yeonggwang. Era um horário em que ele normalmente não estaria adormecido, mas Hyoyeong secretamente torcia para que o peso de papel em formato de baleia que havia lhe dado de presente tivesse funcionado. Ao mesmo tempo, queria que ele ainda estivesse acordado. Queria lhe pedir um favor.

"Não. Por quê?"

Para sua sorte, Yeonggwang respondeu rápido. No entanto, ele disse que ultimamente estava indo dormir à uma da manhã. E também agradeceu pelo peso de papel em formato de baleia. Hyoyeong, então, pediu o favor sem pensar muito.

"Posso te pedir algo em troca?"

"O que seria?"

"Queria mandar uma carta ilustrada igual à que você me deu."

"Para quem?"

"Minha irmã. Tenho uma foto com ela, você pode desenhar ela para mim?"

"Claro. Pode me enviar a foto?"

Com a câmera do celular, Hyoyeong imediatamente tirou uma foto da foto e a mandou para Yeonggwang.

"Eu não esperava que fosse uma foto tão bonitinha."

"Você pode desenhar para mim? Não precisa ser nada muito elaborado."

"Entendi. Mas até um desenho mais ou menos meu é elaborado, sou bom nisso. Então não se sinta pressionada."

Yeonggwang tinha desenhado o retrato de Hayul a pedido de Seonho, ele não era o tipo de pessoa que faria algo de qualquer jeito, por mais que alguém pedisse. Hyoyeong ficou feliz de enfim ter uma carta para enviar à irmã. Ainda não sabia muito bem como se sentia em relação a tudo, mas queria que ela soubesse que se lembrava de todas as coisas que tinham vivido juntas. Que ela tinha um lar para onde voltar, só precisava ser mais corajosa.

No almoço antes de retornar para Yeonhui-dong, depois de um longo tempo, Hyoyeong tomou *janchiguksu*, sua sopa de macarrão favorita. Sua mãe sempre fazia, e tinha o mesmo sabor de quando ela era criança. A mãe parou de comer e sorriu timidamente ao contar que, agora, quando o pai fechava a lavanderia, ia com ela fazer uma caminhada noturna. Depois de sofrer o acidente enquanto caminhava sozinha, ele ficou mais gentil com ela e passou a ajudar na cozinha e com a limpeza da sala de estar.

— Tudo tem seu lado bom e seu lado ruim. Você vai ver, quando tiver a minha idade, que a gente sacode a poeira e dá a volta por cima quando essas coisas acontecem.

— Por que está dizendo essas coisas gentis para mim? Não preciso disso. Por que não diz para a minha irmã?

Ao ouvir as palavras de Hyoyeong, o pai fez um gesto de juntar o polegar com o indicador na frente da boca. Queria que ela ficasse quieta. Obediente, Hyoyeong enfiou o restante do macarrão na boca.

Os três esvaziaram as tigelas de macarrão, depois as pegaram e tomaram a sopa quente. Quando as colocaram de volta na mesa, Hyoyeong de repente se deu conta de que não havia ninguém sentado na cadeira à sua frente.

— Ela vai voltar logo. Já zanzou demais por aí — disse o pai, olhando para a cadeira vazia.

Ele tinha se esforçado muito para criar uma filha inteligente, mesmo com pouco dinheiro. De certa forma, queria se sentir orgulhoso de ter contribuído para o sucesso dela. Devia ter pensado que era uma vaidade aceitável diante de uma rotina repetitiva e de uma situação familiar que não melhorava, e só agora percebia que isso estava pesando na mente da filha. Depois de ela ter sido enganada, de ter desaparecido e de não ter conseguido voltar para casa.

Por isso, as últimas palavras do pai foram levadas pelo vento. Quando a mãe perguntou se ele queria mais macarrão, ele fez que não com a cabeça. Pegou as tigelas na frente de Hyoyeong e da esposa, se virou e as colocou na pia. Suas costas tremiam um pouco enquanto lavava a louça na água corrente.

3

Por vários dias, o clima de verão continuou. Toda noite, Hyoyeong dormia com um cobertor fino jogado sobre a cama. Naquela manhã, porém, sentiu um ventinho gelado e pegou um cardigã. Assim que chegou à Geulwoll, abriu as janelas para ventilar o ambiente e tirou o pó das prateleiras com um pano seco. Do lado de fora, ouviu crianças rindo, um cachorro latindo e uma lambreta passando. Também ouviu uma garota chamando o nome da amiga e um homem de meia-idade falando alto ao telefone.

Enquanto varria o chão, Hyoyeong ergueu o olhar e observou as árvores na beira da rua que logo mudariam de cor. Ela havia chegado à Geulwoll na primavera, o verão tinha passado e agora era outono. De repente, se lembrou de um ditado: "Para conhecer alguém, é preciso passar por todas as estações." No inverno, ela conheceria melhor a Geulwoll e, então, saberia o quanto havia conhecido melhor a si mesma estando lá.

— Oi! Já terminei minha lição de casa.

Antes do meio-dia, Juhye escancarou a porta da loja. Segurava em uma das mãos a carta para seu *penpal*. Ela ainda nem tinha dobrado a carta, mas a estendeu para Hyoyeong, atrás do caixa.

— Quer dar uma lida? — perguntou.

— Na carta? Eu?

Juhye respondeu com um leve sorriso.

— Eu escrevi, mas não sei se fiz direito.

Hyoyeong hesitou, mas aceitou a carta de Juhye. No entanto, logo mudou de ideia. Como poderia aceitar a carta de outra pessoa? Confusa, Hyoyeong abriu a boca e falou algo que poderia ter dito a si mesma:

— Não se sinta pressionada. Uma carta é uma carta, então basta colocar seu coração nela.

— Essa não é a parte mais difícil?

Juhye olhou para Hyoyeong com os olhos arregalados, como um esquilo ao encontrar uma bolota.

— Acho que essa é a coisa mais difícil do mundo. Será que é por isso que tenho tanta dificuldade em escrever cartas?

Juhye inclinou a cabeça para o lado antes de estender a carta para Hyoyeong mais uma vez. Sem muita escolha, Hyoyeong a leu.

PARA: Uma pessoa grata

Olá! Não sei como te chamar, então escrevi "uma pessoa grata" porque você vai ler a minha história. Espero que esteja feliz por ter escolhido minha carta entre várias outras, pois esta é a primeira de penpal que escrevo.

Mexo com papel todos os dias, e não posso descrever aqui os detalhes do meu trabalho, mas devem passar mais de cem documentos e caixas de papel pelas minhas mãos dia sim, dia também. Sinto que minhas mãos estão ficando ressecadas por manusear tanto papel, e um pó de papel pegajoso fica impregnado na ponta dos meus dedos.

Por isso, quando chego em casa, sempre cubro as mãos com uma toalha quente e passo um creme nelas. Não sou lá muito materialista, mas sempre compro o creme para as mãos mais caro, porque acho que elas merecem. Elas passam por muita coisa todos os dias.

Casa, trabalho, casa, trabalho. Hoje é dia de pagar boletos, amanhã é dia de pagar o aluguel. A vida está ficando cada vez mais simples, e eu quero ser cada vez mais complicada. Quero ter hobbies diferentes e viver muitas experiências únicas, mas ainda acordo e continuo vivendo essa rotina de casa, trabalho, casa, trabalho.

Estou reclamando demais? Só estou escrevendo isto porque, se você tiver a minha idade, eu gostaria de saber como você vive. Não precisa me dizer o que fazer nem nada, mas se tiver alguma dica sobre hobbies legais, poderia me dizer, por favor? Eu ficaria muito, muito grata!

DE: Novata nas cartas

— Ué? Você estava mentindo quando disse que não sabia escrever bem?

— Por quê? Acha que escrevi bem?
— Claro, e sua letra é muito fofa.
Juhye deu de ombros com uma expressão contente no rosto. Sua caligrafia era tão limpa e sem erros que Hyoyeong se perguntou quantas vezes ela havia praticado. Hyoyeong estendeu a dobradeira para que Juhye a usasse, e ela dobrou a carta de seu *penpal* ao meio, passou a dobradeira com cuidado, pôs a carta dobrada dentro de um envelope e selou a abertura com um adesivo da Geulwoll.
— Você mesma pode colocá-la no nicho do serviço de *penpal*.
— Vamos ver... Qual é o melhor lugar?
Juhye gesticulou, um tantinho animada. Será que ela sabia que comprar bons cremes para suas mãos de trabalhadora poderia ser o início de um hobby? O gosto por algo nasce quando é direcionado a si mesmo, não ao se distrair com as inúmeras coisas que os outros estão procurando.
— Vou levar esta. Parece ser de alguém que é da minha idade.
Juhye colocou a carta do *penpal* em sua bolsa, dizendo que queria ler na cama antes de dormir. No instante em que Juhye se despediu e estava prestes a sair da loja, a porta foi aberta e uma mulher usando um boné branco bem apertado na cabeça entrou. Seu cabelo era de comprimento médio e ela usava brincos chamativos em formato de coração. Estava bem na moda, de calça cargo folgada e *cropped*.
— Ai, meu Deus!
De olhos arregalados, Juhye foi correndo até o caixa, quase se jogando para trás dele, e sussurrou para Hyoyeong:
— Aquela moça ali não é famosa?
Tentando disfarçar, Hyoyeong espiou a mulher de boné, que olhava os cartões-postais dentro da gaveta. Seu perfil lhe era familiar, mas não soube dizer de onde a conhecia. Hyoyeong balançou a cabeça e estreitou os olhos, quando Juhye falou:
— Vou ajudar você a dobrar os envelopes, sou muito boa nisso!
Será que ela era do tipo que precisava matar a curiosidade na mesma hora? Enquanto dobrava um envelope com a dobradeira, Juhye observou os movimentos da mulher de boné. Então, como se

essa fosse sua deixa, Juhye bateu com a palma da mão no balcão e olhou para Hyoyeong.

— É ela mesma, a Moon Yeongeun! A que ficou entre os três finalistas no *Next Singer*.

— O programa musical? A cantora Moon Yeongeun?

— Você também conhece ela, né? Às vezes, eu escuto o programa de rádio dela.

Hyoyeong parou de cochichar atrás da cortina. Não achava educado continuar cochichando na frente de uma cliente, mesmo que quisesse muito. Hyoyeong começou a sair de trás do caixa para se dirigir a ela, mas Juhye foi mais rápida.

— Nossa! Você não é a cantora Moon Yeongeun, que apresenta o *Caminhada Noturna*? Eu escuto seu programa!

Yeongeun olhou para Juhye e sorriu. Ela já havia percebido que as duas a tinham reconhecido, mas achou melhor não falar nada. Fora dos palcos, se considerava só mais uma moradora de Yeonhui-dong.

— Como você descobriu esta loja? — perguntou Hyoyeong, um pouco deslumbrada.

Era a primeira vez que via uma celebridade na Geulwoll e mal podia esperar para abrir seu diário de registro e anotar os acontecimentos do dia.

— Eu moro em Yeonhui-dong há vinte anos, mas fazia tempo que não vinha para esses lados. Por acaso, passei aqui para comprar pão.

Hyoyeong olhou para a sacola plástica que ela carregava. Tinha o logotipo da padaria no térreo.

— Que legal! Eu trabalho nos correios daqui de Yeonhui-dong e moro no bairro há dez anos!

Yeongeun inclinou a cabeça para o lado ao ouvir as palavras de Juhye.

— Ah, achei que você trabalhasse aqui.

— Eu frequento a loja há muito tempo e estou sempre ajudando a *unnie* aqui.

A naturalidade com que ela mentiu mostrou que suas habilidades de atuação não estavam para brincadeira. Hyoyeong olhou para Juhye com um sorriso irônico, e a jovem botou a ponta da língua para fora e piscou para ela.

— O que é isso?

Yeongeun apontou para o nicho das cartas dos *penpals*. Hyoyeong se aproximou e explicou como funcionava o serviço, e a cantora, intrigada, imediatamente falou que gostaria de escrever uma carta para um *penpal*. Sem demora, Yeongeun se sentou à mesa e Hyoyeong trouxe um porta-lápis cheio de lápis e canetas-tinteiro.

— Quando ela terminar de escrever, você entrega a minha para ela. A minha, tá? — ficou sussurrando Juhye no ouvido de Hyoyeong.

Ela não parava de tagarelar sobre como gostava das músicas de Yeongeun e de seu programa de rádio, e Hyoyeong pensou que Juhye era tão falante que nem precisava escrever uma carta. Mas também pensou que a Geulwoll não precisava estar sempre cheia de pessoas quietas e tranquilas. Quanto mais diversos fossem os clientes, mais ricas e interessantes seriam as cartas, assim como os adjetivos nos envelopes dos *penpals*.

Sentada à mesa, Yeongeun analisou os instrumentos para escrita no porta-lápis, um a um, até escolher uma caneta-tinteiro. Ao examinar a ponta, percebeu que a caneta quase não tinha sido usada, a julgar pela aparência das linhas traçadas no papel de carta.

Yeongeun soltou um suspiro curto e começou a escrever. Juhye disse ter um compromisso e curvou o corpo de leve para Hyoyeong. Ao sair, sussurrou uma última coisa:

— Me liga quando a Yeongeun *unnie* pegar minha carta. Não esquece!

De repente, Juhye tinha ganhado duas *unnies* em seu mundo. Hyoyeong sorriu e assentiu. Depois que a jovem foi embora, a loja ficou mais silenciosa. Yeongeun respirou fundo e começou a mover a caneta.

PARA: Cliente da Geulwoll

Está tendo um bom dia?

Sou moradora de Yeonhui-dong há vinte anos. Na verdade, estou morando em outro bairro desde o ano passado, então não são exatamente vinte anos, mas ainda venho a Yeonhui-dong uma vez por mês para observar as quatro estações.

Conforme o outono se aproxima, Yeonhui-dong vai sendo lavada pelas chuvas de verão. Em breve, as folhas vão mudar de cor e cair, e os cachorros da vizinhança vão começar a dar patadas nas folhas farfalhantes quando estiverem passeando.

Neste momento, estou escrevendo com uma caneta-tinteiro de uma loja de cartas. Adoro o som da ponta da caneta deslizando no papel. Até a tinta quando seca tem o cheiro da terra no outono, com uma leve umidade.

Eu tinha uma amiga que tocava música comigo, e foi mais ou menos nesta época do ano que ela foi para o céu. Ao mesmo tempo que tínhamos os mesmos sonhos, competíamos e invejávamos uma à outra. Era uma amiga que eu admirava.

Um dia, ela me mandou uma mensagem quando eu estava chorando pelo fracasso do meu primeiro álbum. Me disse para superar e cuidar da minha vida, que sonhos eram falsos e que isso é tudo o que importa.

Na época, fiquei com raiva, porque isso tinha vindo de alguém que já havia conquistado muita coisa antes de mim. Achei que ela só estava sendo insensível porque já tinha conquistado tudo.

Mas a verdade é que ela não estava dizendo aquilo só para mim, estava dizendo para si mesma, e eu, burra que sou, fui me dar conta disso tarde demais.

Essa minha amiga sabia dizer palavras gentis para os outros, mesmo nos momentos mais difíceis.

Se minha carta pudesse chegar até o céu, eu escreveria uma resposta calorosa para ela.

Por isso, estou escrevendo para você antes que chegue o frio do inverno, na esperança de que palavras calorosas alcancem alguém.

> Então, antes que o sol se ponha, espero que a felicidade te alcance mais uma vez.
> Obrigada por ler.
>
> DE: Uma moradora do bairro

— Isto é uma resposta?
— Talvez sim, talvez não.
Yeongeun estendeu a carta para Hyoyeong e assentiu, enquanto assinava o selo. Sua assinatura era um violão. Ela o desenhou tão pequeno que parecia um ukulele, mas até que ficou bonitinho.
— Muita gente vem de longe?
— Sim. Muitas pessoas passam por aqui quando estão viajando.
— Se estiver em Seul, pode ser que dê para vir de vez em quando, mas se for de fora da cidade, fica difícil escrever uma resposta.
— Não tem problema, é só usar o correio. Aliás...
Quando Hyoyeong hesitou, Yeongeun, que colava o selo na carta, ergueu o olhar.
— Acho que vale a pena voltar aqui, já que é uma carta.
Yeongeun sorriu de leve e assentiu.
— Entendi, você está certa.
Hyoyeong sentiu-se grata por Yeongeun demonstrar respeito ao seu trabalho. Yeongeun foi até o nicho escolher a carta de um *penpal*, tocando os lábios com a ponta dos dedos, como se refletisse por um momento, então pegou um envelope.
— Você combina com Yeonhui-dong. Tranquila, calorosa, paciente.
— Obrigada.
Com essa última troca de gentilezas, Yeongeun rasgou o envelope e saiu da Geulwoll com a maior calma. Ela leu a carta enquanto descia as escadas. Algumas pessoas liam as cartas dentro da loja, outras as guardavam na bolsa e só as abriam de noite, quando chegavam em casa. Hyoyeong sempre imaginava quando, a que horas e em que situação as pessoas que pegavam as cartas as leriam. Na hora do jantar, enquanto comiam um curry fumegante? Em uma banheira com

água quente? No banco durante uma caminhada noturna? De manhã cedo, com a janela aberta? No sofá de algum lugar?

Enquanto divagava, a porta da Geulwoll se abriu outra vez. Era Yeongeun, sem fôlego. Hyoyeong olhou rapidamente ao redor para ver se ela havia deixado algo para trás, mas a sacola da padaria que tinha visto antes ainda estava com ela. Yeongeun fitou Hyoyeong e perguntou, arfando:

— Este *penpal*... a pessoa que escreveu a carta... posso saber quem é?

4

Três dias antes, Woncheol fora a um restaurante chinês com a família. A cerimônia de sua aposentadoria como diretor de escola tinha acabado de terminar, e eles estavam reunidos em torno de uma grande mesa redonda que haviam reservado: o filho mais velho e a nora, junto com os netos, o filho do meio e a caçula. Eram sete, no total, e se o do meio ou a caçula se casassem e tivessem filhos, a família de Woncheol aumentaria para dez. Não era de se admirar que seus amigos o invejassem e dissessem que ele não se sentiria solitário nem quando ficasse mais velho.

— O senhor já passou por tanta coisa, deveria estar jogando golfe e comendo comidas gostosas.

— O papai tem sessenta anos, não deveria ficar de pernas para o ar. Pai, o senhor deveria tirar uma licença de corretor de imóveis.

— Pai, o senhor poderia começar um novo hobby. Sua letra é tão bonita, e se você se dedicasse à caligrafia ou algo do tipo?

Os filhos de Woncheol tagarelavam sem parar. Ele se sentia vazio, não acreditava que tinha mesmo se aposentado. Ainda achava que teria que se levantar às sete horas da manhã do dia seguinte, pentear o cabelo, vestir a boina e ir para a Escola Primária de Yeonhui. Tinha deixado um trabalho ao qual havia se dedicado por mais de trinta anos e não sabia o que fazer com todo esse tempo livre.

— Não me encham o saco, eu é que vou planejar minha vida.

— Você pode ir lá em casa quando quiser, não fique jantando sozinho.

— Está bem. Que horas vocês costumam jantar?

Woncheol fingiu estar infeliz. Ficar preocupado com o fato de o pai morar sozinho com certeza faria o filho se lembrar da mãe, que não estava mais ali. Felizmente, a comida chegou assim que ele terminou de falar. O prato de lombo frito com molho agridoce *tangsuyuk*, o de frutos do mar com vegetais *yangjangpi* e o creme de camarão bem-dispostos em um prato grande foram colocados na mesa redonda. O filho mais velho disse que aquele era um dia especial e pediu um licor Kaoliang. Woncheol era o único com quem ele podia beber, e ele estendeu seu copo sem qualquer cerimônia.

— Logo será outono outra vez. Pai, mês que vem vou visitar a mamãe.

— Sim, faça isso.

A filha pegou um camarão com creme com os palitinhos e falou:

— Eu amava os camarões que a mamãe fazia. Lembra quando sua namorada te deu um pé na bunda e fomos todos fazer um bate e volta em Incheon, aí você começou a chorar de repente porque não conseguia descascar o camarão?

— Não me lembro disso, não!

Naquele dia, o filho do meio esvaziou duas garrafas de soju enquanto comia os camarões que a esposa de Woncheol havia comprado para ele. Sentia-se triste quando os filhos cometiam erros, mas tudo o que podia fazer como pai era consolá-los, sabendo que essas coisas faziam parte da vida.

— Enfim, eu só consegui comer três dos camarões da mamãe por sua causa!

Ao terminar de falar, a filha virou a cabeça para ver se o irmão estava chorando e bebeu seu refrigerante de limão. O filho mais velho estendeu o copo para Woncheol sem dizer uma palavra e, após brindarem, o esvaziou rapidamente. Enquanto isso, o filho do meio mastigava o camarão sem perceber que o molho cremoso sujara sua boca. A nora fazia carinho na cabeça das crianças, e logo só o que se ouvia na mesa era o barulho dos pauzinhos batendo nos pratos.

Depois de recusar a oferta da filha de levá-lo para casa, Woncheol foi andando até a estação de metrô. Tinha bebido apenas dois copos do licor, mas seu rosto estava vermelho como se não bebesse havia muito tempo. Ficou refletindo sobre o que dissera aos filhos na cerimônia de aposentadoria pela manhã: se havia sido útil, se havia sido um bom diretor, um bom pai, um bom marido... um turbilhão de pensamentos passou pela cabeça de Woncheol.

Sentado em um dos assentos do metrô, começou a ler as mensagens de seus amigos o parabenizando e as responder uma por uma. Sentia que havia um milhão de coisas que gostaria de dizer, apesar de ter feito um longo e enfadonho discurso de despedida no auditório pela manhã, além de ter agradecido aos seus colegas professores da mesma idade e aos mais jovens. Woncheol não desceu na estação mais próxima à sua casa, mas, sim, duas estações antes. Sentia falta da brisa fresca.

Ele caminhou sem rumo, seguindo as placas nas ruas até avistar um parquinho. Era um daqueles dias em que não estava com vontade de ir para casa. Sentou-se em um banco e ficou ouvindo as crianças pequenas brincarem. Eram três horas da tarde, um horário inconveniente para marcar novos compromissos ou para encerrar o dia.

Woncheol pôs a mão no bolso do paletó casualmente e retirou uma pequena folha de papel dobrada. Era uma folha de papel enrolada em que os alunos se revezaram para escrever uma mensagem. Na folha A4 cor-de-rosa, cada aluno tinha escrito seus agradecimentos, em letras diferentes. "Muita saúde, diretor", "Obrigado por tudo, nunca me esquecerei do senhor", "Amamos você, sr. Keum Woncheol", "Vou me tornar um adulto decente, assim como o senhor me ensinou", entre outras mensagens. Woncheol seguiu as linhas tortas dos alunos com o dedo; alguns deles eram muito novos e ainda tinham dificuldade para escrever, e ele conseguia sentir a força com que seguravam o lápis. Dava para ver na parte de trás do papel o desgaste feito pela pressão ao escreverem. Woncheol dobrou a folha e a colocou de volta no bolso antes de se levantar. De repente, se deu conta de que estava indo em direção à Geulwoll.

Em vez de Seonho, era a jovem funcionária quem tomava conta da loja. Ela abriu um sorriso discreto e levou um porta-lápis até Woncheol. A janela lateral estava ligeiramente aberta, e ela perguntou se o barulho do lado de fora o estava incomodando, mas Woncheol só fez que não com a cabeça e pegou uma caneta.

PARA: Wonsuk

Como você está? Está se sentindo sozinha?
Não há uma nuvem sequer no céu, fiquei olhando para cima por um bom tempo, na esperança de ver seu rosto.
No fim, desisti quando uma folha de avenca caiu no meu rosto, como se zombasse de mim.
Hoje, depois da cerimônia de aposentadoria, fui jantar com as crianças.
"Quando me aposentar, vou levar você para fazer um cruzeiro, e nós vamos ao cinema uma vez por semana." Lembra disso?
Pensando nisso hoje, sempre que eu dizia "quando eu fizer isso, quando eu fizer aquilo", estava me enganando, achando que poderia fazer qualquer coisa.
Devo ter pensado que o tempo estaria sempre ao meu favor.
As rosas do terraço, que você amava quase tanto quanto nossos filhos, estão florescendo lindamente.
Certa noite, quando eu não conseguia dormir, subi até o terraço para tomar um pouco de ar e vi as rosas brancas brilhando igual à lua. Estavam a coisa mais linda.

Fiquei pensando se você acabou passando por tudo aquilo só para poder ter aquela linda vista.

Lembra o dia em que você foi fazer radioterapia e, de repente, eu saí correndo para comprar uma maçã para você? Quando te vi no quarto do hospital, só pele e osso, com aquela camisola que mais parecia um saco de farinha, achei que fosse começar a chorar.

Fui para a rua e comecei a andar sem rumo, pisoteando os montes de folhas. Eu os pisoteava com vontade, descontando minha raiva.

"Se eu fizer isso, Wonsuk vai melhorar, com certeza, ela vai melhorar!"

Eu caminhava fazendo ameaças sem nem saber para quem eram direcionadas.

Quando voltei ao quarto do hospital naquele dia, meus tênis estavam cheios de folhas pisoteadas, e você riu, dizendo que eu estava parecendo um professor.

Sinto falta da sua risada.

Gostaria de ter rido mais junto com você, em vez de ficar com a testa franzida quando nos víamos.

Pois é, quando penso em você, penso em um ou outro arrependimento que tenho.

Não estou falando nada com nada hoje. Mas você vai entender, né? Até que eu me acostume com esta nova realidade...

As crianças e eu vamos visitar você no início do mês que vem, então peço a gentileza de nos dar um céu limpo como o de hoje.

Nos veremos novamente, Wonsuk.

Com amor, Cheol.

No que ele estava pensando ao utilizar o serviço de *penpal* para escrever uma carta para sua esposa, Wonsuk? Talvez tenha pensado que, se deixasse a carta junto com as outras, sua esposa poderia pegá-la um dia. Ele circulou no envelope as características que a descreviam: "entusiasta da beleza", "alegre", "amável", "pavio curto". Até mesmo desenhou uma rosa no selo como assinatura dela; era a carta perfeita para Wonsuk.

Woncheol não fazia ideia de quem iria receber sua carta nem que reação ela causaria. Porém, as ondas criadas ao lançar aquela pedra na água acabariam chegando às mãos de alguém e iriam gerar sentimentos e uma nova história. Sentimentos viscerais são como uma gota de tinta na água, cujo destino é se espalhar infinitamente até chegar a algum lugar.

◊ O Yeonggwang do passado

1

Era manhã de terça-feira na Geulwoll. Seonho e Hyoyeong conversavam no caixa. Alguns dias antes, a cantora Moon Yeongeun tinha ido até a loja e perguntado se poderia conhecer seu *penpal*, dizendo que gostaria de contar sua história no programa de rádio. Ela não sabia do que se tratava, mas leu a carta de Woncheol e ficou muito sensibilizada.

— Será que não é para agradecer? O que ela disse exatamente?

— Que queria saber como entrar em contato com ele, já que é um *penpal*. Pedi para ela escrever de volta e perguntar.

— Entendi. Uau, Woo Hyoyeong, você é muito inteligente!

O rosto sorridente dele a fez se lembrar do filho, Hajun. Seonho pôs um vaso de vidro azul-cobalto ao seu lado no balcão, onde havia uma dália roxa que sua esposa havia trazido naquela manhã. A enorme quantidade de pétalas parecia um elegante vestido para se usar à noite. Era um enfeite mais ornamentado do que o normal para os padrões da Geulwoll, mas tanto Seonho quanto Hyoyeong estavam satisfeitos.

— A Moon Yeongeun também postou a Geulwoll nas redes sociais, então estou mais que agradecido.

Empolgado, Seonho abotoou a camisa polo até o último botão, mas logo a desabotoou, após Hyoyeong comentar que ele parecia estar sufocando. Enquanto falava, Seonho ficava olhando sem parar o relógio de parede e tossindo. Estava nervoso.

A editora de uma revista mensal chamada *HIM* iria até a loja entrevistá-lo. Era uma revista voltada para soldados e patrocinada pelo Ministério da Defesa. Parando para refletir, não havia melhor combinação do que uma carta e um soldado.

— Hoje em dia, dá para usar o celular depois do trabalho, mas uma carta te faz sentir coisas diferentes. Quando eu estava no Exército, fomos proibidos de usar celular, mas, mesmo se pudéssemos mandar mensagem, eu costumava escrever mais no papel. Até o papel mais fino perdura.

Os olhos de Seonho brilharam de nostalgia ao relembrar sua época no Exército. Arrependeu-se de não ter pensado em nada voltado para os militares, já que eram seu público em potencial. Mesmo assim, a editora da revista entrou em contato com ele, e, assim, a conexão foi estabelecida.

— Sempre entrevistei outras pessoas, mas finalmente serei o entrevistado, Hyoyeong! Não é empolgante?

— É, sim. Mas não exagere nem faça piadas esquisitas, e tente ficar calmo na hora de responder às perguntas. Responda que nem a Geulwoll.

— O que seria "que nem a Geulwoll"?

— Bem, é...

Depois de despejar as palavras, Hyoyeong também não sabia bem o que dizer. Mas ela era o tipo de amiga que simplesmente ficaria por perto, sem forçar uma conversa, alguém com quem não era desconfortável ficar em silêncio. Uma amiga com quem se podia conversar no próprio ritmo, sem precisar avaliar o humor antes.

— Hyoyeong, você chegou em março, não foi? Já estamos em outubro.

— Caramba, já se passaram oito meses... daqui a pouco vou fazer nove meses aqui.

— Primavera, verão e outono. Você já passou três estações do ano aqui. E aí? Está curiosa para saber como é o inverno?

— Já cheguei até aqui, não é?

Hyoyeong sorriu de leve e observou as paredes cor de pêssego. Em oito meses, tinha ido de escrever roteiros de filmes a escrever anotações no diário de registro da Geulwoll, de assistir a filmes obsessivamente a assistir às nuvens flutuarem do lado de fora da janela. Morar sozinha também contribuiu para a paz de espírito de Hyoyeong. Preencher seu pequeno espaço só com o essencial a ensinara a distinguir entre o que podia e o que não podia ter, entre o que precisava de fato e o que não precisava tanto assim. Conseguir fazer essas distinções, não só no dia a dia, mas na vida como um todo, era bastante reconfortante.

— *Hyung*, uma chapinha e cera.

Enquanto Hyoyeong estava perdida em pensamentos, Yeonggwang chegou à Geulwoll. Ele tinha uma sacola de compras na mão, com uma chapinha e vários produtos para o cabelo dentro, e a colocou sobre o balcão.

— Você vai fazer isso sozinho?

Hyoyeong olhou espantada para Yeonggwang. Seonho havia pedido que o amigo arrumasse seu cabelo antes da entrevista.

— Esse cara sempre foi muito estiloso, e agora usa o cabelo desse jeito.

— Feche a matraca e sente-se, senhor.

Seonho puxou uma cadeira para a frente de Yeonggwang e se sentou. O outro ligou a chapinha na tomada e passou a mão pelo cabelo de Seonho enquanto esperava o aparelho esquentar. A conversa naturalmente se voltou para Woncheol e Yeongeun, e Hyoyeong contou o que a cantora havia lhe dito.

— Eu não sei os detalhes da carta, mas Yeongeun comentou que era sobre a falecida esposa dele.

— Uau, ele é o último romântico!

— Então é por isso que ele vem à Geulwoll? Para escrever sobre a esposa?

Hyoyeong se lembrou de quando Minjae tinha pegado a carta de Woncheol no serviço de *penpal*. O homem pareceu bastante comovido, o que deixou Hyoyeong muito curiosa para saber o que Woncheol havia escrito. Não era fácil provocar emoções em alguém por meio de cartas, que são apenas papéis sem cor, sem som e sem sabor. Hyoyeong torcia para que Woncheol respondesse à carta de Yeongeun, e então mais pessoas ouviriam sua mensagem de amor pelo programa de rádio.

— Aaai! Quer me deixar careca, Yeonggwang?
— Ah, foi mal. Eu estava pensando em outra coisa.
— No quê?
— No que vou comer de almoço hoje.
— Ah, vá!

Seonho virou a cabeça e deu um soquinho no tronco de Yeonggwang. Hyoyeong observou a brincadeira deles e foi limpar o vidro da superfície do balcão mais uma vez. O vidro refletia o céu claro. Assim que abriu um pouco a janelinha para deixar a brisa de outono entrar, o cheiro das folhas caídas se espalhou pelo ar. A cadeia de montanhas parecia mais amarela e vermelha do que na semana anterior, e a brisa suave presenteava com o silêncio as casas de Yeonhui-dong, que já haviam passado por muitos e muitos outonos.

Enquanto os dois homens estavam imersos nos cuidados com o cabelo, Hyoyeong tirou uma foto da vista da janelinha e escreveu um texto para postar. Ela ainda publicava os registros a cada quinze dias e já havia acumulado algumas postagens.

#registrodalojadecartas

> No dia em que cheguei à Geulwoll, me lembrei de uma animação em *stopmotion* chamada *James e o Pêssego Gigante*. Quando vi as paredes cor de pêssego, pintadas nos mínimos detalhes por todos os lados, me senti dentro do pêssego gigante. A sensação que a cor passou despertou em mim uma lembrança de infância na mesma hora: eu tinha dez anos de idade, meus pais ficaram na rua até tarde da noite e deixaram minha irmã, cinco anos mais velha que eu, cuidando de mim. Ela estava ocupada estudando para as provas finais, então me deu um pacote de salgadinhos sabor camarão e

colocou o filme *James e o Pêssego Gigante* para eu assistir no sofá da sala. Ela queria que eu ficasse em silêncio por exatamente duas horas, nem mais, nem menos.

Minha irmã era boa aluna, então ninguém em casa discordava dela na época. Deixei o volume no mínimo e me sentei bem na frente da televisão para assistir ao filme. Eu salivava com a visão do pêssego e, sem perceber, adormeci enquanto comia os salgadinhos. Quando acordei, ainda estava deitada em frente à televisão na sala, e minha irmã tinha estendido um cobertor cor-de-rosa felpudo sobre meus ombros. Naquele dia, aprendi sobre outro tipo de amor: o amor implícito.

Frequentemente, a Geulwoll recebe clientes que observam as formas, os padrões e as cores dos papéis de carta, e esses clientes evocam o passado. Afinal de contas, para escrever, é necessário um ingrediente: um balde de água retirada do poço do passado. Não importa se o passado é desajeitado ou vergonhoso, é preciso uma pitadinha só para conseguir escrever as próximas palavras. A pessoa que purificou seu passado também consegue enxergar claramente o próprio coração no presente.

24 de outubro

— Já são mais de onze horas. Hyoyeong, vem comer.
— Ah, já vou!

Hyoyeong tinha acabado de postar quando olhou para Seonho e começou a rir.

— Ei, qual foi?!
— Não, é que eu achei que você fosse o dono da padaria no térreo, com esse cabelo de croissant...

Seonho soltou um suspiro pesado e foi se olhar no espelho. Yeonggwang havia feito um monte de cachos em seu cabelo, e definitivamente estava exagerado.

— Tem certeza de que está bom?
— Claro... que não...

— Ah, conserte isso aqui! A entrevistadora vai chegar em dez minutos!

Rindo abafado, Yeonggwang se desculpou e escovou o cabelo de Seonho. Ao menos os cachos se soltaram um pouco, fazendo-o parecer menos com um croissant. Yeonggwang soltou um grande suspiro de alívio.

— Está tudo bem agora, parece natural.

— Tem certeza? Hyoyeong, o que você acha?

— Está bem melhor.

Só então a cor voltou ao rosto de Seonho, que estendeu o cartão corporativo a Yeonggwang, dizendo que era o pagamento pelo trato no cabelo.

— Não posso dar muito, mas te pago uma refeição no valor de dez mil won, e aí você leva a Hyoyeong com você.

— Ah, obrigada, chefe!

Enquanto cantarolava, Yeonggwang educadamente pegou o cartão e pediu a Hyoyeong que lhe fizesse companhia para o almoço. Ela nunca o tinha visto tão feliz, e não sabia se era por ele ter superado a insônia ou por ter começado um novo projeto. De certa forma, aquilo pareceu ter deixado Hyoyeong animada.

Lee Jisang, a editora da revista *HIM*, abriu a porta da Geulwoll e olhou em volta. Era a primeira vez que ia àquela loja, depois de encontrá-la no Instagram por recomendação de sua irmã mais velha. Seu primeiro pensamento foi o de que, apesar de pequeno, era um espaço que tinha de tudo. A palavra "ágil" não combinava muito com o lugar, mas, por algum motivo, foi a que lhe veio à mente.

— Obrigado por ter vindo. Fique à vontade para dar uma olhada em tudo antes.

Seonho, o proprietário do local, mostrou a Jisang os papéis de carta, os livros e as canetas, além de ter lhe contado suas experiências com o serviço de *penpal*, ainda mais quando chegaram em frente ao nicho das cartas. Antes da entrevista oficial, Jisang ligou o gravador, pois achou que a explicação de Seonho seria útil na hora de escrever seu artigo.

— Então, no início, você entrevistava algumas pessoas para estudar atuação?

— Isso, eu queria saber como era a vida de pessoas diferentes de mim, as dificuldades que enfrentavam e como as superavam.

No entanto, por mais que gostasse de ouvir as histórias dos outros, gostava ainda mais de observar suas expressões faciais e sua linguagem corporal enquanto as contavam. Adorava observar como as pessoas pareciam confortáveis, como se estivessem no próprio quarto, ainda que a conversa se desenrolasse em um café, em uma sala de reunião ou no parque.

— Refletir sobre si mesmo e mostrar um lado seu que você quer que os outros vejam. Eu gostaria que as pessoas fizessem mais isso, e foi assim que a Geulwoll nasceu. É para isso que servem as cartas.

Jisang analisou o rosto e a linguagem corporal de Seonho e se deu conta de que entendia o que ele queria dizer. Sua expressão era tranquila, como se estivesse sentado no sofá de casa.

— Bem, vamos começar a entrevista?

Em frente à mesa, Jisang cumprimentou Seonho mais uma vez. Como Seonho havia recebido de antemão um e-mail com as perguntas, não teve problemas para responder. Ele deu conselhos para aqueles que sentiam dificuldade em escrever e mostrou um livro de cartas. Em seguida, contou que costumava escrever muitas cartas para a namorada enquanto ela o esperava terminar o serviço militar.

— No início, eu achava que para demonstrar meu amor por ela eu precisava escrever muitas cartas, então eu só escrevia tudo o que eu fazia desde a hora em que acordava até a hora de dormir. Acordar, comer, fazer as tarefas matinais, me exercitar, comer, tomar banho, me preparar para a chamada... Só que, depois de uns meses, minha namorada escreveu uma única linha como resposta.

— O quê?

— Ela disse: "Pare de falar de futebol."

— Ahhh! — Jisang começou a rir e cobriu a boca com uma das mãos.

— Mas era mesmo a única coisa divertida para contar.

Quando terminou de falar, Seonho balançou a cabeça e abriu um sorriso amargo. Aquele era um conto de falhas, sobre como ele e a namorada que o esperava terminaram depois de dois meses. Por não estar na lista de perguntas, aquela história deixou tudo ainda mais interessante, então Jisang reestruturou o texto mentalmente ao ouvir o relato e as lamentações de Seonho. Até que Seonho lhe fez uma pergunta:

— Como foi que você acabou escrevendo um artigo sobre cartas nessa edição?

Jisang olhou para o teto, absorta em pensamentos. Pensou no fato de que era outubro, uma época do ano em que os flancos dos soldados ficam gelados; pensou que era um bom momento para ler livros; e que era um bom momento para escrever. Foi então que o tema das cartas lhe veio à mente.

— Ao contrário de e-mails e mensagens, as cartas não envolvem somente o conteúdo, mas também o estilo de escrita. A carta é um espaço onde é possível colocar imagens, e, dependendo da caneta escolhida, o tom da mensagem muda. Acho que as cartas são a ferramenta mais sincera, pois é onde podemos ver a personalidade da pessoa que a escreveu.

Jisang voltou seu olhar para o outro lado antes de continuar. Os cantos de seus lábios se contraíram em um sorriso.

— Também pensei por um momento em meu irmão mais velho, que levou um monte de selos e papéis de carta na mochila no dia do alistamento militar. Tinha papéis de carta na loja do Exército também, mas meu irmão é formado em design, então ele tem um gosto um pouco mais específico. — Ela riu com a lembrança.

— Ah, é mesmo, vários soldados levam papéis de carta e selos com eles, e eu fiz muitos amigos enquanto trocávamos selos.

A entrevista terminou cerca de uma hora depois, e acabou sendo mais como um bate-papo com Seonho. Foi um momento de conforto em muitos aspectos, pois Jisang também reviveu suas lembranças do dia em que seu irmão se alistou no Exército. Quando ela foi embora, Seonho se curvou para uma última saudação.

— Obrigado. Por me ajudar a lembrar das cartas no outono.

Hyoyeong e Yeonggwang caminharam por dez minutos e entraram em um restaurante especializado em cavalinha. O cardápio comprovava o que os dois pensavam: quando se vive sozinho, os acompanhamentos de uma refeição são valiosos. O prato principal vinha com batata frita, ovos cozidos fatiados, salada de repolho, kimchi e rabanete em conserva. Impressionados, Hyoyeong e Yeonggwang não conseguiam parar de mover os pauzinhos.

— Nossa, quero pedir outra porção de tudo e levar para viagem.

— Tem um restaurante só de acompanhamentos atrás dos correios, quer dar uma passada lá? Se for muita comida, podemos comprar e dividir.

— Tem certeza? Eu sempre quis comer raiz de lótus cozida.

Quando já estavam satisfeitos, Hyoyeong e Yeonggwang começaram a falar de Seonho. Apesar de ter estudado para ser ator, ele não era muito ligado na aparência nem em se exibir. Também costumava gaguejar quando falava de coisas de que realmente gostava. De certa forma, esse charme ingênuo era bom para sua carreira como ator, mas para gerenciar a Geulwoll era meio preocupante.

— Não tem problema, a entrevista não foi filmada.

— É, tenho certeza de que a entrevistadora vai cuidar disso. Ah, talvez eu devesse ter ficado lá para apoiar Seonho.

— Por falar nisso, quando ele vai te contratar para trabalhar em tempo integral?

— Hein?

— Você se preocupa tanto com a Geulwoll, acho meio estranho ser só um trabalho de meio período.

Com a boca cheia de arroz, Hyoyeong murmurou:

— Não tem nada a ver. Bem, nós somos amigos, e ele se esforçou tanto para abrir a Geulwoll, então fico um pouco preocupada… Quero manter a boa imagem da loja. Só isso.

— Hyoyeong, deu para perceber que você gaguejou bastante agora?

— Ah, é, acho que eu só me importo muito.

Hyoyeong pousou a colher e levantou as mãos como se dissesse "Você venceu". Yeonggwang riu da reação dela e então continuou:
— Você chegou a mandar?
— O quê?
— O desenho que eu fiz para você. Não ia mandar para a sua irmã?
— Ah, é, não mandei.
— Por quê?
— Não sei para onde mandar.
— Você não sabe onde sua irmã mora?

Yeonggwang arregalou os olhos. Sem perceber, Hyoyeong se aproximou de Yeonggwang, mas logo depois se afastou de novo.

— Acho que poderíamos ser mais próximos se você parasse de me fazer tantas perguntas.
— Então retiro o que disse! Não perguntei nada, aliás, nem queria saber mesmo.

Hyoyeong deu um sorriso discreto e comeu o restante do arroz. Na verdade, dois dias antes, Seonho tinha lhe oferecido um cargo em tempo integral na Geulwoll, mas ela não estava certa se queria. Achava que ainda tinha alguns assuntos pendentes. Ela ainda pensava na irmã quando decidiu seriamente procurar um novo emprego. Não parecia certo seguir em frente sozinha, deixando a lembrança da irmã presa em algum lugar.

— Você já magoou alguém muito próximo de você? — perguntou Hyoyeong, enquanto raspava o restante do arroz do fundo da tigela e o colocava na boca.
— É claro. Quem nunca? As pessoas têm amor no coração, mas também têm seus espinhos.
— Às vezes acho que meu coração só tem espinhos.
— É claro que não. Por que você acha isso, Hyoyeong?

Ela deu de ombros e comeu as últimas batatas fritas. Enquanto bebia um gole de água, Yeonggwang falou:

— Se preocupar com o sono de outra pessoa não pode ser coisa de quem só tem espinhos no coração. Por que não liga para a sua irmã? Não quer saber se ela está dormindo bem?

2

[Diário de registro da Geulwoll]

— Data: 8 de novembro (dia de semana)
— Clima: dia cinza e nublado!
— Funcionário: Kang Seonho
— Número de clientes: 34
— Vendas no cartão: 436.000 won
— Vendas em dinheiro: zero
— Vendas totais: 436.000 won

Lista de produtos fora de estoque:
— Bloco de papel quadriculado (pouca quantidade de papéis de carta e envelopes restantes)
— Marcadores de página de penas (pouca quantidade restante)

Itens essenciais:
— Lenços umedecidos

Observações: os cartões-postais temáticos de Natal devem chegar na semana que vem. Assim que chegarem, vou tirar uma foto e postar nas redes sociais. Vou embalar todos e ir para casa. Minha esposa disse que virá à loja à noite, depois do trabalho, para me ajudar com as embalagens, então não tente fazer sozinha de novo! Além disso, a árvore de Natal chega amanhã durante o dia. É de tamanho médio, portanto, não vai tomar muito espaço. Você pode decorar como quiser. Vou confiar no seu senso estético, mas se estiver muito complicado, peça ajuda ao Yeonggwang.

Fui ao médico hoje e descobri que estou com herpes-zóster, então saí mais cedo do trabalho e estou escrevendo este diário em casa. Preciso tirar as quintas-feiras de folga por quinze dias, aí vou deixar um aviso nas redes sociais. Sabia que chegaram as amostras de design dos cartões de Ano-Novo? Vou te mandar por e-mail e você me dá um feedback quando tiver tempo, ok?

P.S.: Você é o meu braço direito, Woo Hyoyeong. Sem você, eu já estaria chorando agora. Buáááá.

— Não, mas de que tipo de herpes ele escreveu no diário?

Hyoyeong riu, incrédula. Todos os dias ao chegar na loja ela lia o diário de registro. Mas Kang Seonho era assim mesmo. Hyoyeong lhe enviou uma mensagem, desejando uma rápida recuperação, e fez uma lista do que fazer enquanto ele estivesse fora. Então, a porta da Geulwoll foi escancarada e Juhye entrou, com a franja cortada reta para parecer mais nova. Ela usava um *trench coat* bege curto e uma saia plissada cinza, como se não fosse mais um dia normal de trabalho.

— A Yeongeun *unnie* pegou a carta de quem? Por que ela não pegou a minha?!

— Acho que a sua ainda está junto com as outras cartas.

— Por que ela não pegou? Eu deveria ter feito um desenho gigante no envelope.

Hyoyeong riu e balançou a cabeça. Nem todas as cartas eram respondidas, e era comum que os *penpals* pegassem uma carta e não respondessem. Muita gente achava exaustiva essa interação repetitiva com desconhecidos. Trocar cartas com um anônimo era quase como caminhar dentro da neblina — meio empolgante, meio angustiante. Era necessário atravessá-la para estabelecer uma conexão.

— E a carta que você pegou da última vez? Chegou a responder?

— Ah, estou pensando! Era a carta de alguém com um bom coração. Me senti acolhida, deixei a carta colada na parede do meu quarto, guardada com carinho.

Juhye sorriu ao se lembrar do conteúdo da carta que escolheu naquele dia. A primeira linha da carta de seu *penpal* descrevia a exata atmosfera da Geulwoll.

> A luz do sol atravessa a janela, e isso me faz tão bem! Estou escrevendo para você porque quero ser essa pessoa para alguém.
>
> Há alguns dias, fui de avião para Paris e Praga.
>
> Para alguém que sente mais ansiedade do que animação ao experimentar coisas novas, essa viagem me ensinou muito.
>
> Novas cidades... novas pessoas... novas paisagens... Estar em um lugar onde tudo é tão novo e descobrir coisas, seguir o roteiro que planejei e dar tudo errado, isso é mais divertido e emocionante do que eu pensava!
>
> Tem sido uma experiência incrível e valiosa descobrir um lado meu que eu não conhecia e sentir que meus horizontes, tão estreitos por um tempo, se ampliaram outra vez.
>
> Quando nos damos conta de coisas assim, é porque nunca tínhamos feito isso e percebemos que somos melhores do que pensávamos.
>
> Mais do que nos preocuparmos, devemos aproveitar; em vez de termos medo do novo, devemos ser felizes.
>
> Assim, vou estar sempre torcendo e rezando por você de algum lugar ao longe.
>
> **DE:** Qui.

A assinatura do remetente era um rosto de cabelo curto com a boca aberta e a palavra "HAPPY". Tinha sido feita com uma tinta azul que lembrava o céu frio de outono, e as palavras circuladas eram encantadoras. Hyoyeong inclinou a cabeça ao ver a expressão de Juhye e perguntou o que ela tinha ido comprar naquele dia. Juhye bateu palmas e respondeu:

— Ah! Papel de carta! Você não tem nenhum mais resistente?

— Por que você quer uma carta resistente?

— Hum... quero que o destinatário guarde a minha carta por muito tempo!

Por que será que, ao terminar de falar, as bochechas de Juhye ficaram coradas, parecidas com a cor de pêssego das paredes da Geulwoll? Hyoyeong teve um pressentimento. Ela imediatamente quis provocar Juhye, então virou o rosto na direção dela para perguntar:

— O que foi? Quem você quer que guarde sua carta por muito tempo?

Hyoyeong se lembrou na hora do pacote de cartas de amor da Geulwoll. Os envelopes eram feitos de papel de seda transparente, o que deixava o conteúdo das cartas visível — porque o amor deixa até mesmo os sentimentos mais constrangedores transparecerem. Agora que tinha um palpite, era hora de mostrar o papel de carta que mais combinava com a cliente. Hyoyeong se divertia enquanto abria o pacote de cartas de amor na frente de Juhye.

— Pacote de cartas de amor... Boa.

— Pois é. Cartas. De. Amor.

Juhye fez uma careta evasiva e pegou o pacote de cartas de amor na cor verde-esmeralda, em vez de preto. Era a primeira vez em sua vida que Juhye escrevia uma declaração de amor para alguém, e sentiu-se encorajada pelo apoio de seu *penpal*. Ela comprou os papéis de carta para não ter medo do novo e ser tão feliz quanto desejava.

Hyoyeong queria saber mais, porém foi interrompida pela chegada de alguns clientes.

— Eu te conto da próxima vez! A propósito...

Juhye olhou em volta e inclinou o corpo na direção de Hyoyeong, que arregalou ligeiramente os olhos, desconfiada.

— Você está saindo com alguém, não está? Eu vi você e um bonitão almoçando em um restaurante na semana passada.

— O quê? Você me viu?

— Se você passou por perto dos correios de Yeonhui-dong no horário de almoço, eu posso ter te visto.

Juhye saiu alegremente da Geulwoll, com uma expressão triunfante. Sentindo o rosto esquentar de repente, Hyoyeong abriu a janelinha pela metade. Talvez por estar usando uma camiseta de manga comprida, sentiu um pouco de calor. Ela respondeu à dúvida dos clientes sobre quando chegariam os cartões-postais de Natal e finalizou a compra dos postais e das canetas-tinteiro. Pela primeira vez em muito tempo, cometeu um erro na hora de escrever o recibo e precisou reescrevê-lo.

A Geulwoll também tinha um serviço de compra de selos e envio aos correios. Alguns clientes não moravam perto de agências dos correios, ou então queriam comprar e enviar logo suas cartas. Seonho queria transformar a Geulwoll em um espaço de leitura focado nas cartas. Segundo ele, nos últimos cinco anos, muitas agências dos correios tinham fechado as portas, e espaços como a Geulwoll poderiam assumir algumas funções dessas agências.

Aliás, uma agência dos correios lida em sua maior parte com entregas de correspondências e mercadorias e não tem espaço suficiente para alguém sentar e escrever uma carta. É um local onde pessoas entram e saem o tempo todo e onde ressoa a barulheira de caixas sendo montadas e fita adesiva sendo colada. Com menos agências, as que restaram acabaram ficando mais lotadas.

— É bom ter um lugar assim na vizinhança, já que está faltando espaço para escrever com calma.

Uma cliente local, mãe de dois filhos, riu do fato de que poderia escrever para uma colega de escola que morava fora da cidade. Agora que eram casadas e só trocavam mensagens de vez em quando, ela queria enviar uma carta para demonstrar seu carinho pela colega, que acabara de dar à luz pela segunda vez.

— Simplesmente não temos tempo para demonstrar nossos sentimentos e, hoje em dia, os presentes são só cupons de desconto.
— Pois é. Obrigada por vir até a Geulwoll.
— E quando a carta vai chegar?
— Se eu a receber hoje, sairá para entrega amanhã de manhã. Se for urgente, posso enviar por correio expresso.
— Não, pode ser por correio normal. Minha carta não precisa ser entregue com pressa mesmo.

Satisfeita, a cliente fechou os olhos e inspirou profundamente. Sentiu o aroma de floresta da Geulwoll pela última vez. Depois que ela saiu, Hyoyeong juntou as cartas que havia recebido no dia anterior e naquele dia. Colou na porta de ferro da loja um cartão com a mensagem de que iria ao correio e desceu as escadas. Era em momentos como aquele que ela agradecia por haver uma agência dos correios tão perto da Geulwoll.

Fazia muito tempo que não ia à agência, e Juhye não estava lá. Ao sair da fila, ela se sentou no sofá e olhou para as quatro cartas em suas mãos, conferindo com cuidado se os selos ainda estavam bem colados nos envelopes de diferentes tamanhos e designs. Então, tirou mais um envelope do bolso do cardigã. O nome "Woo Hyomin" estava escrito em um dos lados. Era uma carta ilustrada com o desenho de Yeonggwang, dobrada com cuidado, mas ainda sem o endereço do destinatário.

Na noite anterior, a mãe de Hyoyeong tinha lhe passado o endereço da escola onde a irmã lecionava. Ela não havia pedido, mas a mãe lhe passou a informação mesmo assim. Hyoyeong não respondeu porque não tinha nada a dizer, mas a mãe não se importou. Hyomin dava aulas de redação havia mais de três meses em uma escola em algum lugar da cidade de Sokcho. Hyoyeong alternou o olhar entre o número na lista de espera e o número no balcão dos correios para ver se tinha tempo de escrever o endereço no envelope. Havia sete pessoas esperando; tinha tempo de sobra.

Hyoyeong se dirigiu a uma mesa com lupas, canetas e bastões de cola. Embaixo do tampo de vidro, havia documentos e sacos de papel.

Era muito parecida com o aparador da Geulwoll. Enquanto pensava que seria interessante ter uma mesa como aquela na loja, em que as cartas dos *penpals* pudessem ser colocadas embaixo e retiradas, Hyoyeong escreveu o nome da irmã e o endereço da escola, conforme a mãe havia lhe informado. Agora que sabia onde a irmã trabalhava, sentia a presença dela tornar-se cada vez mais vívida.

— Envio normal ou expresso? — perguntou o funcionário dos correios em tom amigável.

Hyoyeong se lembrou das palavras da cliente com quem havia conversado pouco antes.

— Por favor, envie estas três cartas por correio expresso e estas duas por correio normal.

Hyoyeong decidiu enviar somente duas cartas por correio normal: a da cliente e a da irmã. O funcionário colou os adesivos com os endereços nos envelopes. Depois que Hyoyeong pagou e saiu da agência, a paisagem outonal de Yeonhui-dong chamou sua atenção. A brisa fresca a relaxou de imediato; para ela, foi como terminar um longo dever de casa esquecido durante as férias. Sentindo-se melhor, Hyoyeong tirou uma foto das folhas de outono e mandou no grupo da família.

"É verdade, você trabalha em um lugar moderno com uma paisagem moderna!"

"Já almoçou?"

Hyoyeong sorriu ao ler as mensagens do pai e da mãe, então voltou para a Geulwoll. Assim que chegou ao Edifício Yeongung, avistou um rosto familiar: era sua colega de faculdade, Eunchae. A dona do cartão-postal que Hyoyeong tinha escrito havia algum tempo.

— Ei, não é só porque você é amiga do chefe que pode ficar de boa no meio do expediente!

— Nada disso, dona cliente. Ir ao correio faz parte do meu trabalho, tá?

Hyoyeong sorriu alegremente com a provocação de Eunchae, e as duas subiram juntas até o quarto andar. Assim que Hyoyeong abriu a porta de ferro, Eunchae guinchou feito uma criança e sorriu.

— O quê? O Seonho *oppa* tem bom gosto?

— A mulher dele ajudou muito, mas a decoração foi escolha do Seonho *sunbae*, quer dizer, do chefe.

— "Chefe"? Que sucesso!

Entusiasmada, Eunchae passou os olhos por cada canto da Geulwoll. Admirou a caixa de correio de ferro, o calendário de parede, o vaso de flores e tudo mais. Uma das qualidades de Eunchae era não esconder os sentimentos, mas expressá-los com sinceridade. Foi por causa disso que sua relação com Hyoyeong ficou abalada na época da filmagem. Uma vez, frustrada, Eunchae gritou com Hyoyeong depois de lhe perguntar por que ela guardava para si o que gostaria de dizer, pois se a diretora agisse assim, os atores não entenderiam o que era para fazer.

— Não vou saber se você não me falar!

Era responsabilidade dela aprender, mas, em retrospecto, Eunchae não estava errada. Talvez por estar trabalhando em uma loja de cartas, em que tantas frases e tantos sentimentos eram trocados, entendesse melhor a importância do diálogo.

— Eu nem liguei para o Seonho *oppa*… ele não está trabalhando hoje?

— Não, ele está com herpes-zóster, por isso ficou em casa.

— Sério? Eita, ele deve estar cansado de cuidar dos filhos e administrar uma loja ao mesmo tempo.

Formada em teatro, Eunchae disse que ainda fazia testes para pequenos papéis. Naquele dia, estava a caminho de um teste quando parou na Geulwoll.

— Queria saber quando é que vou conseguir um papel com falas. Eu também sei falar! *Aaahhh!* Dá para ouvir minha voz?

— Sim. Aliás, fiquei sabendo que você ganhou um prêmio por um filme independente.

— Mas foi pela direção. Achei que desta vez eu fosse receber um prêmio de atuação de verdade.

— Quem sabe na próxima?

— Quando? Sério, quando?

Eunchae suspirou e se virou na direção do aparador. Com a maior naturalidade, foi até o nicho das cartas dos *penpals* e leu as orientações do serviço em silêncio. Logo em seguida, dois casais entraram na loja atrás de papéis de carta e para presentes. Eunchae avaliou os envelopes no nicho um por um e se sentou à mesa para participar.

— Não vou cobrar pelos papéis de carta. O que precisar, é só falar.
— Quantas páginas as pessoas escrevem nessas cartas?
— Já teve gente que escreveu mais de quatro.
— Tá, então vamos lá!

Esfregando a palma das mãos, Eunchae pegou uma caneta. A impressão de Hyoyeong era de que a amiga nunca havia tido experiência com cartas, já que gostava de conversar pessoalmente, mas suas palavras saíram com facilidade. Hyoyeong ficou observando Eunchae de canto de olho, enquanto embalava as compras dos clientes e fazia os recibos. Ela já havia preenchido três folhas e estava começando a quarta.

— Tenham um bom dia!
— Obrigado.

Os dois casais saíram da Geulwoll, e ela parou por um instante para recuperar o fôlego. Eunchae finalmente terminou de escrever e foi até o caixa com sua carta. Ela desenhou sua assinatura em forma de estrela em um dos lados da lista de *penpals* e deixou seu nome e número de contato. Apalpou o próprio envelope, agora mais grosso, e voltou para onde ficavam as cartas dos *penpals* para pegar uma carta anônima.

Ela selecionou a carta de Juhye.

Alguns dias depois, Juhye recebeu a tão esperada resposta. Hyoyeong ficou imaginando se a carta traria uma nova alegria à sua vida monótona.

Serviço de cartas [Geulwoll]

Olá, Jeong Juhye. Esta mensagem é para informar que você recebeu uma resposta para a sua carta através do serviço de penpal.

Por gentileza, venha até a loja durante nosso horário de funcionamento. Caso não seja possível comparecer, podemos efetuar a entrega em domicílio.

3

Era um fim de semana, pouco depois das cinco da tarde, quando ela recebeu uma ligação de Seonho. Felizmente, agora que os sintomas haviam melhorado, a voz dele estava bem mais enérgica.

— Coitadinha, está sofrendo muito aí sozinha? Como você está?

— Que sofrendo o quê? Sua mulher troca as flores toda noite e faz a maior parte das embalagens, então não está sendo difícil.

— Me dei bem, não foi? Minha Sohee tem mãos de fada.

— Para de besteira, chefe. Se estiver se sentindo melhor, por que não atualiza as redes sociais o quanto antes? Enviei por e-mail todos os cartões-postais de Natal e as fotos, já devolvi a câmera alugada, organizei os cartões de Ano-Novo de acordo com o seu feedback e entrei em contato com a empresa.

— Obrigado, Hyoyeoooong.

De repente, Seonho começou a chorar. Como Hyoyeong não reagiu, ele parou e voltou a falar com uma voz calma:

— Foi mal. Na verdade, Sohee fica grata pelo dinheiro. Ainda mais quando se *é o chefe*.

— Ora, você é um homem estudado. Peixe grande, sabe como são as coisas.

— Vou te dar um aumento no próximo mês. Conto os detalhes na semana que vem.

Seonho mencionou a árvore de Natal que Hyoyeong havia recebido na semana anterior mas esteve ocupada demais cuidando da loja sozinha para tirar da caixa.

— Preciso fazer isso agora. Além de fazer a propaganda dos cartões de Natal.

— Yeonggwang vai comprar uns enfeites e passar aí hoje à noite. Se você estiver ocupada, vá para casa e ele cuida do resto.

— Não deveria agradecer ao Yeonggwang com dinheiro também?
— Deveria. Apesar de ser revoltante que ele pareça ter mais dinheiro do que eu.

Seonho e Hyoyeong deram uma risadinha e encerraram a ligação. Após tirar uma foto da Geulwoll à noite, coisa que não fazia havia muito tempo, ela escreveu no diário de registro. Organizou o que faltava, verificou as estantes e as reabasteceu com mais livros. Em qualquer outro dia, teria pegado a bolsa e ido para casa, mas naquele dia sentiu uma estranha moleza no corpo e ficou observando a loja sem motivo.

— Por que isso está aqui?

Percebeu que havia um lápis no parapeito da janela e pôs a bolsa de volta sobre o balcão para guardá-lo. Em seguida, notou que o calendário pendurado na parede parecia torto e o moveu para endireitá-lo. Já eram 19h40, quase hora do jantar, mas Hyoyeong ainda não tinha ido embora da Geulwoll. Ela não sabia se estava esperando Yeonggwang ou se queria ver a árvore de Natal sendo montada. Ou as duas coisas.

De costas para o caixa, ficou olhando pela janelinha. Luzes se acendiam em todas as janelas das casas. Já estava esperando havia muito tempo, por isso pegou a bolsa, saiu da loja e trancou a porta de ferro. Ao descer as escadas e chegar no andar de baixo, deu de cara com Yeonggwang, que subia os degraus. Ao mesmo tempo que se sentiu um pouco fraca, uma alegria a atingiu. Hyoyeong abriu um leve sorriso, e Yeonggwang falou:

— Saindo tarde do trabalho, hein?
— Tinha muita coisa para fazer, e a loja fica mais movimentada no fim do ano.
— É, percebi.
— Você veio para montar a árvore de Natal?

Yeonggwang deu uma olhada para a caixa verde em suas mãos. Havia luzes e enfeites. Ele disse que os comprara de um amigo proprietário de uma boutique. Seguiu-se um momento de silêncio, então Hyoyeong se virou e começou a subir as escadas.

— Posso ver? Nunca montei uma árvore de Natal na vida.
— Sério? Nunca?
Tac, tac, tac, tac. O som de Hyoyeong e Yeonggwang subindo as escadas ecoou pelo Edifício Yeongung. O ritmo constante e o som que reverberava eram os mesmos de um coração pulsante.

Yeonggwang abriu a caixa de papel verde como se fosse um presente e encontrou minibolas brilhantes como pérolas e enfeites de vidro em forma de flocos de neve, ursos com suéteres fofos, carrinhos, caixas de presente e garrafas de champanhe coloridas em miniatura. Era tudo tão encantador que eles não sabiam o que pegar primeiro.

— Uau, acho que a idade não acaba com a diversão. Estou animada que nem uma criança.

— Ótimo, vamos fazer isso juntos.

Yeonggwang voltou com a caixa da árvore de Natal que Hyoyeong deixara ao lado do caixa. A árvore deveria ser colocada entre a mesa e a porta de ferro, e quando ele começou a abrir os galhos um a um, parecia que estava abrindo um guarda-chuva.

— Quer tentar, Hyoyeong?

— Quero!

Hyoyeong sentou-se no chão ao lado de Yeonggwang. Estava gelado, mas ela ficou tão animada que nem percebeu o frio. Andou de joelhos, tentando encontrar o melhor lugar para colocar os enfeites, e os pendurou aqui e ali, na maior empolgação, para depois mudar um pouco a posição e chegar a um equilíbrio entre cor e tamanho. Precisava equilibrar os enfeites vermelhos e verdes com os flocos de neve e as estrelas prateados.

— Não tem muito espaço entre eles? Os enfeites são menores do que eu pensava...

Hyoyeong franziu a testa ligeiramente, e Yeonggwang puxou uma fita branca de chiffon guardada na caixa. Como se aquela fosse sua arma secreta, desenrolou a fita e a cortou com uma tesoura para fazer um lindo laço.

— Se você amarrar isto em um galho vazio, vai parecer cheio.

— Olha, ficou lindo! Yeonggwang, você monta a árvore de Natal todo ano mesmo?

— Monto. Meu pai era cristão, então ele fazia questão da árvore todos os anos. Mas eu reutilizo a maioria dos enfeites.

— Que inveja... Vocês ainda fazem isso todo ano?

— Não. Meu pai morreu jovem. Minha mãe se casou de novo, e meu padrasto é budista.

— Ah...

Hyoyeong não conseguiu pensar em mais nada para dizer, então só cortou a fita com uma tesoura e fez um laço. A superfície da fita brilhava como uma fina camada de flocos de neve. Parecia que iria se desfazer, caso apertasse demais. Yeonggwang se levantou, dizendo que estava na hora de pendurar as luzes.

— Elas são as verdadeiras protagonistas.

— Luzinhas! Eu estava morrendo de vontade de ligá-las!

Yeonggwang habilmente enrolou as luzes ao redor da árvore. Eram lâmpadas minúsculas, do tamanho da unha do dedo mindinho. Depois de as enrolar até a base da árvore, ele as ligou na tomada. Então, apontou para um interruptor no chão.

— Sente-se aqui e segure o interruptor. Vou apagar as luzes.

Yeonggwang imediatamente apagou as luzes da loja de cartas. Os olhos de Hyoyeong não estavam acostumados com a escuridão, e ela só conseguia enxergar a silhueta dele. Quando a escuridão e o silêncio engoliram a luz, Yeonggwang tateou no ar, depois sentou-se devagar no chão.

— Pode ligar agora!

Brilho.

Com um movimento do dedo indicador de Hyoyeong sobre o interruptor, dezenas de luzinhas brilharam, douradas. Era como se pequenas fadas dentro das lâmpadas exclamassem em uníssono. Hyoyeong sentiu um calor no peito só de ver a cena.

Os dois bateram palmas, sentados em frente à árvore. Hyoyeong não se lembrava da última vez que havia ficado tão feliz. Olhou de relance para Yeonggwang, banhado pela luz das lâmpadas amarelas. O constrangimento logo se seguiu às palmas, e Hyoyeong se levantou de súbito.

— Eu amei! Vou tirar uma foto e postar no Instagram.
— Com a hashtag? Tenho visto seus posts.
— Por favor, finja que nunca viu! Às vezes, fico com vergonha de publicar porque é meio exagerado.
— Por quê? Você escreve muito bem. Achei até que tivesse participado de um concurso de redação na Geulwoll.

Hyoyeong riu daquele humor sem sentido e tirou umas fotos da árvore com o celular, verificando a composição aqui e ali. Enquanto isso, Yeonggwang tirou do bolso um objeto parecido com uma caixa de fósforos quadrada e o colocou sobre a mesa. Assim que parou de tirar fotos, Hyoyeong perguntou:

— O que é isso?
— É um rádio. O Seonho *hyung* não te contou?
— Contou o quê?
— É hoje que a carta do cliente da Geulwoll vai ser lida no rádio.

Hyoyeong e Yeonggwang sentaram-se à mesa, um de frente para o outro, com as luzes da loja ainda desligadas, iluminados apenas pela luz das lâmpadas brilhantes da árvore. Enquanto admirava as longas sombras projetadas nas paredes cor de pêssego, Hyoyeong ouvia a vinheta de abertura: "Olá, sou eu, Moon Yeongeun, do *Caminhada Noturna*."

A voz de Yeongeun junto com o som suave do violão criava uma atmosfera sonolenta. Era como andar com os pés descalços sobre um tapete de veludo macio; nada de barulho, calmo e suave, como um gato acordando após um longo cochilo. A música de Yeongeun era assim.

Eles ouviam sem dizer uma palavra, até que Hyoyeong se alongou e disse:

— Por que o chefe não me contou isso? Que traidor!

— Ele deve ter se esquecido, com tudo o que vem acontecendo. Nos falamos bem rapidinho hoje de manhã, quando ele me ligou para pedir ajuda com a árvore, e depois desligou sem nem dar tchau, porque a Hayul estava chorando.

— De qualquer forma, estou feliz. Torci muito para que o cliente deixasse Yeongeun ler a carta.

— Por quê?

— Porque tem uma boa energia e acho que vai confortar muita gente.

A cantora cumprimentou os ouvintes fazendo menção ao clima excepcionalmente frio de novembro. Ela passou um tempo conversando, compartilhando dicas sobre como lavar e guardar peças de tricô e como secar cachecóis. Depois, apresentou um livro que havia comprado um tempo antes para o especial de outono. Era a primeira vez que Hyoyeong ouvia falar daquela obra.

— *É de uma escritora japonesa chamada Ito Ogawa, chamado* A Papelaria Tsubaki. *Quando eu era pequena, adorava os livros do ilustrador francês Jean-Jacques Sempé, e a capa desse livro me fez lembrar dele. O que chamou minha atenção foram as linhas, suaves e densas, como um desenho.*

Pelo título, ela esperava que o livro fosse sobre uma papelaria, mas na verdade era a história da dona de uma antiga papelaria e *ghost-writer* que herdou o negócio da família e escreve cartas para os clientes. A *ghost-writer* tinha um trabalho incrível: escrevia cartas no lugar daqueles que não conseguiam escrever as próprias histórias, em uma caligrafia que representasse o coração deles. Hyoyeong ficou intrigada com a apresentação de Yeongeun e logo anotou o título do livro em um bloco de notas.

— *Não sou uma grande leitora, e comprei esse livro faz dois meses, então é meio vergonhoso falar dele só agora. Enfim, enquanto eu lia, por coincidência do destino, descobri uma loja de cartas bem legal no meu bairro. Ah, a propósito, sou de Yeonhui-dong, em Seul.*

— Opa! Acho que é agora.

Yeonggwang olhou para Hyoyeong e abriu um grande sorriso. Ela inclinou a cabeça na direção do rádio, com um brilho no olhar. As sombras deles dois se fundiram.

— *Também já faz tempo que não tenho um amigo por correspondência, ou um* penpal. *Tive uma vez, na época da escola, por um site estrangeiro para estudar inglês... ah, não lembro direito agora. De qualquer forma, fui até essa loja de cartas e peguei uma que me deixou muito emocionada. Foi uma honra!*

O volume da música de fundo diminuiu. O tom de voz de Yeongeun também ficou mais calmo. Após uma breve explicação sobre como se sentiu ao ler a carta de Woncheol, e como obteve a permissão dele para a ler no rádio, Yeongeun começou:

— *"Para Wonsuk. Como você está? Está se sentindo sozinha? Não há uma nuvem sequer no céu, fiquei olhando para cima por um bom tempo, na esperança de ver seu rosto. No fim, desisti quando uma folha de avenca caiu no meu rosto, como se zombasse de mim."*

Enquanto Yeongeun lia a carta de Woncheol, Hyoyeong teve a sensação de que ler o que outra pessoa havia escrito era mais ou menos como ser uma *ghost-writer*. Era fascinante poder transmitir as emoções do dia de maneira tão simples, sem diminuí-las ou aumentá-las.

— *"Quando voltei ao quarto do hospital naquele dia, meus tênis estavam cheios de folhas pisoteadas, e você riu, dizendo que eu estava parecendo um professor. Sinto falta da sua risada. Gostaria de ter rido mais junto com você, em vez de ficar com a testa franzida quando nos víamos. Pois é, quando penso em você, penso em um ou outro arrependimento que tenho."*

Hyoyeong sentiu a ponta do nariz arder e olhou para as paredes, onde as sombras da árvore pousavam. Enquanto observava as sombras dos longos galhos, foi como se o tempo tivesse parado ali.

— *"Nos veremos novamente, Wonsuk. Com amor, Cheol."*

Yeongeun leu até a última letra do nome de Woncheol com a voz embargada. O som dela limpando a garganta e passando os dedos na carta chegou a Hyoyeong através das ondas de rádio. O presente de Yeongeun, em uma estação de rádio em algum lugar de Ilsan, e o presente de Hyoyeong, na Geulwoll de Yeonhui-dong, se conectavam por algum tipo de energia formigante, tal qual eletricidade estática. Naquele momento, ela percebeu como era reconfortante que pessoas de diferentes épocas e diferentes estilos de vida se conectassem por meio de um único evento.

— *Esta carta é de um cliente da Geulwoll. Muito legal, né?*

Yeonggwang abriu um sorriso. Hyoyeong olhou para o rosto dele, tomado pelas sombras, e assentiu. Imaginou se Yeonggwang estava pensando no pai. Quais emoções poderiam estar à espreita naquele coração banhado pelas sombras? Mas não ousou dar nem um só passo para se aproximar dele.

Enquanto Yeongeun fazia os comentários finais, Yeonggwang tamborilou com as unhas na parte de cima do rádio e disse:

— Quando vejo algo bonito demais, às vezes, sinto que meu trabalho não é nada. Já existem tantas coisas emocionantes no mundo. Qual é o sentido de tentar recriá-las?

Hyoyeong também tinha essa sensação. Aquilo era algo sobre o qual ela havia refletido tanto quanto Yeonggwang.

— Já pensei nisso quando estava escrevendo roteiros, mas a beleza da vida muitas vezes é interrompida por outra coisa... cansaço, tédio, pessimismo... acho que suas criações podem acalmar esses corações endurecidos e ajudar as pessoas a verem beleza ao redor delas outra vez.

— Uau, como você conseguiu dizer isso sem ensaiar?

Yeonggwang a encarou com os olhos brilhando. Hyoyeong deu um pulo da cadeira, sentindo-se envergonhada.

— Acho que estou exagerando com isso do registro diário da loja de cartas. Eu deveria parar.

— Não, eu gosto muito. É reconfortante, de verdade.

— Ainda não jantei e estou morrendo de fome. Quer comer frango frito e tomar uma cerveja?

— Claro, seria ótimo.

Hyoyeong desligou a árvore brilhante. Quando ela fechou a porta da loja e se dirigiu às escadas, Yeonggwang imediatamente ligou a lanterna do celular para iluminar o caminho. *Tac, tac*. Seus passos ecoaram pelo escuro Edifício Yeongung enquanto desciam as escadas.

4

No horário de almoço de uma terça-feira, Seonho foi até a Geulwoll. Parecia bem melhor; ser pai era mais difícil do que ter herpes-zóster, disse ele, com um sorriso irônico.

— Como você conseguiu escapar de cuidar da neném hoje?

— Sohee me deu uma licença anual. É o que eu sempre peço à minha sogra.

— Por que licença anual se está tudo bem?

Seonho deu uma risadinha e tirou um arquivo enorme de dentro da mochila. O documento que ele abriu era um contrato de aluguel.

— O que é isso?

— Acabei de assinar o contrato de aluguel da segunda loja!

Ela sabia que ele queria abrir uma segunda loja desde o verão anterior para fortalecer a rede de cartas. Sua missão de criar uma cultura de escrever cartas ainda estava de pé em meio aos cuidados com a bebê, os negócios ininterruptos e uma doença inesperada.

— Você se lembra de quando recebi uma oferta para abrir uma segunda loja, mas não deu certo porque o local que sugeriram não era bom? Então, algumas semanas depois, um amigo da Sohee me falou de um prédio de três andares que tinha sido construído no bairro de Seongsu.

Chamado de um tipo de "plataforma espacial", o prédio seria uma mistura de cafeteria, loja de roupas e boutique. Yeonhui-dong se localizava no distrito de Gangseo, no lado oeste de Seul, portanto,

Seongsu-dong, no distrito de Gangdong, no lado leste, parecia ser o lugar perfeito para a segunda loja.

Depois de colocar Hajun e Hayul para dormir todos os dias, Seonho e a esposa passavam a noite toda acordados pensando no assunto. Precisavam fazer a oferta para pegarem o ponto, mas tinham dúvidas se conseguiriam administrar uma nova loja. Sohee não tinha certeza se era a decisão certa naquele momento, então Seonho ligou o notebook e criou uma tabela no Excel para listar o que o casal ganharia e do que teria que abrir mão, caso eles inaugurassem a segunda loja. O resultado foi sete a seis, com "o que vamos ganhar" vencendo por um ponto.

— Um pai que tem um sonho é um exemplo para os filhos. Essa era a última vantagem que minha família teria se abríssemos outra loja, e é claro que foi o que eu escolhi!

Com uma expressão convencida no rosto, Seonho bateu com o punho no peito. Ele teve muito tempo livre por conta da doença e deu tudo de si para encontrar a atmosfera perfeita para a Geulwoll nº 2. Abriu o Google Maps e mostrou a Hyoyeong a localização e o prédio. Seongsu-dong definitivamente não tinha a mesma atmosfera de Yeonhui-dong. As paredes externas em tons de cinza davam ao prédio uma aparência sofisticada e moderna, e Hyoyeong estava curiosa para saber como a Geulwoll se encaixaria em um lugar desse.

— Parece bom. Seongsu-dong está popular hoje em dia.

— Vai ser um espaço mais urbano, diferente da loja em Yeonhui, que tem um clima mais acolhedor e tranquilo, e a mobília vai ser de aço em vez de madeira.

— Então é bom começar a procurar um funcionário. Quando vai inaugurar?

— Está previsto para fevereiro do ano que vem. Estou falando com todos os meus contatos para encontrar alguém.

— Não vai anunciar nas redes sociais?

— Vou, sim.

Cantarolando, Seonho foi até a árvore de Natal e, de braços cruzados, inspecionou todos os cantos. Ele assentiu lentamente.

— Está bem razoável...

— Razoável? Nem consegui ir embora para ficar montando isso!

— Hein? Você ajudou a montar?

— Esbarrei com o Yeonggwang na hora de ir embora.

Era só impressão ou o brilho no olhar de Seonho parecia muito com o de Juhye, quando foi à Geulwoll na semana anterior? Hyoyeong o encarou, e ele se virou na hora e foi até o nicho do serviço de *penpal*. Depois de contar o número de cartas, se sentou à mesa.

— Certo! Hoje é um dia perfeito para escrever uma carta!

— Para um *penpal*?

— Isso mesmo. Sou dono da Geulwoll e nunca usei o serviço de *penpal*. Preciso escrever para comemorar minha recuperação da herpes e a assinatura do contrato da segunda loja. Como se fosse um diário.

Hyoyeong entregou a ele os papéis de carta e o porta-lápis. Seonho fechou os olhos por um instante em sinal de respeito; quando os abriu, pegou uma caneta esferográfica e escreveu a frase "Olá, sou um pai de duas crianças". As frases seguintes fluíram feito água.

PARA: Destinatário anônimo

Olá, sou um pai de duas crianças. Tenho um filho que vai começar a escola primária no ano que vem e uma filha que ainda nem completou um ano. O dobro de felicidade e o dobro de cansaço. Haha.

Nunca contei à minha mulher, mas a verdade é que jamais imaginei que me casaria, porque sempre quis fazer tantas coisas, conhecer tantos lugares, alcançar tantos objetivos.

O que eu mais temia era ter que abrir mão dos meus sonhos. Isso porque eu não sabia como atravessar o oceano da vida sem uma luz iluminando meu caminho. Para falar a verdade, existia certa arrogância nisso também. Sempre achei que fosse natural, uma vez que viemos a este mundo, termos um sonho e irmos atrás dele sem nunca olhar para trás. Eu achava que as pessoas que estudavam, que iam para a faculdade e se estabeleciam em um emprego sem ter um sonho, eram, de certa forma, menos interessantes. Nessa época, eu costumava andar de nariz em pé.

Por fim, acabei cedendo. Desisti do meu sonho de atuar. Demorei a entrar na universidade, e tudo o que eu aprendia era empolgante e divertido, mas lá se tornou um lugar onde eu sentia que minha falta de talento era jogada na minha cara: "Por que você não se esforçou mais?" "O que há de errado com o seu talento?" "Você não ficou com medo e fugiu, né?" E antes que alguém pudesse me fazer essas perguntas, era eu quem as fazia primeiro. Do tipo: "Então, você abdicou dos seus sonhos agora?"

Mas não acho que pessoas que não conseguiram realizar seus sonhos sejam fracassadas. Afinal, mesmo não conseguindo, saíram vencendo. É claro que não é fácil passar por isso, mas a vida acontece, e, algum dia, outro sonho com certeza vai aparecer.

No momento, estou atravessando o oceano da vida no barco mais resistente que existe em busca de um novo sonho.

Continuo passando por ondas e tempestades, mas sempre me firmo no mastro da minha família para me dar força. Força para seguir em frente sem medo.

É impressão minha ou isto está parecendo um tipo de "declaração"?

Escrevi algumas palavras para um "eu" que é um bom pai, um bom marido e que vai seguir seus sonhos de todo o coração.

Espero que goste! :)

Desejo saúde e felicidade. Vou parando por aqui.

DE: SH

Depois de dobrar a carta e selar o envelope, Seonho se levantou. Enquanto isso, mais três clientes compravam canetas e cartões-postais. Como o número de clientes só aumentava, Hyoyeong concordava que não seria má ideia abrir uma segunda loja. Yeonhui e Seongsu ficavam a oeste e a leste de Seul, respectivamente, portanto, a acessibilidade seria muito melhor.

— Ah, Hyoyeong, isto é para você.

Seonho abriu a mochila outra vez em frente ao caixa e lhe entregou um documento que estava dentro de um arquivo grande. Era um contrato de trabalho que oferecia um aumento no salário — uma oferta que Hyoyeong não podia recusar.

— Ainda é meio período, mas é um bom aumento.

— Está ótimo, obrigada por cuidar de mim.

— Eu que agradeço. Logo vou contratar outro funcionário para que você não fique com todo o trabalho.

Quando Seonho estava prestes a sair da loja, a porta foi aberta e Yeonggwang entrou. Parecia ter ido ao barbeiro fazia pouco tempo, pois o cabelo na lateral, que cobria suas orelhas, estava bem aparado.

— O que é isso?

— Um cliente — falou Yeonggwang, com os olhos arregalados pela pergunta de Seonho.

— Por que você fica vindo à Geulwoll em vez de desenhar seus webtoons? Eu vi no diário de registro.

— Diário de registro? Hyoyeong, você anota os dias em que venho aqui?

Yeonggwang perguntou olhando direto para Hyoyeong, que respondeu em um tom confuso:

— Não, eu só anoto porque você também é amigo do Seonho. Só às vezes, quando não tenho mais nada para escrever.

— Quero saber o que você escreveu.

Ao ouvir as palavras de Yeonggwang, Seonho o cutucou, brincando com ele.

— O que mais seria? Ela deve ter escrito que um cara barulhento chegou fazendo baderna, perturbando a tranquilidade da Geulwoll.

— Nossa, agora me sinto mal se você tiver escrito isso mesmo.

Hyoyeong balançou a cabeça, dizendo para ele não se preocupar porque ela nunca escreveria aquilo. Yeonggwang puxou a revista que carregava enrolada debaixo do braço e abriu uma página dobrada, revelando a entrevista de Seonho. Uma foto dele, de pé em frente ao caixa da Geulwoll e de braços cruzados, ocupava toda a página. Hyoyeong deu risada ao ver a expressão séria do chefe, que escondia sua alegria.

— Eu já tinha visto a foto na internet, mas impressa é ainda mais engraçada.

Em resposta à reação de Hyoyeong, Seonho fingiu ter se irritado.

— Engraçada? Pô, eu era ator. Não estou transbordando carisma?

— Transbordou tanto que sumiu... — zombou Yeonggwang, e Seonho levantou as mãos para fingir agarrar o cabelo dele.

Um casal de estudantes com uniforme entrou na loja. Os dois fitavam Yeonggwang enquanto escolhiam cartões-postais e conversavam. O rapaz foi o primeiro a se aproximar dele.

— Hum, você não é... autor de webtoons? — perguntou.

— É, sim — confirmou Seonho no lugar de Yeonggwang, que ficou constrangido.

— Caramba! Eu li "Minha vizinha Yeonjeong" três vezes. Nós estudamos em uma escola de animação.

— Ah, obrigado. Fico feliz em conhecer meus leitores.

Yeonggwang coçou a cabeça e sorriu, sem jeito. Hyoyeong tinha ouvido falar que ele escrevia com frequência para os fãs, mas foi uma surpresa vê-lo tão sem graça ao encontrá-los pessoalmente. O casal de estudantes disse que tinha lido a entrevista de Yeonggwang para uma plataforma de webtoons e reconheceram o rosto dele pela foto do artigo. Hyoyeong não lia webtoons e não conhecia o trabalho de Yeonggwang, então não sabia que ele era um excelente escritor. Se os fãs dele o reconheciam fora das telas, então queria dizer que não era exagero afirmar que seu trabalho de estreia tinha sido um sucesso.

— Ah, então esta é a loja de cartas de que você escreveu no post da página de fãs.

Seonho se aproveitou do comentário da garota:

— É isso mesmo! Um autor de webtoons famoso também vem a esta loja de cartas! Por favor, voltem sempre.

Depois de receberem o autógrafo de Yeonggwang, o casal saiu da Geulwoll com um sorriso no rosto, e não demorou para que Seonho revidasse com perguntas do tipo "por que você não se gabou de ter sido entrevistado?", "quanto você ganha de direitos autorais sendo um autor de webtoons famoso?", "pode ceder o apartamento no Edifício Yeonhwa para mim?", entre outras que não valiam a pena serem respondidas. Yeonggwang deu um passo para trás.

— Eu saí para dar uma volta de carro e vi seu rosto em uma livraria, aí trouxe a revista porque fiquei feliz de te ver. Mas, pelo visto, isso é motivo de zoação. Aff.

— Fico feliz de ouvir isso, e sei que você trouxe a revista para me provocar, mas o que posso fazer? Sentir vergonha não é comigo.

— Claro, acho que é só comigo. Bem, este escritor envergonhado vai voltar ao trabalho. Tchau.

Quando Yeonggwang saiu pela porta, Seonho estalou a língua feito um idoso que acabou de mascar tabaco.

— É triste ver um jovem com medo do fracasso.

— O fracasso é assustador, até quando se é muito novo. Até o Hajun chora quando está correndo e cai.

— Ugh… Olha, na minha época…

Hyoyeong deu um empurrão nas costas de Seonho, apressando-o para ir embora. Assim que ele saiu da Geulwoll, como em um passe de mágica, um fluxo constante de clientes chegou. Embora tivesse esfriado, era aquela época do ano em que as pessoas expressavam sua gratidão, portanto, iam à loja comprar canetas para dar de presente nas festas de fim de ano ou cartões com mensagens para os amigos antes de uma longa viagem. Quando conseguiu fazer uma pausa, Hyoyeong pegou os recibos de papel que tinha feito e, no verso, escreveu uma lista de pessoas a quem se sentia grata.

Kang Seonho e a esposa, Hajun, Eunchae, Cha Yeonggwang, a moça da Imobiliária Hobak etc. Depois de anotar todos, percebeu que, exceto por Seonho e Eunchae, havia conhecido os outros recentemente. Em apenas um ano, as pessoas que via com frequência, suas conversas e seus interesses haviam mudado. Costumava achar que as pessoas não mudavam com tanta facilidade, mas até essa crença caiu por terra. Dependendo do espaço em que nos colocamos, nosso interior e o que emanamos podem ser alterados. Pensando nisso, Hyoyeong não teve como evitar o carinho que sentiu pela Geulwoll.

Ao voltar do trabalho, Hyoyeong andava com o capuz acolchoado bem apertado sobre a cabeça. O vento noturno deixava suas mãos geladas, e, enquanto caminhava com as mãos nos bolsos, de repente se lembrou de Yeonggwang envergonhado na frente do casal de estudantes, fãs que o encontraram por acaso naquela tarde. Hyoyeong pegou o celular e pesquisou o webtoon de Yeonggwang. O número de comentários em cada capítulo ultrapassava os quinhentos. Quando abriu o último capítulo e olhou os comentários, o mais curtido deles era de alguém que dizia sentir-se confortado pela protagonista de "Minha vizinha Yeonjeong". Hyoyeong leu os comentários e parou no mais recente.

"Quando sai o próximo webtoon? Já faz quase dois anos desde que terminei este."

"Não sei. Será que ele ainda é bom?"

"Esse é o Yeonggwang do passado. Não está confiante sobre o próximo trabalho? :("

Ela quase apertou o botão de "não gostei" em todos os comentários, mas ficou envergonhada. Que diferença faria? No dia em que avistou Yeonggwang perambulando por horas a fio pelo bairro com a barba por fazer, Hyoyeong achou que ele estivesse fazendo drama. Agora, pensando naquilo, sentiu pena dele.

— Quando vejo as pessoas tentando não cair, me sinto um pouco mal. Elas são iguais a mim.

Hyoyeong lembrou-se do dia em que a irmã mais velha a havia levado à pista de patinação no gelo, depois que ela passou no vestibular.

Hyomin tinha dito essa frase enquanto assistia às pessoas patinando de forma toda cautelosa. Mas era difícil para Hyoyeong, cinco anos mais nova, entender o que a irmã queria dizer. Hyoyeong estaria sempre atrasada. Pois quando tivesse a idade da irmã, dali a cinco anos, e finalmente entendesse o que ela havia falado naquele dia, Hyomin também teria passado por cinco anos que Hyoyeong ainda não havia vivido.

◊ O Natal da Geulwoll

1

Era a primeira semana de dezembro quando um rosto conhecido apareceu na Geulwoll: o contador Seong Minjae. Usando um casaco de lã cinza, ele tirou as luvas de couro, cumprimentou Hyoyeong com um aceno de cabeça e elogiou a árvore de Natal. Hyoyeong sorriu.

— Quanto tempo! Você deve ter andado ocupado no trabalho esses dias.

— É verdade, e tive alguns problemas pessoais para resolver.

O humor de Minjae parecia ter mudado, embora suas roupas e a maleta fossem as mesmas. Assim como Juhye a olhou com desconfiança, Hyoyeong olhou para Minjae com os olhos ligeiramente apertados. Ele não parecia estar em um relacionamento, mas havia um brilho em seu rosto, como se tivesse acabado de descobrir uma nova alegria no mundo.

Minjae escolheu alguns cartões de Natal e se inscreveu para o serviço de *penpal*. Assim que se sentou à mesa, tirou um estojo de couro de dentro da maleta e pegou uma caneta-tinteiro. Havia nuvens carregadas no céu, e o interior da Geulwoll estava um pouco escuro. Hyoyeong levou o porta-lápis e uma luminária em formato de cogumelo que era vendida na loja até Minjae, que olhou para ela e perguntou:

— Você ouviu o rádio na semana passada? Uma cantora chamada Moon Yeongeun leu a carta de um cliente daqui.

— Ouvi, sim, ao vivo. Ela é uma ótima cantora, e a voz dela estava linda enquanto lia a carta.

— É verdade. Vou fazer quarenta anos daqui a pouco e chorei enquanto escutava sozinho em casa.

— Ah, eu também fiquei emocionada.

Agora que estava mais confortável, Hyoyeong sentia-se mais à vontade para conversar com os clientes. Minjae parecia saber que a carta era de Woncheol. O conteúdo da carta escolhida por Yeongeun era muito pessoal, mas foi fácil adivinhar pelos comentários que ela fez a respeito da linda caligrafia e pela menção a rosas. Minjae e Woncheol escreveram mais duas vezes cada um após a troca inicial de cartas.

— Você vai mesmo fazer quarenta anos daqui a pouco? Nem parece!

— Obrigado, é de família.

Hyoyeong riu, cobrindo a boca. Ele era mais bem-humorado do que ela havia pensado. Segurou-se para não perguntar a Minjae como estavam indo as coisas com seu *penpal* Woncheol. Poderia ter contado mais sobre ele a Minjae, já que ela sabia que os dois não se conheciam, mas se conteve e, por um momento, sentiu uma pontada de orgulho por proteger o anonimato dos *penpals*, como se fosse uma sentinela.

Hyoyeong ficou em silêncio para que Minjae pudesse se concentrar na carta e foi para trás do caixa. Ainda faltavam cerca de vinte minutos para o fim do expediente, então decidiu fazer uma anotação no diário de registro.

[Diário de registro da Geulwoll]

— Data: 4 de dezembro (fim de semana)
— Clima: muito nublado
— Funcionária: Woo Hyoyeong
— Número de clientes: 29
— Vendas no cartão: 319.000 won
— Vendas em dinheiro: 2.800 won
— Vendas totais: 321.800 won

Lista de produtos fora de estoque:
— Cartões de Natal na cor vermelha (poucos cartões e envelopes restantes)
— Agendas da marca belga na cor preta (pouca quantidade restante)

Observações: você sabe que o dia está frio demais quando o cartão de crédito de um cliente está gelado. No mês passado, o gerente da Loja de Departamentos Lotte, que sugeriu a loja pop-up por e-mail, veio pessoalmente tirar algumas fotos da Geulwoll. Ele disse que seria ótimo ter uma loja pop-up com o visual semelhante ao da Geulwoll, por isso nós informamos a ele que estamos quase finalizando o conceito. Estão previstas cerca de seis lojas, inclusive uma boutique de artigos de papelaria. Mal posso esperar para ver a primeira loja pop-up da Geulwoll!

Depois que a loja foi mencionada no rádio, o número de clientes aumentou na semana passada, mas agora parece ter voltado ao normal. Como está muito frio, as vendas on-line aumentaram. Acho que seria legal pensar em um serviço de *penpal* on-line. Isso é tudo por hoje!

Nos últimos dias, Hyoyeong andava pensando em novos serviços que a Geulwoll poderia oferecer. Ao observar o vaso de flor sobre a mesa, pensou que seria uma boa ideia ter um serviço de entrega de flores junto com as cartas. Ela também sugeriu acrescentar novos adjetivos aos envelopes de cartas da Geulwoll e fez um rascunho do conceito da loja pop-up em um caderno e o enviou para Yeonggwang, que logo tratou de fazer um desenho convincente. Hyoyeong ficou animada ao ver a imagem ganhar vida. A próxima primavera seria muito divertida.

— Sinto muito, vou terminar em dez minutos — disse Minjae, erguendo o relógio de pulso para conferir o horário de fechamento.

Hyoyeong leu a ideia que havia escrito em um caderno na parte da manhã e voltou o olhar para ele.

— Tudo bem, sem pressa.

— Ah, mas sair no fim do expediente em ponto é sagrado para um trabalhador.

— Ah, nisso vou ter que concordar.

Hyoyeong sorriu, zombeteira. Com uma expressão séria no rosto, Minjae acelerou o ritmo e voltou a escrever sua carta. O som dos rabiscos à caneta seguiu com maior rapidez.

PARA: Alguém

É um prazer ter notícias suas. Está se aquecendo bem neste inverno frio?

Já estamos em dezembro, e estou escrevendo para meu último *penpal* do ano, torcendo para que seu ano tenha tido muito mais alegrias do que arrependimentos.

Tenho usado bastante o serviço de *penpal* da Geulwoll. Já estou profissional haha. Alguns respondem às cartas umas duas vezes e somem, enquanto com outros estou conversando há meio ano. Acho que isso acabou me tornando uma pessoa mais aberta, mesmo que só no papel.

O inverno é a estação do ano em que perdemos alguém que amamos. É a estação que botou um ponto-final no meu casamento de quase três anos. Um ano depois de ter se casado comigo, minha esposa acabou conhecendo outro homem. Um aluno do curso de artes em que ela dava aula. Só descobri dois anos depois e, é lógico, pedi o divórcio. Passei por um período em que não sentia raiva nem arrependimento, apenas apatia.

Algum tempo depois do divórcio, eu estava sentado sozinho na sala de estar olhando para um quadro que minha ex-mulher tinha pendurado em uma das paredes: "Andarilho sobre o mar de névoa", de Friedrich. Mostra a imagem de um homem de pé, com uma bengala na mão, olhando para o cume de uma montanha enevoada e para o mar.

Só dá para ver as costas dele, então é difícil dizer que expressão ele tem no rosto. Isso me deixou ainda mais curioso para saber o que ele estava sentindo: às vezes parecia pessimista, às vezes parecia cheio de falsas esperanças.

Então, há alguns dias, olhei de novo para essa pintura e tive a impressão de que o homem estava me dizendo: "Levante a cabeça. Olhe para a frente. Não se assuste com a névoa!" A pintura está lá faz anos, e ver as costas do homem e pensar nessas palavras me fez sentir como se eu tivesse me tornado uma pessoa melhor.

Tornei-me alguém que consegue escrever uma carta para consolar outra pessoa e que pode ser consolado também. Quer dizer, tenho certeza de que me tornei uma pessoa melhor do que era na primavera.

É uma história meio pessoal, e espero que esta carta não seja uma leitura muito pesada para você. De qualquer modo, foi uma surpresa ter me confortado com a pintura que minha ex-esposa me deixou. Não consegui ter um "felizes para sempre", mas consegui entender que não existe dor eterna. E isso é o suficiente. É um motivo para atravessar a névoa distante.

Vou terminar esta carta com uma pergunta simples: como foi esse ano para você?

Feliz Natal! E, talvez, feliz Ano-Novo!

DE: Gravata-borboleta

Depois de deixar a própria carta no nicho dos *penpals*, Minjae pegou uma outra carta. No envelope, havia o desenho de um broto crescendo à luz do sol. O símbolo perfeito para um novo ano. As palavras "Alguém do interior" adicionadas à linha ao lado de "etc." o deixaram ainda mais curioso.

Sábado, dia tal do mês tal.

Quando saí de Seul, fui visitar uma amiga depois de mais de dois meses. Botei umas roupas grossas, pois estava frio e nevando muito já fazia um tempo.

Antes de sair da cidade, eu não parava de ficar repetindo mentalmente a palavra "chega". Não sei o que era, mas acho que eu queria me livrar das coisas que me cercavam. Então larguei meu emprego, meus amigos e tudo que eu tinha em Seul, e me mandei para o interior.

Lá, tenho um novo emprego e uma vida mais estável com minha família e meus cachorrinhos.

Quando penso no futuro, às vezes fico imaginando se estou vivendo meu presente direito, mas estou feliz com meu corpo e minha mente mais saudáveis.

A vida é muito longa, mas tenho certeza de que vou encontrar as respostas de alguma forma.

Não posso me perder nesse meio-tempo. Preciso ser feliz.

À minha amiga, que fiquei tão feliz por ter reencontrado após um longo tempo, desejo um ano repleto de felicidade.

DE: Alguém do interior

Minjae leu o fim da carta várias vezes. "Não posso me perder nesse meio-tempo. Preciso ser feliz." Talvez fosse o que ele mais queria dizer a si mesmo. Era como se o remetente da carta o estivesse abraçando e apoiando nos momentos em que ele se sentava na frente do notebook depois do trabalho e escrevia um romance ou algo do tipo, tentando não se perder.

Não deve ter sido fácil largar tudo e ir para um lugar novo. Porém, nesta vida muito longa, ele tinha certeza de que essa pessoa encontraria as respostas de alguma forma. Minjae abriu um sorriso fraco, aplaudindo a coragem de seu remetente de dizer "chega".

— Você ainda volta aqui este ano? — perguntou Hyoyeong, enquanto Minjae colocava a carta dentro do envelope.

— Acho difícil. Estou me preparando para o Concurso Literário de Ano-Novo.

— Concurso Literário de Ano-Novo? É mesmo, já estamos em dezembro!

Dezembro era a época do concurso. Hyoyeong sabia disso, pois muitos de seus amigos que escreviam roteiros também sonhavam em se tornar dramaturgos. Cada jornal tinha prazos diferentes, mas o último era em meados de dezembro. Os participantes enviavam seus poemas, romances, contos de fadas e peças de teatro, e o vencedor teria sua obra e uma entrevista publicadas no jornal em 1º de janeiro. Assim, por volta do Natal, os vencedores eram contatados.

— Estou escrevendo um romance… ou algo do tipo. Já mandei um texto e estou revisando outro para tentar enviá-lo. Vou nessa.

— Boa sorte!

— Obrigado.

Com seu cachecol xadrez sobre a gravata-borboleta verde, Minjae saiu da Geulwoll sem pressa. Pouco depois, a neve começou a cair. Os flocos brancos se espalhavam na diagonal, diante da janela da frente, e Hyoyeong riu em silêncio, observando a cena pela janela. Naquele dia, o Edifício Yeonhwa, do outro lado da rua, parecia um bolo fofo e macio. *O Natal deve estar chegando*, pensou Hyoyeong, enquanto pegava a bolsa e saía do trabalho.

"Está nevando, hein?"

A mensagem de texto de Yeonggwang chegou no momento que ela estava saindo do Edifício Yeongung. Hyoyeong imediatamente ergueu o rosto e olhou para o quinto andar. Ele estava na varanda, acenando para ela. Usava uma calça de pijama azul e uma camiseta de manga curta. Ele não estava com frio? Hyoyeong acenou de volta, dizendo para ele entrar por causa do tempo, e então disse:

— Obrigada pelo desenho!

— Sem problemas! Sempre que quiser, é só pedir!

Hyoyeong rapidamente se afastou e começou a andar de volta para casa; não queria ficar ali papeando por muito tempo e acabar perturbando a tranquilidade da rua residencial. Os flocos de neve se multiplicavam em seus ombros e braços a cada passo. Apesar de ser início da noite, o céu de inverno estava escuro, e a caminhada para casa pareceu estranhamente solitária.

Assim que abriu a porta do quarto e sala, Hyoyeong deu de cara com a mala de 66 centímetros na varanda. Pertencia à mãe dela. Havia até um bilhete colado na parte de cima. Hyoyeong não gostou da surpresa, mas deu uma risadinha ao pegar o bilhete.

> Eu trouxe algumas roupas de inverno da sua irmã para você.
>
> Trouxe porque você sempre está com o mesmo casaco preto acolchoado quando nos encontramos, então não fique com raiva.
>
> Hyomin disse que eu podia trazer as roupas dela, já que você está morando sozinha.
>
> Obs.: Sua irmã agradeceu pela carta. O que te fez escrever de volta?

— Eu não escrevi de volta! — murmurou Hyoyeong para si mesma, envergonhada, e fez beicinho enquanto olhava para o bilhete.

Ao contrário de Hyoyeong, que sempre usava roupas confortáveis e baratas quando estava no estúdio, Hyomin usava muitas peças formais durante a pós-graduação. A maioria delas eram casacos de diversas cores feitos à mão.

Hyoyeong deitou a mala no chão do apartamento e a abriu. Ali estavam o casaco de lã bege que Hyomin usara em sua formatura na universidade e o casaco de couro cáqui com forro de pelúcia que usou na defesa de sua dissertação. Estavam todos lavados a seco e bem embrulhados em um plástico. No entanto, ela riu do fato de que nenhum deles combinava com suas roupas e sapatos.

— Como é que eu vou usar isto?

Hyoyeong dobrou os casacos de Hyomin e os guardou de volta. Ergueu a mala, a enfiou no espaço entre a geladeira e a cômoda e abriu a janela. Uma leve camada de neve tinha começado a cair em Yeonhui-dong. Ao ver os flocos nos telhados e terraços do outro lado da rua, foi tomada por uma sensação de bem-estar e bocejou.

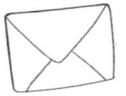

2

— Mulher! Tenho uma coisa para te contar!

Eunah entrou na Geulwoll muito animada. Parecia mais jovem por causa do novo corte de cabelo e do permanente.

— Meu marido e eu vamos para a Tailândia no ano que vem!

— Ah! Jura?! É a primeira vez que vocês viajam para o exterior, né? — perguntou Hyoyeong, com um sorriso radiante.

Depois de contar a novidade, Eunah comentou sobre o programa de rádio de Yeongeun. O marido de Eunah colocava o rádio para tocar sempre que fechava a padaria. Ele não gostava muito de ficar escutando, mas o deixava ligado por hábito, enquanto varria o chão e limpava as migalhas de pão das cestas. Quando ouviu a apresentadora ler a carta de Woncheol, mudou de ideia. Ele e a esposa deveriam viajar.

— Você sabe dizer de quem era a carta? Ou não pode falar? De qualquer forma, estou muito agradecida!

O marido de Eunah se arrependia por nunca ter saído com a esposa por causa de sua vida agitada, por isso se identificou com uma das frases da carta de Woncheol em que ele se lamentava. Isso deve ter dado a ele, que passava as madrugadas sovando massas, algo em que pensar.

— Acho que agora ele percebeu o quão grato é por eu ainda estar ao lado dele e saudável. Já pedi ao nosso filho para comprar as passagens de avião para janeiro, sabia? Passei uma década esperando, frustrada, por algo tão fácil!

— Vocês vão ficar lá por quanto tempo?

— Cinco dias e quatro noites! Ele deve estar de ótimo humor para ficar longe da padaria por cinco dias.

— Você deve estar superfeliz. Vai para um país quente quando estiver congelando em Yeonhui-dong.

— Nunca fui para o Sudeste Asiático, então não sei se vou gostar, mas agora que já compramos as passagens, acho que vou ter que ir mesmo!

Eunah riu como se fosse uma garotinha, mas mudou de assunto, dizendo que já estava cansada de se gabar.

— Eu ia trazer um bolo, mas não sei quando termina seu expediente. Está frio lá fora, mas aqui dentro está quentinho. Deixei guardado lá na padaria, então passa lá para pegar e conversar comigo quando terminar aqui. É o meu presente!

— Ah, bolos são o melhor presente para se ganhar em dezembro. Sinto muito por você ter que vir me trazer pão tantas vezes.

— Vir até a Geulwoll é como fazer uma viagem, e um bolo não é nada de mais!

Enquanto Hyoyeong agradecia pelo bolo, Eunah recebeu uma ligação da imobiliária perguntando por ela. Quando pediu licença para se retirar, Hyoyeong lhe entregou uma agenda verde-escura feita na Geulwoll.

— Este é o meu presente. Feliz Natal!

— Feliz Natal!

Eunah aceitou o presente com alegria e saiu da loja.

✉

Já passava da hora de encerrar o expediente. Hyoyeong recebeu Seonho e a esposa dele, Sohee, na loja. Sohee era a heroína por trás da Geulwoll, com seu sorriso largo e charmoso. Elas tinham se esbarrado algumas vezes no fim do expediente de Hyoyeong, na época em que Seonho estava com herpes e a esposa ajudava a cuidar da loja depois do trabalho. Já haviam se encontrado no casamento dos dois, oito anos antes, mas só agora estavam se reconectando e construindo uma amizade.

— Ouvi dizer que a árvore de Natal da Geulwoll ficou linda e vim conferir. Não tenho conseguido vir muito por causa dos preparativos para o fim do ano na empresa — lamentou Sohee, que estava sempre na correria e não conseguia conversar muito com Hyoyeong.

— Eu também. Sempre quis falar com a senhora.

— Ai, por favor, me chame apenas de Sohee *unnie*.

— Posso?

Sohee mais uma vez abriu seu sorriso charmoso pela resposta carinhosa de Hyoyeong.

— Eu vivo dizendo que estou ocupada, nunca nem te chamei para um almoço. Sabia que o Seonho sempre te elogia por ser uma boa funcionária?

— Ah, estou sempre aprendendo com ele.

— Obrigada por cuidar bem da Geulwoll. Você tem um minuto?

Sohee balançou uma garrafa de vinho. O casal tinha passado em um supermercado que estava em promoção e comprado queijo e salada de salmão.

— Vamos nos sentar perto da árvore de Natal, observar a vista e beber um vinho. Você também, Hyoyeong.

— É a primeira vez em tempos que vocês conseguem sair sem as crianças. Tem certeza de que querem minha companhia no seu encontro?

Seonho, que estava em silêncio, interrompeu a conversa de repente:

— Por quê? Não quer ficar de vela, é? Quer que eu chame o Yeonggwang?

— *Sunbae!*

Hyoyeong pôs de volta sobre o balcão a bolsa que estava carregando, deixando Seonho, aos risos, para trás. Havia apenas duas cadeiras em frente à mesa, então ela pegou a que estava atrás do caixa. Sohee tirou algumas taças de vinho de plástico de dentro da sacola de compras, e logo o vinho tinto de aroma doce foi servido.

— Contratei dois amigos meus para trabalhar na loja pop-up.
— Nossa, que rapidez. Achei que seria difícil, com sua agenda lotada.
— Um deles é irmão mais novo do meu primo — disse Sohee, pegando um pedaço de queijo.

O outro funcionário era um cliente da Geulwoll, um aluno do ensino médio que havia prestado vestibular naquele ano. Ele disse que utilizava o serviço de *penpal* com frequência e que entendia o funcionamento da loja.

— Hyoyeong, quero que você ajude os novos funcionários a abrir a loja no primeiro dia e, depois, só passe lá de quarta a sexta na semana do Natal. Só quatro dias.
— Nesse período, é você quem vai ficar na Geulwoll?
— Isso. Sohee gentilmente me deixou usar meus dias de licença anual restantes.
— Ugh, a preciosa licença anual...

Com uma careta e fingindo chorar, Sohee tomou um gole do vinho. Seonho se apoiou em seu ombro e fez voz de bebê para agradecê-la, mas ela se afastou, irritada.

— Pare com isso, é constrangedor.

Seonho então olhou para Hyoyeong e comentou, como se fosse um discurso solene:

— Não falei, Hyoyeong? Eu não tenho vergonha.

Hyoyeong riu e tomou um gole do vinho. Quando o líquido doce desceu pela garganta e passou por seu peito, ela sentiu o corpo se aquecer levemente. Já estava escuro lá fora. Seonho pôs a taça de vinho no chão e se levantou para apagar todas as luzes e ligar a árvore de Natal. Estrelas cintilantes pontilhavam a árvore; era como observar vaga-lumes à noite em uma área rural durante a infância. Era lindo, sereno e acolhedor.

— Não, meu amor, você fica envergonhado, sim.

Sohee franziu o nariz e deu risada. Ela e Seonho haviam se conhecido por meio de um amigo em comum e feito amizade em meio a alguns drinques. Eles tinham a mesma idade, mas eram de mundos completamente diferentes, então as conversas entre os dois eram interessantes. No entanto, foi Seonho quem ficou interessado primeiro em Sohee. Ele, que sempre acreditou ter talento para manter uma expressão séria, ficou espantado ao se ver incapaz de abrir a boca na frente de Sohee. No fim, ele escolheu se declarar por meio de uma carta.

— Você escreveu uma carta para se declarar, mas ela era...
— Ô, Sohee, já faz tempo! Pra que repetir isso?
— Era uma carta de meia página, do tamanho da palma da minha mão, e tinha nove erros de ortografia.
— Não, tinha só seis!

Seonho abaixou a cabeça e suspirou. Fazia muito tempo que Hyoyeong não o via enrubescer até as orelhas, genuinamente envergonhado. Para alguém tão vaidoso, ser exposto daquele jeito era motivo de constrangimento. Durante a faculdade, ele vivia discutindo teoria da arte e, se perdesse a discussão, voltava para casa determinado a ler sobre o assunto e discuti-lo novamente no dia seguinte. Tinha melhorado muito após conhecer a esposa e se tornar pai de duas crianças.

— Aí eu disse: "Aceito seus sentimentos, mas, da próxima vez, use o corretor ortográfico antes de me enviar uma carta."
— Hahaha!

Hyoyeong não pôde deixar de rir alto. Seonho desistiu, pegou um pedaço de salmão e o enfiou na boca. Sohee estendeu sua taça de vinho para brindar com Hyoyeong. A garrafa de vinho na metade, a travessa com o queijo e o salmão escarlate em uma vasilha de plástico brilhavam suavemente à luz da árvore — uma cena aconchegante que parecia uma pintura a óleo. Todos estavam relaxados.

Enquanto se servia de mais uma taça de vinho, o celular de Sohee tocou dentro do bolso. Era a ligação de uma amiga que morava no mesmo condomínio que eles, dizendo que as crianças haviam acordado e estavam bem agitadas, mas que tinha que sair. Sohee olhou para a comida e a garrafa de vinho sobre a mesa e ficou envergonhada.

— Desculpe, ainda sobrou comida, mas precisamos ir.
— Pois é, nos desculpe, Hyoyeong, mas o que podemos fazer?

— Podem deixar. Eu termino o vinho.

Hyoyeong deu um sorriso radiante e se despediu de Seonho e Sohee. Abriu a garrafa e tomou um gole do vinho antes de ir até a janela grande da frente. Conseguia ver os dois caminhando pela rua, de mãos dadas. O gorro verde de Seonho e o cachecol cor de mostarda de Sohee se destacavam na escuridão. Olhando de cima, eles formavam um belo casal.

Para entrar no clima, Hyoyeong ligou o notebook e pôs canções de Natal para tocar. Depois, deixou as luzes da árvore piscando para que ficasse parecido com uma festa de fim de ano. Distraída, ela tocou a janela, o ar frio em sua palma subindo rapidamente até o cotovelo. A sensação não era de frio — era mais como se tivesse recuperado os sentidos e um frescor houvesse tomado sua nuca.

Graças ao desenho de Yeonggwang, ela conseguiu enviar alguma coisa à irmã em vez de uma resposta. Não havia palavras, apenas um desenho feito a partir de uma foto antiga, mas ela esperava que a irmã encontrasse algum conforto nele. Hyoyeong se perguntou se a irmã também estava sozinha em algum lugar de Sokcho, admirando o céu noturno.

Ela não a detestava tanto assim. Afinal, todos cometem erros. Talvez a tivesse odiado naquele dia, quando ficou esperando por ela, sozinha, na escola. Naquele dia, se sentiu abandonada, mas agora queria fugir, por medo de que a irmã a procurasse para pedir desculpas. Hyoyeong não sabia o que faria se a irmã, que sempre acreditou ser perfeita, lhe pedisse desculpas; talvez só desaparecesse. Só se mantivesse forte. Forte e inteligente, o orgulho da família.

As frases foram surgindo em sua mente feito explosões de som. Ela se virou na direção do caixa, sentindo uma leve enxaqueca, e falou para si mesma, com determinação:

— Woo Hyoyeong, você ganhou vinte e dois prêmios em concursos de redação. Por que não consegue escrever? *Por que* não consegue escrever?

Atordoada, sem saber se por efeito do álcool ou por recusar-se a ceder, pegou um dos papéis de carta do serviço de *penpal*. Escrever para alguém anônimo, e não para a irmã, parecia ser mais fácil. Hyoyeong pegou uma caneta qualquer do porta-lápis e começou a escrever. As fadas dentro das luzes da árvore de Natal cintilavam e emanavam um brilho adorável, como se batessem palmas para incentivá-la.

Olha só, eu não esqueci como se escreve!

PARA: Alguém que está terminando o ano

É inverno e o Natal está chegando.

Você, que está lendo minha carta, está se aquecendo neste dia?

Posso sentir o calor em meu corpo só de cumprimentar alguém, acho que palavras gentis são um valioso combustível para combater o frio.

Na verdade, ouvir as canções de Natal me fez lembrar minha infância, o que me inspirou a escrever esta carta.

Certa vez, três dias antes do Natal, fui à casa de uma amiga que morava no mesmo bairro que eu. Ela pegou um caderno de desenho e disse para fazermos cartões de Natal, mesmo sem termos para quem enviar.

Com giz de cera, nós desenhamos a árvore, caixas de presente, bonecos de neve e o Papai Noel. Os cartões eram toscos, com frases curtas do tipo "Feliz Natal!" e "Felicidades".

Nós duas saímos com uma dúzia de cartões e os colocamos na caixa de correio de cada vizinho. Na casa ao lado, na da frente, na de trás. Quando perguntei por que estávamos dando os cartões para pessoas que nem conhecíamos, minha amiga me disse: "Uma em cada dez pessoas ficará feliz!"

Às vezes, me lembro daquele dia e fico imaginando se ela estava certa, se uma em cada dez pessoas teria sorrido ao ver o nosso cartão de Natal. Ou, quem sabe, duas ou três tenham sorrido?

Sinto falta dos dias em que eu podia só dizer alguma coisa legal a alguém espontaneamente, porque agora, muitas vezes, sinto vergonha de perguntar "como você está?", mesmo para alguém mais próximo. Não queria me tornar esse tipo de adulta, mas, de alguma forma, isso aconteceu.

Obrigada por ler até o fim. Acho uma experiência muito divertida contar a alguém sobre minha infância. Se quiser compartilhar a sua história comigo, vou guardar sua carta com carinho por muito tempo. Feliz Natal e um próspero Ano-Novo!

DE: Alguém apaixonada por cartas

Hyoyeong sorriu satisfeita ao olhar para os caracteres que enchiam seu papel de carta. Era o mesmo sorriso da época da escola, quando ganhava os concursos de redação. Tirou uma nota de dez mil won de dentro da carteira e a colocou no caixa, então escreveu em um post-it: "acrescente dez mil won em vendas em dinheiro no diário de registro" e o colou no caixa.

Ela deixou sua carta no nicho dos *penpals* e pegou outra. A assinatura do remetente era uma caixa de presente. Parecia um presente de Natal perfeitamente embrulhado e decorado com uma fita. Também gostou que a pessoa havia circulado as palavras "intemperado", "pavio curto" e "nostálgico", pois elas também representavam Hyoyeong. Ela abriu o envelope com entusiasmo.

Você conhece o filme Taipei Exchanges? Também conhecido como Taipei Cafe Story. No filme, a protagonista sonha em ter uma cafeteria onde os clientes podem trocar entre si objetos que contam suas histórias.

Gostei tanto da cafeteria, dos personagens, que até viajei para Taiwan para visitar a cafeteria real, mas foi meio decepcionante descobrir que a troca de objetos só existia no filme.

Minha nostalgia por esse filme me levou à Geulwoll. Que lugar romântico para se trocar histórias com outras pessoas!

O primeiro adjetivo que chamou a minha atenção no envelope foi "nostálgico". Eu sou uma pessoa muito nostálgica, que se apega facilmente a objetos e fica relembrando o passado. Sentar para escrever uma carta é uma das coisas de que sinto muita falta, pois o computador e o celular acabaram substituindo a escrita à mão.

Então, aqui estou eu, imóvel em uma cadeira da Geulwoll, ouvindo o coleguinha sentado à frente rabiscar no papel, enquanto me divirto escrevendo minha história para um desconhecido.

Estou vivendo um momento do qual provavelmente me lembrarei e do qual sentirei falta por bastante tempo.

A carta está chegando ao fim. Não sei como é seu rosto nem seu nome, mas, se você está lendo esta carta, espero que ela transmita um pouco da minha felicidade e do meu carinho para que hoje e amanhã sejam um pouco mais agradáveis.

Hyoyeong saboreou as palavras da carta como se tomasse uma bebida doce. *Taipei Exchanges* foi um filme a que ela e Eunchae assistiram juntas no início da faculdade. Os alunos dos cursos de Cinema e Teatro tiveram que formar duplas para filmar um monólogo, e Eunchae se aproximou dela sugerindo que fizessem juntas. Elas assistiram a *Taipei Exchanges* para ter como referência.

Hyoyeong teve uma sensação de nostalgia quando se lembrou de comer pipoca no dormitório de Eunchae. Era época das chuvas, o dormitório estava úmido e a pipoca logo ficou murcha. Mas a expressão suave no rosto da atriz Gwei Lun-Mei, a luz do sol da tarde na cafeteria e a vista noturna de Taiwan permaneciam nas lembranças de Hyoyeong.

A lembrança do autor da carta desbloqueou uma memória em Hyoyeong. Talvez as palavras "sinto muita falta" realmente significassem "eu estava muito feliz". Se as lembranças de escrever cartas na

Geulwoll pudessem fazer as pessoas se sentirem nostálgicas no futuro, talvez aquela fosse uma época bela e aconchegante.

Hyoyeong tomou o último gole do vinho e pôs a carta do *penpal* de volta no envelope. Um sorriso se formou em seu rosto, enquanto o calor descia até seu estômago.

Hyoyeong fitou as luzes nas casas e apartamentos que pontilhavam o céu noturno escuro e frio, e a ponta de seus dedos começou a formigar. Ficou imaginando se aquela sua carta tinha sido uma espécie de "aquecimento", pois ainda tinha muito mais a dizer. Mesmo após desligar a árvore de Natal, a lâmpada chamada "nostalgia" continuou brilhando. Hyoyeong foi até o caixa e pegou outra folha de papel de carta.

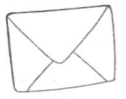

3

No terceiro andar da Loja de Departamentos Lotte, havia um espaçoso salão de eventos com o teto coberto de flocos de neve brancos de papel. Entre uma loja de variedades com um design inspirado em uma cabana com um cachorro fofo como o Snoopy e uma loja de utensílios para mesa montada como uma estufa de vidro, estava a loja pop-up da Geulwoll. Tinha um design de agência dos correios dos anos 1960 em estilo ocidental, com alguns detalhes que Yeonggwang adicionou à ideia de Seonho e Hyoyeong.

O balcão verde-escuro e a decoração de arbustos de rosas lembravam o balcão de um hotel vintage. As caixas de correio de madeira na parede eram como um refúgio para cartas atemporais.

— Foi um pouco corrido, mas ficou ótimo, né? — perguntou Seonho ao sair para o corredor e dar uma rápida olhada na loja pop-up.

Hyoyeong assentiu, satisfeita.

— Aquele é o nosso funcionário, Seo Yeonwoo.
— Prazer em conhecê-la.
Yeonwoo, que estava ao balcão da loja, curvou-se para Hyoyeong. Ele tinha cabelo curto e bem aparado e uma verruguinha na ponta do nariz. Era jovem e tinha acabado de prestar vestibular; ainda assim, sua voz era grossa e baixa, o que o fazia parecer sério.
— Vocês já se conhecem, né? Ele disse que costuma usar nosso serviço de *penpal*.
Hyoyeong inclinou a cabeça enquanto murmurava o nome de Yeonwoo, que parecia familiar, mas não o bastante. Ele sorriu de leve e disse ter usado o serviço de *penpal* da Geulwoll umas três vezes.
— Então, você chegou a escrever de volta?
— Sim, só que agora meu *penpal* está escrevendo um romance, então estou esperando que ele me responda só no ano que vem.
— Ah!
Hyoyeong assentiu e sorriu, como se para mostrar que sabia de quem ele estava falando. Com isso, Seonho deu de ombros.
— Eu vou para Yeonhui-dong, então. Me liguem se acontecer alguma coisa.
— Sim, sim, pode deixar, chefe!
— Yeonwoo, tire algumas fotos da loja e me mande! Não mostre o rosto das pessoas!
— Certo, chefe.
Depois que Seonho foi embora, houve um instante de constrangimento entre Hyoyeong e Yeonwoo. Ele não era difícil de lidar, mas parecia ser alguém que não achava que o diálogo fosse uma ferramenta importante entre as pessoas. Assim, em vez de puxar papo, Hyoyeong preferiu concentrar sua energia em organizar os papéis de carta e atender aos clientes.
— Eu vim por causa do Instagram, mas seu chefe não está aqui? Achei ele tão bonito.
— Ah, ele está na unidade de Yeonhui-dong agora.
— Que pena!
A loja de departamentos tinha um fluxo de pessoas bem maior do que Yeonhui-dong, então os clientes eram muito diversos. Alguns que-

riam comprar recibos de papel da Geulwoll, enquanto outros compravam trinta cartões de agradecimento de uma vez para dar aos alunos da escola onde lecionavam. Não eram todos, mas muitos clientes eram bastante enérgicos, diferentemente dos que apareciam na Geulwoll.

— Nossa, você tem uma letra muito bonita.

— Obrigado.

Duas clientes que estavam juntas admiraram o recibo de papel feito por Yeonwoo. Eram funcionárias de escritório e aparentavam ter uns trinta anos; como havia vários escritórios de empresas nas proximidades da loja, muitos funcionários passavam por ali no horário de almoço. Hyoyeong observou Yeonwoo, que atendia aos clientes com um sorriso no rosto.

— Você poderia guardar esta carta para mim, por favor?

— Perdão?

A mulher que falou com Hyoyeong e lhe estendeu um envelope parecia ter uns cinquenta anos e tinha uma voz suave. Usava um terninho e carregava um casaco de lã feito à mão em um dos braços.

— Uma amiga minha vai vir aqui daqui a uma hora, e eu queria saber se você pode entregar esta carta para mim, pois tenho um compromisso e não posso esperar por ela.

Não era nada difícil, então Hyoyeong disse que sim e pegou o envelope. Na verdade, aquele parecia ser um tipo de serviço que a Geulwoll deveria prestar. A cliente de meia-idade agradeceu e se curvou algumas vezes antes de sair da loja.

Uma semana depois, quando faltavam dois dias para o Natal, Hyoyeong anotou os detalhes da loja pop-up no diário de registro da Geulwoll. Pouco depois, ela recebeu uma ligação de Seonho.

— Como estão as coisas?

— Ah, um pouco corridas, mas bem.

— Que bom. E Yeonwoo?

— O Yeonwoo sabe se virar. Pelo menos não parece ser uma pessoa grosseira.

— Viu? Eu sou um bom juiz de caráter!

O tom de Seonho era satisfeito. Hyoyeong nem precisava olhar para saber qual era a expressão no rosto dele, que devia estar mergulhando em egocentrismo naquele momento.

— Esta é minha primeira loja pop-up e a resposta foi melhor do que o esperado, então estou muito grato. Mas também quero organizar alguns eventos da próxima vez.

— Quais? — Aproveitando o gancho, Hyoyeong não hesitou em apresentar sua ideia para ele. — Já que o início do ano está logo ali, por que não escrevemos nossas resoluções de fim de ano em uma carta e enviamos para nós mesmos recebermos na primavera? Todo mundo hoje em dia deseja viver uma vida nova, e ficaria como um lembrete para nos cuidarmos.

— Hum, muito bom. *Ótima ideia!*

Seonho disse que trocaria de lugar com Hyoyeong na véspera de Natal — ele mesmo queria fechar a loja pop-up. Ao encerrar a ligação, Hyoyeong viu Minjae parado em frente ao estabelecimento. Ainda de gravata-borboleta e camisa branca, ele tirava fotos da loja com o celular.

— Viu a gente nas redes sociais? Você é um freguês muito assíduo mesmo, veio até na loja pop-up.

— Não sou? Na verdade, eu trabalho aqui perto.

Fazia sentido, já que a loja de departamentos estava localizada em um bairro cheio de empresas grandes. Hyoyeong perguntou como quem não quer nada se ele tinha chegado à final do Concurso Literário de Ano-Novo.

— Se não recebi notícias até agora, acho que é melhor desistir.

Ao ver o sorriso fraco e os ombros caídos de Minjae, Hyoyeong ficou sem saber o que dizer para confortá-lo.

— Bem, é Natal, e essa época deve ser divertida.

Minjae tinha quase quarenta anos e havia sido casado. Será que estava namorando? Ela nunca perguntou a ele por achar que seria indelicadeza. Sendo aquele seu primeiro trabalho formal, Hyoyeong ainda estava aprendendo a manter certa distância dos clientes.

— Vou só observar o mar e a névoa e me aquecer.
— Você vai viajar?
— Não, vou ficar em casa.
Ele iria observar o mar e a névoa dentro de casa? Mas não morava em Seul? Minjae sorriu para ela, que inclinou a cabeça, e se dirigiu ao balcão para escolher um cartão de Ano-Novo. Quando Minjae e Yeonwoo entraram no campo de visão de Hyoyeong, um sorriso estranho apareceu em seu rosto. Era engraçado que eles não soubessem a identidade um do outro, mesmo sendo *penpals*. E ela era a única a saber disso.
— Próximo!
Yeonwoo se abaixou e puxou um papel de embrulho. Dentro, colocou os três pacotes de cartões de Ano-Novo que Minjae havia escolhido, além de um cartão cor de mostarda com as palavras "Safe & Sound" impressas. Era um cartão com uma mensagem de "fique bem e em segurança".
— Este é um brinde de Natal. Distribuímos um a cada cem clientes.
Hyoyeong inclinou a cabeça outra vez ao ouvir as palavras de Yeonwoo. Ele não tinha distribuído presentes durante aquela semana de abertura da loja pop-up. Será que Yeonwoo tinha escutado sua conversa com Minjae? Será que ele havia percebido que Minjae era seu *penpal*, já que era um cliente regular e se inscrevera para o Concurso Literário de Ano-Novo? Se fosse o caso, era um gesto muito atencioso. Era difícil acreditar que Yeonwoo, tão direto, teria um lado assim.
— Nossa, vale a pena mesmo ser cliente da Geulwoll, hein?
Minjae sorriu alegremente e alternou o olhar entre Yeonwoo e Hyoyeong. Quando ele saiu da loja com seu recibo de papel, ela nem precisou falar primeiro para Yeonwoo se manifestar.
— Acho que ele era o meu *penpal*, ele disse que era um aspirante a escritor.
— É? E o que achou? Ele é diferente do que você imaginava?
— Ele parece ser um *hyung* gente boa.
— E o que mais?

— Parece ser um *hyung* bem gente boa mesmo, o sr. "Gravata-borboleta".

Hyoyeong sorriu outra vez quando se lembrou de que a assinatura de Minjae era uma gravata-borboleta. Ela ficou feliz por Yeonwoo ter conseguido oferecer o pequeno conforto que ela gostaria de ter oferecido.

— Pode descontar do meu salário o cartão-postal que eu dei de presente.

— Imagina. Se você sugerir isso para o Seonho, é capaz de ele não gostar.

Yeonwoo deu um sorriso e voltou a embrulhar as cartas.

— Então por que você fingiu que não o conhecia? — perguntou Hyoyeong. — Vai lá cumprimentar ele.

— Porque se ele soubesse quem eu sou, talvez não fosse mais tão sincero nas cartas, e nem eu.

— Hum, faz sentido.

Hyoyeong assentiu devagar e lembrou-se do que Seonho tinha dito sobre Yeonwoo, que era alguém que entendia o funcionamento da Geulwoll.

— Você está terminando o ensino médio, certo? Vai fazer faculdade no ano que vem?

— Estou pensando, mas não tenho certeza.

— Vai tentar o vestibular de novo?

— Não, só estou tentando decidir se faculdade é o que preciso agora.

Ela percebeu que Yeonwoo estava pensando seriamente sobre o assunto. Embora cada vez mais pessoas dissessem que faculdade não era a resposta, ainda havia pressão para que os jovens frequentassem.

— Claro, você deve ter muitas dúvidas. Que tal pedir conselhos a pessoas em quem você confia? Ah, só não peça ao Seonho; ele vive de acordo com as próprias regras.

— Deve ser da hora viver assim. Foi por isso que ele teve a ideia de abrir a Geulwoll.

Yeonwoo disse ter lido a entrevista de Seonho para a revista, portanto, já conhecia a história por trás da criação da loja. Porém a conversa dos dois foi interrompida por um súbito fluxo de clientes. De repente, Hyoyeong sentiu-se grata e orgulhosa das conexões feitas por meio das cartas.

Era véspera de Natal. Enquanto Seonho aproveitava o último dia de sua loja pop-up na Lotte, Hyoyeong estava na Geulwoll de Yeonhui-dong. A árvore de Natal brilhava como se estivesse se gabando de que logo seria o dia dela, e os clientes que chegavam à loja tiravam fotos e aproveitavam a atmosfera calma daquela época do ano. Foi quando Juhye chegou, acompanhada do namorado.

— Feliz Natal, *unnie*! Esse é meu namorado.

Hyoyeong o cumprimentou meio sem jeito. Ele era tão alto e bonito que ela sentiu vontade de implicar com ele só de brincadeira. Estava estiloso, com uma jaqueta de couro, e Hyoyeong pensou: *Ah, são só pessoas da mesma idade se conhecendo.*

— Da última vez que esteve aqui, você queria escrever uma carta para ser guardada por muito tempo. Era para ele?

— Naquela época, eu estava prestes a me declarar, então precisava de um papel resistente e bonito que pudesse ser guardado por muito tempo.

— Que romântico, Juhye.

Juhye deu uma risadinha.

— Esse meu namorado... Até chorou quando leu a carta!

— Não chorei, nada.

O homem sorriu timidamente ao ouvir o comentário de Juhye. Cada um escolheu um pacote de papéis de carta para escrever uma mensagem aos pais.

— A propósito, você não almoça mais com aquele cara alto? Eu nunca mais o vi.

— Que isso, você passa seu horário de almoço me vigiando?

— É só um passatempozinho no trabalho.

A personalidade calorosa de Juhye perturbava um pouco a tranquilidade da Geulwoll. Hyoyeong gostava dessa característica de Juhye e, às vezes, se perguntava se, caso tivesse sido tão direta quanto ela e expressado sua frustração à irmã, teria consertado o relacionamento das duas mais cedo. Mas é difícil mudar a própria personalidade da noite para o dia quando se tem quase trinta anos.

Meia hora antes do fechamento da loja, o número de clientes começou a diminuir, até que uma calmaria se instalou. O céu escureceu e começou a cair uma neve branca e fofa.

— É um Natal com neve! — Ela ouviu alguém gritar da janela.

Os flocos brancos desciam no céu noturno, e Hyoyeong soltou a dobradeira e se aproximou devagar da janela. Eles eram pequenos, mas a rapidez com que caíam era extraordinária. O céu parecia estar falando com ela. Hyoyeong abriu um pouco a janela e estendeu a mão; os flocos de neve que caíam feito grãos de arroz fizeram cócegas na pele dela. No momento em que secava na coxa a palma molhada de neve derretida, a porta da Geulwoll foi aberta e Yeonggwang entrou. Sua barba por fazer estava grande, e ele usava um boné branco por cima do cabelo desgrenhado.

— Ah, alguém lá embaixo me pediu para te entregar uma carta.

— Uma carta? Quem?

— Acho que era a sua irmã. Eu não perguntei, mas ela só me pediu para te entregar a carta e saiu correndo.

Hyoyeong rapidamente pegou a carta da mão dele. Era mesmo de Hyomin. Antes que pudesse terminar de ler a última frase, ela desceu as escadas correndo, segurando a carta com força.

4

Uma hora antes, Yeonggwang estava deitado na cama e segurava sobre o peito o peso de papel em formato de baleia que Hyoyeong tinha lhe dado. Seu padrasto, que trabalhava em uma transportadora, estava sem trabalhar havia três meses depois de ter sofrido um acidente de trânsito. Soube por seu meio-irmão que ele estava usando suas economias para dar conta das despesas. Depois de mandar um pouco de dinheiro para o irmão, se deu conta de que o padrasto não era mais tão jovem. Não tinha sido um acidente grave, mas, dali para a frente, talvez tivesse dificuldade para trabalhar como antes, devido às dores pelo corpo. A mãe de Yeonggwang não queria sobrecarregá-lo, então não tinha lhe contado nada quando ligou uns dias antes para dar um "oi", somente avisado que mandaria para o filho uma quentinha de costelas marinadas.

"Está tudo certo com as aulas?", Yeonggwang enviou por mensagem para o irmão.

Mais de cinco minutos se passaram até que ele respondesse, embora a mensagem estivesse marcada como lida. Ele estava se tornando cada vez mais parecido com a mãe dos dois.

"Vai ser só este mês. No próximo, vou conseguir me virar. As aulas vão ser on-line também."

Ele tinha vinte anos e iria prestar vestibular pela segunda vez. Yeonggwang não queria ser o irmão mais velho que não o apoiava nos anos mais importantes de sua vida. Perguntou quanto ele estava pagando no curso pré-vestibular, mas o irmão não respondeu. Yeonggwang pôs na mesa de cabeceira o peso de papel em formato de baleia e saiu do quarto.

Tchá!

Foi até a sala de estar e abriu bem as cortinas blackout. A janela de vidro estava tão embaçada que não dava para ver o lado de fora. Ele ergueu o braço e passou a palma da mão para limpar o vidro, e um arrepio gelado percorreu seu corpo e o deixou em estado de alerta. Através do espaço onde havia tirado a umidade e deixado uma marca em forma de leque, como se limpadores de para-brisa tivessem passado ali, conseguia enxergar os prédios de Yeonhui-dong, que absorviam o ar frio do inverno.

— Deve estar frio — Yeonggwang falou em voz baixa, enquanto observava um pedestre parado perto de um poste telefônico.

A pessoa usava um sobretudo preto com o capuz bem erguido, e estava parada no lugar, arrastando os pés como se esperasse por alguém. O céu estava escuro e parecia que a neve cairia a qualquer momento. Se não estivesse tão escuro, ele teria saído para caminhar. Yeonggwang estremeceu de frio e aumentou a temperatura do aquecedor.

 Nuvens baixas e cinzentas pairavam sobre as montanhas. Ele pegou as folhas de chá que havia ganhado de um amigo que chegara do exterior e pôs água para ferver. Enquanto preparava o chá, sua atenção foi subitamente atraída para a janela da varanda. Imaginou o frio intenso que devia fazer entre o Edifício Yeongung e o Edifício Yeonhwa, e, de repente, quis oferecer uma xícara de chá a Hyoyeong.

 Uma xícara fumegante de chá oolong verde-claro. Yeonggwang pegou uma garrafa térmica que não utilizava havia muito tempo, a lavou e despejou com cuidado o chá oolong da chaleira de vidro. Assim que saiu do prédio, vestindo um casaco acolchoado e abraçando a garrafa térmica com força, ele sentiu o vento cortante. Em um movimento rápido, segurou o boné para que não voasse com o vento.

 Estava prestes a atravessar a rua quando parou de repente, percebendo que não havia feito a barba, que crescera em dois dias. Esfregou o queixo e pensou se deveria voltar para fazê-la. Quando Yeonggwang olhou para a janela da Geulwoll, uma voz baixa o chamou.

 — Com licença.

 Ele virou a cabeça na direção da voz. Ao lado de um poste telefônico, estava uma mulher vestida com um sobretudo preto, de cabelo curto e uma máscara sobre o rosto pequeno, então era difícil distinguir suas feições. Contudo, só de olhar nos olhos dela, Yeonggwang soube quem era a mulher. A irmã de Hyoyeong tinha ido até ela.

 — Por acaso você está indo para aquele prédio? Ouvi dizer que tem uma loja de cartas no quarto andar.

 — Sim, isso mesmo. Você está procurando a Geulwoll?

 Na mesma hora, percebeu que era ela o pedestre parado perto do poste meia hora antes. Ela segurava alguma coisa nas mãos com luvas de camurça e, após uma olhada mais atenta, viu que era um envelope.

— Não, não estou. Mas, se você estiver indo para a loja, poderia entregar isto à pessoa que trabalha lá?

— É uma carta?

— Isso, uma carta.

Ele não perguntou por que ela mesma não a entregava. A moça já tinha ficado parada ao lado do poste telefônico naquele frio, olhando para a irmã e questionando se deveria subir ou não, e esperado um bom tempo até que alguém aparecesse.

— Pode deixar.

— Muito obrigada, de verdade.

Quando Yeonggwang pegou o envelope, a mulher se curvou várias vezes em sinal de gratidão. Naquele momento, começou uma tempestade de neve, os flocos parecendo grãos de arroz caindo nos cílios dele e nos ombros dela. Yeonggwang esfregou as pálpebras com as mãos e, quando abriu os olhos, a outra já tinha dado as costas para ele e se afastava a passos rápidos.

— É um Natal com neve! — exclamou uma garota, que mal devia ter chegado ao fundamental II, olhando para o céu.

Os flocos de neve brancos e fofos pousavam sobre todos os cantos de Yeonhui-dong, e Yeonggwang imediatamente guardou o envelope dentro do bolso interno de seu casaco para evitar que a carta molhasse. Sua intuição dizia que devia ser importante para Hyoyeong. Ele subiu as escadas depressa, abriu a porta da Geulwoll e, quando se recompôs, falou para Hyoyeong:

— Alguém lá embaixo me pediu para te entregar uma carta.

Hyoyeong arrancou o envelope de suas mãos. O lábio inferior dela tremia ligeiramente enquanto lia a carta.

PARA: Para Hyoyeong

Vim visitar a mamãe e o papai e pensei em você, por isso estou escrevendo algumas palavras.

Como você tem passado?

Ouvi dizer que está trabalhando em uma loja de cartas. Isso é ótimo. Fiquei com medo de que você se trancasse no quarto, deprimida por ter largado o filme por minha causa.

Mas você não é que nem eu; é corajosa e esperta, e sempre sabe o que fazer. Tenho inveja de você, pois gostaria de não ter tanto medo de mudar minha vida.

Todo mundo acha que sou inteligente, mas você me conhece melhor. Sabe que sou fraca.

Foi nesta época do ano passado? Não, foi no começo de dezembro.

Quando a mamãe estava no hospital para a cirurgia no quadril, fui até o quarto dela naquele dia. Fui até lá para que ela brigasse comigo e me xingasse, mas aí ouvi sua voz da porta.

Você estava certa sobre tudo, e eu fiquei com muita vergonha. Fiquei com tanta vergonha que não consegui dizer uma palavra sequer, só consegui pensar em correr para me esconder em algum lugar.

Me perdoe, Hyoyeong.

Demorei mais de um ano para te pedir desculpas, apesar de já ter enviado várias cartas. Sempre quis ser uma irmã mais velha com quem você pudesse contar.

Talvez eu quisesse esconder meus erros, por menores que fossem, e minhas dificuldades. Recebi muito amor do papai, mas ele também criou muitas expectativas só por eu estudar um pouco.

Sei que muitas vezes você se sentiu triste por esse motivo. Foi por isso que não consegui mais aceitar meus fracassos. Eu queria ser uma boa irmã mais velha e te devolver todos os benefícios que recebi.

Agora me pergunto o porquê de tudo isso. Eu não sabia o que queria proteger, e esse tempo todo a única coisa que fiz foi fugir.

Me perdoe.

Queria escrever uma carta para você no Natal, então aqui estou eu de novo.

Vou voltar logo. Vou voltar e assumir a responsabilidade por tudo que não consegui antes.

Eu te amo, minha irmãzinha.

Feliz Natal!

Atenciosamente, sua irmã

Tac, tac, tac, tac.

Os passos de Hyoyeong ecoaram pelo Edifício Yeongung, enquanto ela descia as escadas, seguida por Yeonggwang, sem fôlego. Ao sair do prédio, Hyoyeong olhou de um lado para o outro à procura da irmã, mas ela já tinha desaparecido de vista.

— Cadê você? Onde você está?! — gritou Hyoyeong.

Lágrimas brotavam em seus olhos, e, com os lábios apertados, ela segurava a carta com tanta força que a amassou. O envelope ficou jogado sobre o caixa da Geulwoll.

— Woo Hyomin, para onde você foi?! — gritou Hyoyeong mais uma vez, e desabou no chão.

Yeonggwang ficou parado, incapaz de dizer qualquer coisa, enquanto ela chorava. As pessoas que passavam pela rua olhavam para os dois de relance e seguiam seu caminho. Yeonggwang viu os flocos de neve que caíam sobre a cabeça de Hyoyeong, tirou o boné e o pôs na cabeça dela.

— Eu estava tomando chá oolong, se subirmos agora ainda vai estar morno.

Hyoyeong parou de chorar e fungou. Yeonggwang segurou delicadamente o antebraço dela e a puxou para ajudá-la a se levantar.

— Você ainda tem vinte minutos antes do fim do expediente.

No fim, ele conseguiu fazê-la rir. Com os olhos marejados, Hyoyeong encarou Yeonggwang, que sorriu em resposta. Um pequeno floco de neve fez cócegas na ponta do nariz dela ao cair.

◊ Todo mundo tem uma carta que não deveria ter sido enviada

1

Era a primeira semana de janeiro quando a cantora Moon Yeongeun voltou à Geulwoll. Estava com uma aparência mais radiante e saudável do que da última vez, graças ao vigor do novo ano. Ela andava lendo muitos livros, vendo filmes, tudo que pudesse ajudá-la no processo de gravação do novo álbum.

— É claro que as cartas da Geulwoll também me ajudaram muito.
— Estamos recebendo muita publicidade graças a você.

Depois de trocarem agradecimentos, Yeongeun se inscreveu para o serviço de *penpal*. Ela teria que ficar um tempo longe dos pais e achou melhor escrever para sentir-se motivada.

Hyoyeong entregou um porta-lápis e papéis de carta a Yeongeun, sentada à mesa. A cantora passou um longo tempo observando a neve nos prédios do lado de fora e então começou a escrever.

PARA: Alguém começando o novo ano

Olá, sou moradora de Yeonhui-dong.

Esta é a segunda vez que uso o serviço de penpal da Geulwoll desde o final do verão ou início do outono passado.

No verão passado, meu gato Limey virou estrelinha depois de três anos ao meu lado. Eu o adotei já velhinho e ficamos pouco tempo juntos.

Quando voltei para casa no fim do dia, encontrei ele todo enrolado que nem uma bola, de olhos fechados e sem reação. Até hoje me pego pedindo perdão, sempre que olho as fotos dele, por não ter conseguido protegê-lo em sua jornada final.

Não foi a primeira vez que perdi uma vida preciosa, mas acho que é impossível se acostumar com a perda, não importa quantas vezes a vivencie.

Sinto falta da sensação parecida com uma lixa da língua rosada de Limey quando ele lambia minha bochecha. Ou de quando ele inclinava a cabeça com uma cara fofa ao me ver tocar violão.

Foi uma bênção poder compartilhar o mesmo tempo e espaço com ele. Depois de perder o Limey, percebi que eu tinha uma longa vida pela frente. Fiquei imaginando quantas perdas eu ainda teria que suportar.

E se o tempo que o Limey ficar me esperando no céu for longo demais, como um castigo divino? Passei muito tempo deprimida pensando nessas coisas, sem fazer nada.

Porém, recentemente, fiz amizade com um penpal na Geulwoll, e isso me trouxe grande conforto. Ele perdeu a amada esposa e escrevia cartas para ela.

Existe algo de romântico em colocar uma carta endereçada ao céu no serviço de penpal da Geulwoll, não é mesmo?

Não é exatamente a minha situação, mas pensei comigo mesma: "Essa foi a forma que alguém encontrou de lidar com o vazio emocional deixado por um ente querido." E aí pensei: "Tem algo de especial no fato de que cada pessoa segue em frente à sua própria maneira."

Não seria um conforto para alguém saber que também estou lidando com minha dor à minha própria maneira?

Quero ser essa pessoa, e é por isso que estou aqui na Geulwoll, escrevendo minhas resoluções de fim de ano.

Obrigada por ler meus planos para o novo ano.

Desejo a você, que vai ler a minha carta, um ótimo Ano-
-Novo.

DE: Violonista de Yeonhui-dong

Yeongeun dobrou a carta ao meio e a colocou dentro de um envelope. Deixou a carta no nicho dos *penpals* e pegou outra, contendo a frase "Um dia um pouco menos frio" abaixo da data. A assinatura era o desenho de um quokka e, ao lado do rosto sorridente do animal, havia a legenda "Assim de saúde", o que a fez rir. E, o mais importante, as palavras "Tem animais de estimação" estavam sublinhadas. Sem mais demora, Yeongeun abriu o envelope.

Gostaria que esse momento durasse para sempre. Em que momento você está?

Nunca sei o que as outras pessoas estão pensando, mas tenho certeza de que não pensam o mesmo que eu.

No que você está pensando? Me entristece não poder perguntar, pois tenho várias perguntas.

Tenho um gato e um cachorro em casa. O gato é uma mistura de pelo curto americano e persa, e tem uns dois anos de idade. O cachorro é um maltês e já tem seis anos.

O cachorro é muito dócil, eles brincam um com o outro e se dão bem. Eles me dão muita alegria, então posso agradecer e expressar isso, mas não sei o que eles pensam.

Tenho muitas dúvidas sobre o que os dois pensam, se estão sentindo dor, como foi o dia deles, mas não tem como perguntar ou obter qualquer resposta.

Fico muito frustrada, e é de partir o coração, mesmo agora.

Acho que só queria saber como você está, se está passando por alguma dificuldade e se tem algo que eu possa fazer para ajudar. Sinto que estou escrevendo para um amigo de longa data, embora não nos conheçamos.

Por que será...? kkkk

Eu nunca tinha feito isso, mas, de certa forma, me parece familiar e confortável. Se eu puder escrever assim outra vez, com certeza perguntarei de novo.

Como você está?

Yeongeun traçou o papel de carta com a mão. Imaginou alguém sentado à mesinha da Geulwoll, escrevendo cada palavra com cuidado. A parte sobre querer fazer várias perguntas aos animais de estimação, querer ouvir suas respostas e se sentir frustrada por não poder ressoou em especial nela. Mesmo quando Limey estava doente, havia dias em que ela cutucava sua patinha e suspirava, implorando para que ele dissesse o que estava acontecendo.

— Eu também tenho a sensação de que somos amigos, mesmo sem nos conhecermos.

Yeongeun sorriu, dobrou a carta e a guardou no envelope. Leria a carta de novo quando chegasse em casa. Foi até o caixa e se despediu de Hyoyeong; provavelmente passaria um bom tempo sem ir a Geulwoll. Agora, enviaria uma carta ao mundo à sua maneira, através da própria voz, da própria música e do próprio coração.

Pouco depois que Yeongeun saiu, Hyoyeong começou a se preparar para almoçar. Juhye, de uniforme dos correios, entrou na loja com um grande sorriso no rosto.

— Feliz Ano-Novo!

Hyoyeong fez uma cara triste e, sentindo vontade de provocar a adorável Juhye, contou que a cantora havia acabado de sair. A jovem arregalou os olhos e fez beicinho. Hyoyeong adoraria que Juhye fosse sua irmã.

— Ah, por que logo hoje?! Você não tem meu número, *unnie*?

Juhye pegou o celular de Hyoyeong e salvou o próprio número nele.

— Da próxima vez que Yeongeun *unnie* vier, me avise para eu vir na mesma hora.

— Isso lá é coisa que uma trabalhadora faça? — perguntou Hyoyeong, falando informalmente sem perceber.

— Eu costumo ser bem sincera, então não tem problema sair por cinco minutos.

Hyoyeong suspirou e deu risada. Juhye continuou a dar uma olhada nos papéis de carta e reparou no calendário na parede. Era um calendário feito na Geulwoll para o novo ano.

— Gostei desse, o design é bem *clean*. É graças a você que a Geulwoll está tendo vários produtos novos?

— Contratamos outro funcionário, então tenho mais tempo para fazer o que Seonho e eu queremos.

Depois do encerramento da loja pop-up de Natal, Yeonwoo decidiu trabalhar meio período na segunda loja por cerca de um ano. Já que não planejava fazer faculdade tão cedo, ficaria em Seongsu-dong e estudaria moda por lá. Seonho disse ter sido um golpe de sorte Yeonwoo ter decidido ir atrás de seu sonho de se tornar designer de moda antes mesmo que ele pudesse convencê-lo a ficar. Yeonwoo o tinha ajudado a preparar a abertura da segunda loja.

— Ah, mas isso é só porque você segura as pontas em Yeonhui-dong. Você é o amuleto da sorte do seu chefe!

Juhye franziu o nariz e riu, então olhou para o nicho dos *penpals*.

— Eu realmente preciso escrever de volta logo.

— Para o seu *penpal*?

— Sim. Os correios estavam ocupados durante as festas, e não consegui responder.

A última carta de *penpal* que Juhye havia escrito foi retirada pela amiga de Hyoyeong, Eunchae. Ela se lembrava de Eunchae ter mandado entregar sua resposta na Geulwoll pelos correios, pois havia conseguido um pequeno papel em um filme local e seria difícil para ela ir pessoalmente à loja.

— Você recebeu a carta? Havia algo em comum entre você e o remetente?

— Hum, em que sentido?

Hyoyeong esperava que a vivaz Juhye e a sincera Eunchae pudessem continuar se comunicando. Juhye se afastou do nicho dos *penpals* e se aproximou do caixa.

— Me pareceu ser uma pessoa meio deprimida.

— Deprimida?

Eunchae, deprimida? Hyoyeong conteve o que gostaria de dizer e continuou escutando Juhye.

— Disse que está trabalhando como atriz em um papel pequeno, mas que não sabe se esse é o caminho certo para ela. Há muitos atores talentosos e únicos, e não importa quanto tempo ela espere, parece que a sua vez nunca chega.

— Entendi.

— Não sei o quão difícil é se tornar uma atriz famosa porque não entendo do assunto, mas sei que não é fácil levar um sonho adiante. — Juhye parecia séria ao continuar: — Você se lembra da primeira vez que vim à Geulwoll? Na época, eu só ia do trabalho para casa e de casa para o trabalho e nunca fazia nada interessante.

— Ah, eu me lembro.

— É por isso que eu torço para que as pessoas que têm sonhos não desistam, pois esta é a coisa mais preciosa: mesmo na dificuldade, há coisas no mundo que nos enchem os olhos.

Hyoyeong agradeceu o fato de Juhye ser uma pessoa que entendia o coração dos outros e pensava neles com carinho. Ficou feliz por alguém como ela ter lido a carta de sua grande amiga Eunchae. Com um sorrisão no rosto, Juhye se despediu de Hyoyeong e saiu da loja. Hyoyeong estava prestes a mandar uma mensagem para Eunchae quando, de repente, lembrou-se de que tinha um favor para pedir a Juhye.

— Juhye, espera! — gritou atrás da porta meio fechada.

Seonho havia falado que estava a caminho e pediu que ela não fosse embora, pois tinha algo importante para dizer. No entanto, ela precisava ir ao correio enviar uma carta. Pensou em deixar um bilhete dizendo que havia tido que sair e já voltava, mas já que Juhye tinha ido até lá, aproveitou para pedir o favor.

— Juhye!

Hyoyeong foi até as escadas, inclinou-se sobre o corrimão e olhou para Juhye, que estava um andar abaixo. Então, acenou com a bolsinha em sua mão.

— Você pode enviar isto para mim, por favor? É a carta de um cliente da Geulwoll, deixei o dinheiro na bolsinha para pagar.

— Claro!

Juhye estendeu a mão e pegou a bolsinha de Hyoyeong. Era uma das mercadorias da Geulwoll, feita de linho branco.

— Pode ficar com a bolsinha de presente!

— Eba!

Juhye olhou para Hyoyeong e abriu um sorriso. Era um dia aconchegante e precioso de janeiro.

Seonho chegou mais tarde do que o previsto. Disse que demorou um pouco mais porque precisou passar em casa para pegar algumas flores novas para o vaso antes de ir para Yeonhui-dong.

— E a segunda loja? Vai mesmo ser inaugurada no mês que vem?

— O interior está pronto, e os móveis vão ser entregues no prazo. Só precisamos das pessoas.

— E Yeonwoo vai cuidar da loja durante a semana, e o primo da Sohee *unnie* vai ficar nos finais de semana. Assim, funciona.

Nada disso teria sido possível sem a ajuda de Sohee. Ela apresentou o marido aos designers, que fizeram tudo com profissionalismo e rapidez. No entanto, Seonho não estava apenas deixando tudo na mão dos outros — ele implorava para a sogra cuidar de Hayul algumas vezes e passava as noites na biblioteca lendo sobre design e mobiliário para aprimorar seus conhecimentos. Ultimamente, Seonho vinha se comportando como um verdadeiro chefe, não importava o que dissessem.

— Fiz um novo contrato para você.
— Por quê?
— Alterei o contrato para trabalho em tempo integral e aumentei seu salário.
— Que rapidez.
— Fazer negócios é meio que contratar as pessoas certas.

Hyoyeong aceitou o novo contrato. Mesmo se tornando funcionária em tempo integral, poderia se demitir a qualquer momento, mas sabia que assiná-lo significaria o fim concreto de sua carreira no Cinema. Será que ainda estava apegada? De repente, sentiu vergonha por ainda não entender os próprios sentimentos.

— Você sempre vai poder voltar.
— O quê?
— Você está pensando em coisas como: *Será que eu deveria continuar com o filme?*
— Não faz sentido voltar. Eu, como diretora...
— Verdade, você não tem cara de diretora.

Seonho disse a Hyoyeong que, se ela continuasse dando ouvidos à opinião dos outros, demoraria dez anos para terminar um filme.

— Quem é que vai investir no filme de uma diretora assim? Você tem que saber colocar as pessoas certas no lugar certo. Agora que administro a Geulwoll, entendo isso bem.
— Você tem toda a razão, não tenho como discutir.
— Mas esse é o seu ponto forte. Você escuta as histórias dos outros como se fossem suas.

Seonho abriu um sorriso e olhou para Hyoyeong. Aos seus olhos, ela ainda era a mesma caloura que conhecera na faculdade. Havia certas coisas que somente alguém que sabia como valorizar os sentimentos dos outros poderia fazer.

— Continue escrevendo seu roteiro. Neste próximo ano, você pode se preparar para a competição enquanto trabalha na Geulwoll. E se for desistir, então desista depois disso!

Hyoyeong riu. Ele era um chefe que se preocupava até com a carreira dos funcionários. Estava claro por que pessoas boas continuavam surgindo na Geulwoll. Pessoas boas atraem pessoas boas. Hyoyeong assinou o contrato sem ressalvas.

— A propósito, chefe. Você tem falado com a Eunchae ultimamente? — Hyoyeong mudou de assunto

As palavras de Juhye a haviam deixado preocupada com Eunchae, e todo o resto parecia ter sido resolvido.

— Tenho, sim. Ela foi demitida e está tendo dificuldade para se sustentar.

— Ela foi demitida? Por quê?

— Não sei... Há alguns dias, eu a ajudei a conseguir um bico de assistente em uma sessão de fotos ao ar livre nesse frio congelante. Ela até me mandou uma foto para se exibir. — Rindo, Seonho observou a expressão severa de Hyoyeong e continuou: — Você está imaginando por que Eunchae não te contou, não é?

— Pode parar de ler minha mente?

— Não fique tão chateada. Se eu fosse a Eunchae, também não te contaria.

— Por quê?

Hyoyeong arregalou os olhos de frustração. Por mais que elas tivessem problemas, isso não mudava o fato de que Eunchae era sua melhor amiga.

— Não sei o que está acontecendo com você, mas quando alguém foge de casa e para de falar com a família, consigo ter uma boa ideia. Não dá para pedir que os outros carreguem os nossos problemas também.

— Hum...

Seonho colocou dentro do vaso as flores que havia trazido e o pôs sobre o balcão.

— Hyoyeong, as relações humanas são como a natureza. Só conseguimos enxergar o que estamos vendo de onde estamos. Os humanos não conseguem ler mentes; é por isso que chamam isso de superpoder.

— Queria entender do que você está falando...

— Bem, se você não falar, não tem como alguém saber.

2

Hyoyeong tirou um tempo para anotar suas ideias para a próxima loja pop-up de Natal no caderno. "Escreva a carta em janeiro e a envie em junho", sugeriu ela a Seonho. Era tentador já começar o novo ano a todo vapor, mas com tantos eventos e novos produtos planejados, era uma boa ideia dedicar um pouco mais de tempo para criar o serviço.

> As resoluções de fim de ano, aqueles projetos pessoais que compartilhamos com nossos amigos e que prometemos a nós mesmos que sairiam do papel, são sempre esquecidas na metade do ano. Com este serviço, será possível manter um registro desses planos. Esse registro poderá ser revisitado quando o cliente quiser.

Depois de escrever o texto de apresentação, ela mandou o documento por e-mail para Seonho, junto com uma explicação de como planejava promover o serviço. Quando parou para procurar referências de imagens como exemplo para dar o tom da Geulwoll, o mouse parou de mexer.

— Acabou a pilha?

Hyoyeong remexeu nas gavetas do caixa à procura de pilhas e viu que a segunda gaveta estava vazia. No mesmo instante, teve um mau pressentimento. Aquela gaveta era usada para guardar as cartas dos clientes da Geulwoll que se inscreviam no serviço de *penpal*, mas Hyoyeong tinha deixado todas as cartas dentro de uma bolsinha, separadas da carta que havia escrito para a irmã no dia em que bebeu vinho junto com Seonho e Sohee, antes do Natal.

— Hein?

Dois dias antes, tinha entregado a bolsinha para que Juhye enviasse as cartas dos clientes para ela, e a única que restara na gaveta deveria ter sido a carta para a irmã. Era uma carta bem longa, escrita em uma noite de tanta bebedeira que acabou se esquecendo; cheia de ressentimento e saudade, além de alguns erros de ortografia. No dia seguinte, ao ler suas frases infantis, não teve vontade de jogá-la fora, então a deixou na gaveta.

— Ah! Ah, essa não!

As palavras que escrevera naquela noite se repetiram em sua mente. As lembranças voltaram, cada vez mais nítidas, fazendo-a se sentir impotente e envergonhada. Não havia uma única frase da qual não se arrependesse.

Se a carta para a irmã estivesse dentro daquela bolsinha, já teria sido enviada. E já teria sido entregue.

— Não pode ser! — gritou Hyoyeong, com as mãos na cabeça.

Toc, toc, toc, toc.

Yeonggwang abriu os olhos ao ouvir o som da batida na porta. Outra batida, então ouviu a campainha. Ele saiu do quarto vestindo pijamas e abriu a porta; na soleira, estava Hyoyeong, parecendo impaciente.

— Hyoyeong?
— Você tem carro?
— Tá caro o quê?
— Não! Quero saber se você tem carro!

Yeonggwang disse que tinha escutado e levou Hyoyeong até o sofá. Ele queria ajeitar o cabelo desgrenhado e conversar.

— Você parece estar com tanta pressa que nem tive tempo de botar a água para ferver.
— E estou mesmo. Preciso ir para Sokcho imediatamente.
— Por que Sokcho?
— Eu enviei uma carta... para o endereço errado.

Yeonggwang se levantou do sofá na mesma hora e foi para o quarto trocar de roupa. Penteou o cabelo e colocou um boné, vestiu uma calça jeans, um suéter verde-claro e um casaco cinza acolchoado. Como a situação parecia urgente, achou melhor ouvir o que Hyoyeong tinha a dizer já dentro do carro. Quando saiu para a sala de estar, ela estava de pé em frente à porta, com os sapatos calçados. Yeonggwang pegou as chaves do carro na parte superior da sapateira e disse:

— Me conta no caminho.

Assim que entraram no SUV preto, Yeonggwang ligou o aquecedor. Suas pernas estavam dormentes de frio. Pegou o cobertor jogado no banco de trás e o entregou a Hyoyeong, que tremia com o clima congelante. Ela permaneceu em silêncio por um tempo, enquanto enrolava o cobertor no colo, depois agradeceu em voz baixa. Yeonggwang ficou calado e esperou que ela começasse a falar.

— Há dois dias, uma funcionária dos correios foi até a Geulwoll. É uma cliente da loja.

— Certo...

— Eu tinha algumas cartas para enviar, então as coloquei em uma bolsinha às pressas e as deixei com ela. Eu não iria conseguir sair da loja e ir aos correios, então pedi que ela enviasse as cartas para mim.

Yeonggwang, que esperava o semáforo abrir, olhou para Hyoyeong no banco do passageiro.

— Mas sem querer coloquei na bolsinha uma carta que não deveria ter sido enviada.

— Que tipo de carta?

— Uma para a minha irmã.

Por ser dia de semana, sair de Seul foi bem fácil depois de passarem pelo distrito de Jongno. Quando entraram na via expressa, Yeonggwang já tinha ouvido toda a história de Hyoyeong. Não era a primeira vez que ela falava de um assunto pessoal, mas era a primeira vez que falava sem parar, dentro do espaço limitado de um carro. Tinha sido uma conversa estranha, mas Yeonggwang não se importou. Ela contou como os pais consideravam a irmã e como ela mesma a considerava, além de como as decisões estúpidas dela abalaram a família. Ainda havia certo ressentimento nas palavras de Hyoyeong, mas o amor subentendido nelas era suficiente para Yeonggwang percebê-lo.

— *Unnie*, está tudo bem?

Juhye ligou para Hyoyeong, que suspirou ao pensar no que havia acontecido naquela manhã. Tinha revivido o dia em que escrevera a carta para a irmã. Depois que Seonho e Sohee foram embora, havia ficado sentimental e escrito uma carta pelo serviço de *penpal*. Mas ela quis escrever mais, então pegou outro papel de carta e começou com a frase "Para minha irmã".

Como é que a carta foi parar dentro da bolsinha? Saiu andando?

Talvez houvesse sido Seonho ou Sohee, ou talvez o universo quisesse prejudicá-la, dando pés à carta para que entrasse na bolsinha.

Mesmo depois de Hyoyeong dizer que não tinha sido culpa de Juhye, a jovem não parou de pedir desculpas. Disse que deveria ter conferido as cartas antes de enviá-las. Hyoyeong garantiu que não tinha sido culpa dela e pediu que não se preocupasse.

— Felizmente, tenho um amigo que dirige, então estamos indo de carro.

— Sério? Ai, é aquele bonitão?

— Ah, tchau! Bom trabalho para você!

— Só estou brincando, *unnie*. Foi mal.

— Por acaso você sabe mais ou menos onde o carteiro está?

— Não. Mas considerando o horário que ele saiu, acho que deve entregar em umas três ou quatro horas.

— Bem, tomara que...

— Se tudo der certo, talvez você esbarre nele antes. Boa sorte!

Assim que encerrou a ligação, Hyoyeong bufou alto e olhou para o GPS. Faltavam cerca de duas horas para chegarem a Sokcho. Por que ela tinha ido para tão longe, com tantas escolas perto de Seul? Será que estava tão entediada assim?

Yeonggwang, que dirigia em silêncio, fitou Hyoyeong e perguntou:

— Mas você disse que não tinha como enviar uma carta para sua irmã porque não sabia o endereço dela. Como você conseguiu?

— Era o que eu tinha pensado, mas eu estava bêbada quando escrevi a carta. Temos um grupo de mensagens da família, e minha mãe enviou o endereço da escola onde ela trabalha, pedindo que eu escrevesse de volta.

— A carta está tão ruim assim?

— Está.

Hyoyeong respondeu sem pensar, e Yeonggwang começou a rir. Com amargura, ela perguntou do que ele estava rindo, já que o assunto era sério, e Yeonggwang imediatamente pediu desculpas. Ele voltou o olhar para a frente e, no silêncio que se seguiu, Hyoyeong ficou olhando fixamente pela janela a paisagem que passava depressa. Quando fitou os campos e estufas cobertos com a neve branca, ficou um pouco mais calma.

Yeonggwang parou no estacionamento da área de descanso do condado de Hongcheon. Ele insistiu para que fizéssemos uma pausa para comer, pois a viagem era muito longa. Hyoyeong cuspiu as palavras, incrédula:

— Não, preciso resolver isso logo!

— Vamos chegar antes das três da tarde, confie em mim.

— Sério?

— Quem é que fica olhando a caixa de correio de hora em hora? Além disso, se é uma escola, ninguém vai ver até o fim do expediente.

Hyoyeong fechou a boca e olhou para Yeonggwang. Ele botou as mãos nos bolsos acolchoados por causa do frio.

— E eu não comi nada desde que acordei — disse ele.

Hyoyeong estava estranhamente incomodada com o vapor que saía da boca de Yeonggwang toda vez que ele falava alguma coisa.

— Que horas você acordou para nem ter comido?

— Pois é... Pensando bem, nem consegui ir ao banheiro.

Yeonggwang sorriu e logo foi em direção ao banheiro masculino. Hyoyeong suspirou, desejando ter pegado o ônibus expresso, por mais que chegasse atrasada. Enquanto olhava o vapor sair de sua boca, lembrou-se de uma frase da carta que a irmã havia escrito para ela.

Sinto que terei que observar minhas cartas desaparecerem feito um sopro de ar caso continue sem receber respostas suas.

Hyoyeong olhou para o céu branco e gelado de inverno e imaginou a carta da irmã flutuando no ar e desaparecendo feito fumaça. Não tinha ninguém ali com quem pudesse conversar e dizer por que havia feito uma escolha tão burra. Nem para dizer o quanto aquilo era injusto, ou como se sentia envergonhada, ou como estava arrependida. Somente as paredes estavam ali para ouvir suas palavras. Hyoyeong cerrou os punhos com a mesma força com que agarrara a carta da irmã. Yeonggwang, que acabara de voltar, deu um tapinha em seu ombro.

— Meu pai dizia que não se deve olhar para as montanhas por muito tempo.

— Por quê?

— Elas nos fazem pensar naquilo que não tem resposta.

Hyoyeong assentiu em sinal de compreensão. Apesar da idade, Yeonggwang tinha seu lado mais maduro. Quando o conheceu na Geulwoll, o achou um intrometido. Agora, achava engraçado quando se lembrava disso. Certamente, como Seonho tinha dito, as relações humanas eram como a natureza. Observar Yeonggwang de um lugar diferente, de um ângulo diferente, revelou um novo lado dele.

Yeonggwang pediu sopa de arroz e bife coreano e Hyoyeong pediu udon com kimchi. O restaurante espaçoso estava lotado. Quando os pedidos chegaram, Yeonggwang e Hyoyeong tomaram a sopa quente para espantar o frio. A refeição era de aquecer o corpo e reconfortar o coração. De repente, Hyoyeong ficou feliz por não estar indo para tão longe sozinha e agradeceu a Yeonggwang pela comida.

— O que disse?

— Obrigada por dirigir até aqui.

Yeonggwang limpou o canto da boca com um guardanapo.

— Não foi nada. Também estou feliz por estar viajando depois de muito tempo, então obrigado por me chamar.

Hyoyeong olhou para a tigela de udon, agora vazia. As palavras que gostaria de dizer ficaram presas em sua garganta. Não sabia se externá-las a faria se sentir melhor ou não, mas estava com uma estranha sensação de cócegas na ponta da língua.

— Sabe de uma coisa, Yeonggwang?

Yeonggwang fitou Hyoyeong. Ela pôs as mãos educadamente sobre a mesa.

— Acho que minha irmã... era a fim de um homem casado.

✉

Foi no início do outono anterior. Hyoyeong saiu da aula e foi até o local onde seria a escola de Hyomin. Lembrou-se de que a irmã a chamara para jantar perto de sua faculdade da última vez, e estava arrependida de ter recusado por causa da estreia de um filme.

— Se a abertura vai ser no mês que vem, por que está tão vazio?

O velho papel de parede estava rasgado, o quadro-branco, encostado no sofá desgastado, e a estante de livros, toda manchada. Havia papéis e canetas espalhados sobre a bancada. Hyoyeong se perguntou por que Hyomin estava demorando tanto para organizar as coisas, afinal, ela tinha um sócio, não era como se estivesse fazendo tudo sozinha. No entanto, nem lhe passou pela cabeça que a irmã tivesse levado um golpe.

Na época da faculdade, Hyoyeong e Hyomin começaram a se afastar cada vez mais. Hyoyeong não conseguia entender por que Hyomin preferia ler mais um artigo em vez de ir ao cinema, e Hyomin não conseguia entender o fato de Hyoyeong se dedicar às artes, como se jogasse água em um poço infinito.

Com objetivos de vida e gostos tão diferentes, a relação das irmãs estava fadada a se transformar em algo superficial. Elas nunca tinham saído para fazer compras ou assistir a um filme juntas, mas Hyoyeong nunca achou que sua relação com a irmã fosse ruim. Ambas estavam se virando bem.

Assim, Hyoyeong fingiu ignorar suas suspeitas. Hyomin sabia cuidar de si mesma. Como sempre, Hyoyeong só precisaria manter certa distância dela, torcer e aplaudir.

✉

Hyoyeong estava sentada no sofá, com as luzes apagadas, tentando ligar para a irmã.

— É você? Você é a Woo Hyomin?

A porta de vidro foi aberta e uma mulher na casa dos quarenta anos entrou. Hyoyeong deu um pulo ao ouvir a voz cortante da mulher perguntando por Hyomin.

— Hum, não, é a minha irmã...

— Ligue para ela. Rápido! — gritou a mulher, enquanto agarrava seu pescoço e o apertava.

Aterrorizada e sem saber o que estava acontecendo, Hyoyeong ligou imediatamente para Hyomin, mas ela não atendeu. A mulher afundou no chão, soluçando, e entregou o próprio celular a Hyoyeong. Ali estava a captura de tela de mensagens trocadas entre um homem e Hyomin. As conversas deixavam óbvio que os dois se consideravam um casal, pois diziam querer apresentar um ao outro para as respectivas famílias após a inauguração da escola em setembro e quando já estivessem devidamente instalados por uns seis meses.

— Esse homem, Kim Jonghwa, é meu marido há mais de quatro anos.

— Minha irmã não faria isso.

— Como vou saber? Pessoas muito inteligentes também conseguem esconder o que querem.

Hyoyeong não conseguia se mexer; era como se estivesse anestesiada. A irmã, sempre tão racional, precisa e correta, era a última pessoa do mundo que ela imaginaria tendo um caso extraconjugal. Pois era Hyomin quem sempre dizia "precisamos viver a vida sem machucar os outros", não Hyoyeong.

— Vou mandar uma mensagem para ela. Deve ser um mal-entendido...

— Essa vagabunda não atende nem a própria irmã? Que tipo de irmãs são vocês?!

"*Unnie*, atende! O que está fazendo? Ligue para mim, rápido!" Hyoyeong enviou a mensagem para Hyomin com os dedos trêmulos. Muito depois de a mulher ter ido embora, Hyoyeong continuou recostada na parede, esperando a irmã. Devia ter se passado meia hora quando Hyomin finalmente respondeu.

"Nos falamos mais tarde."

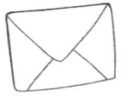

3

— Também temos uma aula especial de redação sobre história da Coreia, em que os alunos aprendem lógica por meio da história.

Hyomin abriu o caderno de exercícios de redação sobre história da Coreia e mostrou aos pais dos alunos. Explicou em detalhes por que a alfabetização era importante para alunos do ensino primário e como o pensamento lógico poderia ajudá-los a resolver problemas.

— Os alunos não têm tempo para ler por causa dos estudos, não é? Então, nosso objetivo é oferecer a eles uma variedade de textos e fazer com que se interessem naturalmente pela leitura.

Os pais sorriram e assentiram para ela. Tinham ficado tão impressionados que voltariam da próxima vez junto com os filhos para fazerem o teste de nível.

— Espero que nossa filha seja igual a você quando crescer, professora.

A diretora foi até a bancada e deu um tapinha nas costas de Hyomin.

— A professora Hyomin é do Departamento de História da Coreia da Universidade Nacional de Seul. É também pós-graduada!

— É mesmo?! Que excelente professora!

Quando os pais foram embora, já era hora do almoço. Hyomin e a diretora pegaram o elevador até o primeiro andar. No lado esquerdo do saguão, havia uma parede cheia de caixas de correio de metal. Havia um total de doze lojas e escolas no prédio de cinco andares, e um envelope estava pendurado na abertura da caixa de correio do local onde Hyomin trabalhava, no quarto andar. A diretora foi a primeira a perceber e parou de caminhar.

— O que é isso? Conta de luz? — questionou ela.

Quando Hyomin se aproximou da caixa de correio, a diretora continuou:

— Não importa, Hyomin. Vamos comer primeiro.

O almoço era *daegu jiritang*, uma sopa de bacalhau com vegetais. A diretora sugeriu que Hyomin vestisse cores mais vivas, já que daria aula para crianças. Enquanto mexia o *jiritang* borbulhante com uma concha, Hyomin assentiu devagar.

— Não dá para saber como as pessoas são por dentro, então faça esse favor. Todos nós julgamos os outros pela aparência. Se as crianças não gostarem da sua, não vão falar com você.

— Está bem.

A diretora pegou a concha de Hyomin e colocou dois pedaços de bacalhau no prato à sua frente e o entregou a ela.

— Coma. Você parece ainda mais magra do que quando a conheci.

— Obrigada.

Hyomin estava em Sokcho havia aproximadamente cinco meses. No primeiro mês, ficou hospedada na casa de uma amiga e, após conseguir o emprego na escola, alugou um quarto e sala. Hyomin tinha morado em um dormitório para duas pessoas na época da faculdade e, durante a pós-graduação, aguentava o longo trajeto da casa dos pais até a universidade para economizar dinheiro. Fazia muito tempo que não tinha o próprio espaço, e estava aprendendo que morar sozinha significava que podia moldar seu tempo como quisesse. Era como brincar de massinha.

— Não está nevando, está chovendo! É chuva, Hyomin! — exclamou a diretora, tomando a sopa com uma colher.

Segundo ela, o *jiritang* ficava ainda mais gostoso em dias de chuva. Hyomin tremia desde cedo, e já imaginava que estava ficando resfriada.

— Senhora, posso só terminar minha aula da tarde e sair mais cedo?

— Por quê? Aconteceu alguma coisa?

— Não, só estou me sentindo um pouco indisposta.

A diretora lhe lançou um olhar preocupado. Embora às vezes fosse um pouco conservadora e rígida, era uma pessoa gentil. De vez em quando, tratava Hyomin como se fosse uma das alunas, mas isso não a incomodava.

— Tome mais sopa. Tem certeza de que vai conseguir dar a aula da tarde?

— Vou, sim. Não estou resfriada ainda, mas acho que preciso descansar hoje para poder dar as aulas de amanhã.

— Tudo bem, você conhece seu corpo.

A diretora despejou a sopa quente em seu prato e virou a cabeça para observar a chuva pela janela. Na ausência de som no local, a chuva parecia muito serena, como se murmurasse para si mesma. *Tac, tac, tac, tac.* Hyomin imitou o som da chuva com um leve movimento da língua.

— O que disse?

— Hein?

— Perguntei o que você disse.

— Ah, eu disse obrigada, senhora.

No caminho de volta para a escola, a diretora sugeriu que parassem em uma loja que vendia *hoppangs*, bolinhos cozidos recheados.

— Um para você, um para mim. E um saco para as crianças.

Parada em frente à loja, Hyomin abraçou o saco de *hoppangs* para se aquecer com o calor dos bolinhos. Com um sorriso fraco no rosto, a diretora partiu ao meio o *hoppang* fumegante e assoprou antes de dar uma mordida. O dia a dia de Hyomin não era estressante nem deprimente, mas, quando se sentia sobrecarregada, costumava fazer uma caminhada para ver o mar. Não era a vida bem-sucedida com que sonhara, mas sentia-se aliviada, pois, pelo menos, não seria uma pessoa ruim na vida de ninguém.

Ela voltou à escola e terminou a última aula da tarde. Era uma turma de alunos mais novos que haviam concluído o ensino primário mais cedo. Ela sempre sorria quando os ouvia falando, tentando parecer inteligentes, tão pequenos quanto um passarinho. Para quem só dava aulas para alunos do ensino médio, era uma atmosfera completamente diferente, e ela mal podia esperar para ver aquelas crianças crescerem, tornarem-se adultas, começarem a trabalhar, tornarem-se pais.

— Professora! A namorada do Yongjin deu um pé na bunda dele!
— Ei! Eu falei para não contar!

Eram dois meninos com mochilas quase do tamanho do próprio corpo. Estavam só no terceiro ano, mas tinham tanta vergonha que pareciam até adultos. Hyomin acenou para eles como se não os tivesse escutado.

— Não corram na faixa de pedestres e vão direto para casa!

Depois de preencher o diário de classe, vestiu depressa o casaco e enrolou o cachecol no pescoço. Quando pegou o elevador para o térreo, lembrou-se da correspondência que estava na caixa de correio desde a hora do almoço.

— Número 403... — murmurou para si mesma ao se aproximar da caixa de correio de metal.

No entanto, não conseguiu encontrar o envelope que estava pendurado ali. Quando enfiou a mão pela abertura, só o que sentiu foi o fundo gelado.

— Será que mandaram errado?

Ao virar a cabeça, viu dois meninos escondidos atrás da parede no corredor do saguão, rindo para Hyomin. Eram seus alunos da aula da tarde.

— O que estão fazendo aí?! — gritou Hyomin.

Os meninos correram pelo corredor em direção à porta dos fundos, rindo como se alguém fizesse cócegas neles.

Hyomin se considerava uma pessoa sortuda. Sua capacidade de assimilação era boa o suficiente para tirar notas altas nas provas, mesmo não estudando tanto quanto os demais alunos, o que a permitia se dedicar aos seus outros interesses. Hyomin acreditava que sua inteligência era como a de seu avô, que havia sido professor de matemática do ensino médio. Hyoyeong, por outro lado, era muito emotiva, mais parecida com os pais. Hyomin achava natural assumir o papel de líder da família, já que era a mais racional.

O primeiro passo era entrar na pós-graduação e se tornar professora universitária. Depois de entrar para a Universidade Nacional de Seul, sentiu que seria um desperdício terminar os estudos ali. Sabia que demoraria um pouco, mas achava que não havia nada que a impedisse de atingir seu objetivo. Depois que terminasse a faculdade, poderia ajudar Hyoyeong. Ela suspeitava que a irmã havia crescido se achando inferior, mesmo que inconscientemente, por sua causa. Nunca conversou sobre esse assunto com ela, pois sentia muita vergonha, mas tinha pensado em mandá-la para o exterior para que pudesse terminar a faculdade de Cinema, que tanto adorava.

Contudo, a pós-graduação estava cheia de problemas que a mente racional de Hyomin não conseguia entender.

— Ficou sabendo? O professor Choi aprovou o Jinsoo para a vaga.

Ela se sentia mais confiante à medida que seus artigos eram aprovados, um após o outro. Até que uma vaga para professor foi aberta, e o professor Choi anunciou que o processo seletivo levaria em conta principalmente o desempenho dos candidatos. Todos disseram que Hyomin conseguiria a vaga, mas o resultado foi diferente.

— O quê? Não foi a Hyomin?

— A pesquisa do Jinsoo não tinha apresentado resultados inconsistentes?

Hyomin fingiu não ouvir os rumores de que seu colega de classe, Jinsoo, era da família do professor; de que, ao contrário de Hyomin, ele era amigo do professor Choi; e de que ele usava o nome de outra pessoa para mandar carnes nobres e cogumelos chaga para a casa do professor em todo feriado para evitar ser pego fraudando as provas. Não queria admitir que sua carreira poderia não ser julgada de maneira justa por esse tipo de coisa.

— Você também deveria tentar alguma coisa. Não seja tão rígida.

— Tire a carteira de motorista e se ofereça para dirigir quando o professor for em alguma viagem a trabalho.

Quando Hyomin não foi escolhida para a vaga de professora pela segunda vez, seus colegas de classe ficaram frustrados e começaram a pressioná-la. Ela admitiu que não sabia socializar, mas também acreditava que, para um professor que incentivava um aluno disposto a sujar as próprias mãos, era mais fácil seguir em frente fingindo não perceber certas coisas.

No Dia do Professor, Hyomin pegou um vale-presente em uma livraria e foi até a sala do professor Choi. Ele e Jinsoo estavam conversando no corredor. Hyomin instintivamente se escondeu atrás de uma parede.

— Aprendi muito com sua última aula, professor.

— Sim, sua avaliação também não foi ruim.

— Só fiz o que o senhor me ensinou.

O professor Choi deu um tapinha no ombro de Jinsoo ao abrir a porta de sua sala e deu uma risada; logo em seguida, falou algo que Hyomin não queria ouvir.

— Um pouco de ousadia faz bem. Eu soube que você tem despertado bastante inveja ultimamente, não é?

— É porque fui o primeiro da turma a ser aprovado para uma vaga...

— Quem estuda o tempo todo não sabe o que é vida social. Foi a Hyomin? Ela anda dizendo que você só conseguiu a vaga por ser homem, não é? Que coisa ridícula.

Ao ouvir aquilo, Hyomin pôs o vale-presente dentro da bolsa e foi embora na mesma hora. Após uma série de rejeições, ela trancou a pós-graduação e começou a dar aulas em uma escola particular.

Ganhar dinheiro era assustadoramente divertido. Foi fácil aprender o currículo do ensino médio e apresentá-lo aos alunos. Organizar materiais e criar conteúdo para ajudá-los a aprenderem era mais gratificante do que imaginava. Além disso, ela ganhava bonificações a cada aluno novo que se matriculava, e o diretor havia prometido que a apoiaria caso ela quisesse voltar para a pós-graduação.

— Quando vai voltar para a pós? Você já ficou fora por um ano.

O pai dela, por outro lado, achava que a filha se tornaria professora universitária ao finalizar a pós-graduação na Universidade Nacional de Seul. Ele comprava comida para ela todos os meses, além de roupas caras e medicamentos, na esperança de que ela continuasse os estudos. Hyomin não podia contar à família por que havia trancado a pós-graduação. Não queria admitir que não havia conseguido a vaga de professora, por mais que achasse ter sido tratada injustamente.

— Pai, o que ganho é mais do que o salário de um professor universitário.

— Quem está falando em ganhar dinheiro? Não vale a pena todo o seu estudo?

— Estou tentando ganhar dinheiro agora exatamente porque passei todo esse tempo estudando. Nem a Hyoyeong, nem eu pudemos estudar em paz, para ser sincera, e não tínhamos condições para isso.

Hyomin escondeu sua mágoa de um jeito que acabou magoando o pai. Tinha sido pura arrogância. Ela acreditava que seu julgamento estava sempre certo, que era a única capaz de fazer sua família feliz, e que dar riqueza material a eles era sua única recompensa por haver perdido o sonho de se tornar professora universitária.

Foi Jonghwa quem entendeu os sentimentos dela. Ele era professor de redação para o vestibular e começara a trabalhar na escola um ano antes de Hyomin. Tinha se formado em Filosofia e, assim como Hyomin, fez pós-graduação, mas não conseguiu uma vaga de professor. Um dia, sentaram-se um ao lado do outro em um jantar de confraternização e trocaram suas experiências na universidade. Jonghwa ficou indignado com a falcatrua do professor de Hyomin, e ela se irritou com as panelinhas no departamento de Jonghwa. A empatia e a compaixão logo se transformaram em amor e, por fim, eles se tornaram amantes.

— Se nós dois somos tão bons quanto eles, deveríamos abrir nossa própria escola em vez de pagar taxa de franquia.

Jonghwa convenceu Hyomin de que contentar-se com o *status quo* não valia a pena. Em seu segundo ano, Hyomin havia atingido o pico de seu salário e muitos alunos a seguiam. O local em Pyeongchon que Jonghwa tinha encontrado não seria um lugar ruim para começarem. Ela nunca imaginou que, em apenas dois anos, eles teriam a própria escola.

— Por que não estava atendendo? O decorador de interiores disse que o depósito ainda não foi feito.
— Opa, era para ter sido feito hoje.
— Onde você está?
— Estou me encontrando com o meu professor. Já te falei, o professor de filosofia que prometeu me ajudar com a palestra na inauguração.

Hyomin não percebeu que as mentiras de Jonghwa estavam aumentando cada vez mais. Somente um ano após aquele incidente, quando o amor dela por ele já não era mais o mesmo, foi que ela, enfim, começou a suspeitar do comportamento dele. Jonghwa havia comprado um terno de marca e trocado de carro, alegando que os negócios exigiam certa ostentação. Ele pegou o dinheiro de Hyomin, dizendo que precisava pedir que revisassem um livro de questões de redação elaborado por ele, mas depois mudou a história, dizendo que não precisava da revisão, e usou o dinheiro para comprar móveis para a escola.

No entanto, Jonghwa ainda conseguiu contratar um decorador de interiores, mesmo com Hyomin desconfiando de que ele estava tentando enganá-la desde o início. Conforme organizava a abertura da própria escola, ele passou a se sentir poderoso e sua vaidade começou a transparecer. Será que não conseguia controlar a ganância que fervilhava dentro de si? Foi só tarde demais que ela descobriu que Jonghwa havia pedido dinheiro emprestado para amigos e conhecidos, além de Hyomin, e ela não conseguiu imaginar o que Jonghwa estava pensando naquele momento, mesmo após quebrar a cabeça com isso centenas de vezes.

Depois de meio ano extorquindo lentamente o dinheiro e a alma de Hyomin, Jonghwa, por fim, desapareceu sem deixar rastros. Quando Hyomin foi até o apartamento dele, encontrou o local vazio e começou a chorar. Logo depois, recebeu uma ligação da esposa de Jonghwa.

— Quem é você e por que fica ligando para o meu marido? — perguntou ela.

Ao descobrir que ele era casado, Hyomin fechou os olhos e riu em vez de chorar. Quando os abriu novamente, ela, enfim, enxergou a verdade.

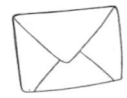

4

— Olha só, está vazia! — disse Hyoyeong, olhando para Yeonggwang, enquanto vasculhava a caixa de correio de metal do número 403.

Ao ver a carranca de Hyoyeong, Yeonggwang se desculpou com uma expressão constrangida. Ele garantiu que não se atrasariam, mas, pelo visto, a irmã dela já havia pegado a carta.

— São só quatro horas da tarde e ela já saiu do trabalho...

— Se foi entregue na hora do almoço, talvez ela tenha pegado quando chegou.

— Vou subir e dar uma olhada. Deve ter rolado algum erro de envio.

Assim que Yeonggwang terminou de falar, a diretora surgiu no saguão e fitou os dois. Ela carregava um saco para reciclagem.

— Quem são vocês e por que estão mexendo na caixa de correio?

— Ah, desculpe. Você é professora da escola no quarto andar?

— Sim, sou a diretora.

Ela contou a Hyoyeong que Hyomin estava se sentindo mal e tinha saído mais cedo. O brilho de Hyoyeong imediatamente sumiu, e ela perguntou se a irmã estava bem. Não era nada grave, mas uma mentirinha não faria mal. Era o pressentimento de uma diretora já com seus sessenta anos.

— Se está tão preocupada, por que não vai ver como ela está?

— Ah, isso...

— Por que não subimos? Tenho o endereço da professora Hyomin no registro dos funcionários.

A escola era bem pequena, e na sala dos professores mal cabia uma escrivaninha grande, duas mesas pequenas, uma de frente para a outra, e uma estante. A diretora remexeu os documentos, procurando pelo cartão de registro de funcionária de Hyomin. Enquanto isso, Hyoyeong observou o livro de registro da turma em cima da mesa. Nele, estava escrito "Professora Hyomin" em uma caligrafia familiar. A diretora olhou para Hyoyeong.

— Pode ler, se quiser — disse ela.

— Ah, não, só estava olhando.

Quando Hyoyeong balançou as mãos no ar, em sinal de recusa, a diretora retirou um cartão de registro de um armário de arquivos. Na parte superior do currículo dela estava o endereço do apartamento de Hyomin.

— Eu não ia contratá-la por ser muito qualificada, mas achei que deveria existir um motivo para ela não conseguir um emprego em Seul e decidir vir para cá.

— Obrigada.

Hyoyeong curvou-se em sinal de gratidão. Yeonggwang assentiu, ao lado dela.

— Sabe, ela nunca fala da vida pessoal, agora a irmã mais nova dela está aqui... Você disse que é de Seul, certo? Então, converse direito com ela, já que veio de tão longe.

Quando Hyomin saiu do banheiro com seu cesto, olhou na direção da colina. À esquerda, muros baixos e casas térreas de tijolos ladeavam a rua, com seus telhados escarlate aparecendo através dos telhados azul-escuros. Atrás das pequenas casas de tijolos, prédios de três e quatro andares se destacavam, com seus exteriores um tanto sofisticados, parecendo as miniaturas de construções do jogo de tabuleiro Blue Marble.

— Eu queria estar em uma ilha agora mesmo.

Hyomin riu baixinho, lembrando-se da "Ilha Deserta" no cantinho do tabuleiro do jogo. A cada rodada, era possível descansar três vezes até lançar dois dados e obter números iguais. *Todo ser humano precisa de uma ilha deserta em sua vida*, pensou ela. Que ótima desculpa para dar à família e aos amigos — *Estou em uma ilha deserta agora, o revés chegou. Vou descansar três rodadas e depois dar a volta por cima.*

Quando chegou à metade do caminho, avistou um supermercado, uma padaria, um açougue e um restaurante de *tteokbokki* à direita. Além das lojas, havia uma grande extensão de mar azul-escuro. Era reconfortante ver os navios pequenos, do tamanho de uma unha, se movendo lentamente ao longe. Todas as coisas que se moviam devagar passavam uma estranha sensação de estarem seguras de si. Como se dissessem: "Tenho certeza de que este é o caminho certo."

Sua fadiga desapareceu depois do banho quente. Tinha sido apenas drama. Hyomin acolheu a brisa gelada do mar e pôs a mão esquerda no bolso, sentindo o envelope do tamanho da palma de sua mão.

— Tinha que ser coisa de criança...

Uma hora antes, os dois meninos tinham roubado o envelope de dentro da caixa de correio para pregar uma peça nela. Eles voltaram correndo pelo corredor, rindo da ameaça de Hyomin de dobrar o dever de casa se não devolvessem o envelope. Levantaram as mãos e fingiram chorar, implorando perdão. Hyomin balançou a cabeça, então um dos meninos lhe estendeu o envelope amassado. Era de uma cor creme suave, com uma aba cinza-escuro que fechava a abertura. Tinha uma aparência elegante, como se usasse uma cartola. Hyomin leu as palavras escritas com uma caneta de ponta fina no canto inferior esquerdo.

Para minha irmã.

Na metade da descida da colina, Hyomin leu outra vez a letra de Hyoyeong e guardou o envelope no bolso. Descendo mais um pouco, havia uma mercearia onde Hyomin sempre comprava leite de banana. A brisa do mar em janeiro era insuportavelmente gelada, mas Hyomin queria ler a carta da irmã ao ar livre. Em frente à loja, havia um largo espaço onde as idosas costumavam ficar. Um cobertor xadrez tinha sido deixado na mesa para quem quisesse usar. Depois de comprar o leite de banana, Hyomin se sentou e puxou o cobertor sobre o colo, com o canudo na boca. Foi com o coração pesado que pegou a carta e a abriu. Para sua surpresa, uma pequena parte dela se ressentiu pela irmã ter demorado tanto para escrever de volta, mesmo achando que não merecia nada de Hyoyeong.

Você não escreveu um monte de palavrão, né?

Os lábios de Hyomin se curvaram em um sorriso e ela criou coragem para abrir a carta. No papel de carta pautado feito um caderno, havia um desenho fofo de uma andorinha voando com um coração. As letras estavam bem compactadas em três folhas de papel, mal espaçadas e bagunçadas, e ela desconfiou de que a carta não era da irmã. Contudo, ao se deparar com a história da discriminação que Hyoyeong sofria desde os sete anos por causa dela, não teve dúvidas. Ao ler aquelas palavras coladas umas nas outras, conseguia ouvir a voz de Hyoyeong, mesmo estando distante da irmã.

> Você se lembra de ter lido minha fanfic quando eu estava no nono ano e marcado todos os erros com caneta vermelha e colocado na minha cama? E de como o pai e a mãe riram de mim quando leram, e como eu fui a única que teve que pedir desculpas por ter puxado o seu cabelo, e como eu sempre perdia para você? Eu que ficava magoada e eu que tinha que pedir desculpas? Você tem privilégios só porque é estudiosa? Também entrei na faculdade que eu queria, e de primeira.

Você acha que ser cineasta é fácil? Enquanto você estudava em um lugar aconchegante, eu estava no set, cuidando de dezenas de pessoas da equipe!

Obviamente, Hyoyeong estava bêbada quando escreveu aquilo. Hyomin não sabia se ria ou se chorava enquanto lia os gritos e a raiva da irmã, palavra por palavra. Algumas a deixavam chateada, outras, indignada. No dia em que ela entrou na Universidade Nacional de Seul, os pais levaram Hyoyeong para comemorar em um restaurante chinês, mas deram um casaco de lã feito à mão só para Hyomin. Era um casaco de marca que custava mais de quatrocentos mil won. Lembrava-se de Hyoyeong fazendo beicinho, sem poder dizer nada, enterrando o rosto na tigela de *jjajangmyeon* e comendo um fio de macarrão após o outro.

A primeira coisa que Hyomin comprou com o dinheiro que ganhou com as aulas particulares foi um casaco de lã para a irmã. No entanto, ela nunca usou aquele casaco e, quando começou a faculdade, só usava um sobretudo preto no inverno. Quando a mãe disse para Hyoyeong que ela devia comprar um casaco, a irmã zombou da ideia e disse que um casaco era um luxo para uma artista.

Se você era tão boa assim, deveria continuar boa até o fim da vida! Você finge ser tão inteligente, mas como levou um golpe? Por que passou pela vergonha de ter sido enganada por um babaca? Nunca mais peça desculpas para mim. Nem me responda. Se você escrever outra carta para mim, vou rasgar tudo!

Hyomin arregalou os olhos ao ler as palavras cruéis. Ela queria mesmo viver daquela forma? Sua língua coçou com a vontade de dizer à irmã todas as coisas pelas quais ela havia passado. Se ao menos Hyoyeong estivesse ali, poderia falar tudo o que pensava. Como o pai lhe dava dinheiro para os estudos, ainda que ele mesmo não estivesse nas melhores condições financeiras, ela se sentia pressionada a ajudar a família de alguma forma. Já a mãe dela, que só havia concluído o colégio, tinha orgulho de exibir uma filha tão esforçada. Sempre que encontrava alguém da vizinhança, se gabava de que a filha se tornaria professora universitária em breve, enquanto ela mesma achava que nunca realizaria o desejo da mãe.

Só agora Hyomin tinha percebido que seus sentimentos tinham se tornado um fardo. Só depois que desmoronou. Foi só quando fugiu chorando aos berros que ela percebeu o tamanho de sua vergonha.

— Para de ler issoooo!

Hyomin enxugou os olhos avermelhados com a ponta dos dedos. Tinha escutado uma voz vinda da base da colina. Enquanto limpava o nariz em sua manga, ela se levantou e olhou para baixo.

— Eu disse para parar de ler isso!

Hyoyeong corria na direção dela, com seu hálito quente soprando fumaça no ar. Os olhos de Hyomin se encheram de lágrimas, enquanto observava a irmã correr em sua direção.

— Woo Hyoyeong?

Uaaahaha! Hyoyeong correu até ela, gritando, e arrancou a carta da mão da irmã.

— Eu não escrevi isto para você ler, tá?

Hyoyeong amassou a carta e a enfiou no bolso de seu casaco acolchoado. Seu rosto estava vermelho — parecia que ela havia sido trancada dentro de uma sauna.

— Era para mim, sim. Tinha até o endereço do meu trabalho.

— Eu só estava bêbada e irritada com você, e aí rabisquei umas palavras. Eu não tinha a intenção de enviar!

Hyoyeong apertou com força o bolso do casaco e mordeu o lábio, da mesma forma que havia feito quando Hyomin leu sua fanfic. Seu olhar era de frustração e constrangimento, mas ela sabia que não havia nada que pudesse ser feito, porque já havia acontecido. Naquele momento, Hyomin achou sua irmã adorável.

— Ainda é minha. Devolve. No envelope está escrito que é para mim — disse Hyomin, segurando o envelope escrito "Para minha irmã".

Hyoyeong balançou a cabeça e desviou o olhar. Hyomin não conteve a risada.

— Por acaso você tem outra irmã? Pare de ser infantil e me devolva a carta. Eu te enviei mais de dez, mesmo sendo humilhada por você!

— Quem te pediu para enviar? Você foi a única que ficou choramingando, e foi você quem errou!

— O quê? Me devolve agora! Não vai devolver?

Hyomin agarrou o casaco de Hyoyeong, que, surpresa, enrolou o corpo feito um besouro e caiu para a frente. Hyomin apertou as laterais do corpo dela e procurou em seus bolsos. Hyoyeong se defendeu desesperadamente, empurrando as coxas da irmã com os pés. Em sua busca frenética, Hyomin escorregou no cobertor que estava no chão. Pouco antes de curvar o corpo e cair, ela agarrou o bolso do casaco de Hyoyeong e, com um som de rasgo, a peça de roupa se abriu e as penas de pato saíram flutuando no ar.

Hyoyeong se lembrou de algumas de suas cenas favoritas filmadas em câmera lenta: a pena flutuando na abertura de *Forrest Gump* ou a pipoca congelada no ar em *Peixe Grande*. Ela abriu um sorriso enquanto observava o lindo cenário congelado no tempo presente. Sentiu que estava prestes a explodir em uma gargalhada incontrolável, tal qual uma sequência de espirros. Assim, as penas brancas de pato caíram suavemente sobre a cabeça e os ombros de Hyoyeong e Hyomin, como se fosse neve.

— Ai, ai, Woo Hyomin, você é louca!

— Argh!

O grito de Hyoyeong, o gemido de Hyomin caída no chão e as penas de pato saindo do rasgo no casaco. Naquele momento, a brisa do mar de meados do inverno soprou pela travessa da mercearia, e as penas, voando feito sementes de dente-de-leão, pousaram aos pés de Yeonggwang, a dez passos das irmãs.

— Quando vocês vão limpar tudo isso? — perguntou ele, aos risos.

Yeonggwang esfregou o rosto. Caída no chão, Hyomin o encarou. Em uma das mãos, ele segurava uma sacola com a palavra "mingau" escrita em letras grandes. Na outra, havia um saco de papel de uma farmácia.

— O que é isso? Você é namorado da Hyoyeong? Está doente?

— Não sou namorado dela nem estou doente. Disseram que você estava se sentindo mal, então Hyoyeong me pediu para comprar isto.

Hyomin se deu conta de que Hyoyeong tinha ido até a escola e não só descoberto que ela estava doente mas também onde ela morava. E, quando estava a caminho de seu apartamento, a encontrou sentada à mesa da loja ao ar livre, lendo uma carta que não deveria ter sido enviada.

— Bem, fico feliz que você não esteja muito doente, mas comprei mingau para você comer.

Yeonggwang entregou a Hyomin a sacola com o mingau. O pote de plástico ainda estava quente quando ela o pegou com ambas as mãos. De repente, Hyomin sentiu a brisa gelada do mar de Sokcho e reconheceu o cuidado de Hyoyeong ao trazer mingau porque sua irmã mais velha idiota estava doente. Lágrimas começaram a escorrer por seu rosto.

— Ah, não. Por quê, de repente…? Uh, uuugh.

— Qual é! Por que está chorando? Woo Hyomin, você não cansa de passar vergonha…

Quando até Hyoyeong começou a soluçar, a velha proprietária da mercearia abriu a porta de vidro e espiou o lado de fora. Yeonggwang a cumprimentou meio sem jeito, juntando as penas de pato que haviam caído ao seu redor.

— Desculpe, senhora. Nós vamos limpar tudo!

Meia hora depois, os três caminhavam pelas ruas cheias de restaurantes de peixe cru de Sokcho. Depois de confirmar que a irmã estava bem, Hyoyeong pediu a Yeonggwang para voltar para Seul, mas Hyomin a impediu. Achou que um agrado era o mínimo que poderia fazer por ele, que nem sequer era namorado de Hyoyeong, mas havia dirigido por mais de duas horas para levá-la até ali.

O sol estava se pondo, e as nuvens macias e fofas mudavam da cor de damasco para cinza-claro e rosa ao captarem a luz do sol poente. Tinha visto um céu como aquele várias vezes na Geulwoll. Lembrou-se dos dias em que o céu parecia tão próximo que ela sentia que poderia deixar a marca de sua mão, caso passasse os dedos pelas nuvens. Hyoyeong olhou para a irmã, que andava à sua frente. Era a primeira vez que a via vestindo um sobretudo preto, e até sua figura de costas, com o gorro bem apertado na cabeça, parecia inesperadamente bonita.

Os três escolheram um restaurante de ostras, de onde podiam ouvir o som das ondas. Pediram um marisco grande grelhado, uma porção média de ostras e cinco camarões fritos. Para beber, Hyoyeong e Hyomin pediram soju, e Yeonggwang, que estava dirigindo, pediu refrigerante de limão.

— É muita coisa para nós três.

— Você não ama ostras? Se não aguentar, eu peço para embalarem tudo para viagem — disse Hyoyeong, como se Hyomin não tivesse intenção de fazer o próprio pedido.

Comer mariscos depois de armar um barraco... a relação entre as irmãs não é muito diferente da de um casal, pensou Yeonggwang.

— É você quem gosta do Yeonggwang ou é ele quem gosta de você?

— O quê?

— Ou as duas coisas?

Yeonggwang arregalou os olhos e alternou o olhar entre as duas. Hyoyeong franziu a testa, como se dissesse: "Nem precisa responder."

— É para isso que está me segurando aqui? Vamos só comer em paz.

— Tudo bem. Não está mais aqui quem perguntou.

Ela falou sem rodeios, mas logo estavam brindando de novo. Yeonggwang percebeu que precisaria se acostumar com aquela cena estranha o mais rápido possível.

— Você pegou aquele vigarista?

— Ele me ligou no mês passado e falou que primeiro iria me mandar o dinheiro que tinha.

— Quanto?

— Dez milhões de won.

Hyoyeong soltou um suspiro do fundo da alma. As duas viraram o copo sem dizer mais nada. Estavam bebendo rápido demais.

— Quem quer enganar? Ele só consegue pagar isso?

— A esposa dele também não está pegando leve. Está o acusando de ter tido um caso e quer entrar com um processo civil, o que vai custar uns vinte milhões de won.

— Vocês tiveram um relacionamento mesmo?

— Não, foi tudo mentira. Até o amor.

— Ai...

A voz de Hyomin saiu embargada de tristeza e raiva, talvez sem que ela percebesse. Hyoyeong serviu o soju no copo vazio da irmã. Ela estava feliz por aquele relacionamento não ter sido de verdade, mas também furiosa por aquele canalha traidor ter brincado com o coração de sua irmã.

— Você tem razão. Passei o tempo todo estudando com tanto afinco que nem percebi o que estava acontecendo. Não suspeitei de nada porque achei que você me entendia. Fui uma idiota.

Hyoyeong abriu um marisco com as mãos envoltas em plástico, limpou a concha e a colocou na boca de Hyomin.

— Beba enquanto come.

— Tentei visitar a mamãe no dia da cirurgia dela, eu, juro... fui até a porta... — murmurou Hyomin, enquanto mastigava o molusco, então começou a chorar.

Desta vez, Hyoyeong acariciou delicadamente o dorso da mão de Hyomin, como se ela fosse a irmã mais velha.

— Volte para casa. Não fique aqui sofrendo sozinha.

Será que a irmã sabia o quanto ela desejava dizer aquelas palavras? Hyoyeong esvaziou seu copo de soju outra vez para esconder seus soluços. Yeonggwang, sentado à frente dela, moveu a garrafa de soju na própria direção; um sinal de que ela já havia bebido o bastante. As duas irmãs olharam para Yeonggwang com reprovação, ambas com o rosto avermelhado, fosse por causa da grelha quente, da raiva ou do álcool.

— Já que viemos até aqui, será que não podemos parar de beber e ir ver o mar? — perguntou ele, se recusando a ceder.

Eles caminharam pela praia de areia branca, pontilhada de postes de luz ao longo do caminho. O sol já havia se posto, e o mar agora estava tão escuro quanto tinta. As luzes das lojas à beira-mar davam alguma claridade ao local. A cerca de três passos de distância das irmãs, Yeonggwang observou as costas delas e abriu o bloco de notas do celular.

O som das ondas fez com que Hyoyeong recobrasse os sentidos. Mais uma vez, ela se deu conta de que havia saído da pacata Yeonhui-dong, onde nada parecia acontecer, e percorrido aquele caminho todo até Sokcho. Tinha se esforçado demais. Para encontrar a carta. Não, para encontrar a irmã.

— Me desculpe. Você ficou com a sensação de que não sabia fazer nada direito, deve ter se sentido muito mal.

— Não sei. Eu esqueci tudo o que escrevi naquela carta. Me desculpe por ter te afastado quando você estava no fundo do poço. Eu me arrependo do que disse aquele dia no hospital.

Hyomin segurou a mão de Hyoyeong, sem dizer nada. A pele de ambas estava um gelo por causa da brisa do mar, porém, o calor se espalhou à medida que caminhavam de mãos dadas.

— Você está bem agora? Gosta de trabalhar na loja de cartas?

— Gosto, sim. Das cartas e da Geulwoll.

Hyoyeong contou o que Seonho havia sugerido. Ela trabalharia em tempo integral na segunda loja e escreveria seus roteiros depois do trabalho. Hyomin ouviu atentamente e assentiu. Então a incentivou, dizendo que tinha certeza de que ela conseguiria, e ficou triste quando a irmã revelou que havia decidido abandonar a carreira de cineasta.

— Você se lembra de quando me pediu dinheiro emprestado para comprar uma câmera, quando estava no segundo ano do ensino médio? — perguntou Hyomin, que caminhava com calma ao vento.

— Lembro, e gravei todos aqueles filmes ridículos com ela.

— Bem, tinha aquele em que você chamou seus amigos da turma de teatro para participar. Era sobre alguma coisa que uma criança encontrou no parquinho do bairro?

— Não, era sobre um cantor que morreu enquanto fazia uma invocação.

Hyomin caiu na risada, imaginando a cena. Seus ouvidos doíam por causa do vento gelado incessante, mas ela não conseguia parar de rir.

— Esse tinha seu nome nos créditos finais; a única investidora do meu filme, Woo Hyomin.

— É. Eu fiquei até meio comovida.

Hyomin e Hyoyeong pararam de andar e olharam na direção do mar. Havia um farol branco ao longe, e a água brilhava em um verde profundo. A espuma branca subia rapidamente pela areia e então recuava. As ondas emitiam um som vívido. Assim como as águas do mar abraçavam umas às outras, um coração abraçava outro coração machucado. Hyomin segurou a mão de Hyoyeong e retomou a caminhada, dizendo:

— Chega. Vamos para algum lugar quente.

As duas irmãs andaram pela areia branca e crepitante. Dois pares de pés, com seus passos idênticos, abriam caminho através do inverno.

♦ Epílogo:
Sempre tentamos deixar uma boa impressão na vida dos outros

1

[Diário de registro da Geulwoll]
— Data: 7 de fevereiro (dia de semana)
— Clima: ensolarado, mas com frio intenso
— Funcionário: Seo Yeonwoo
— Número de clientes: 82
— Vendas no cartão: 970.000 won
— Vendas em dinheiro: 31.800 won
— Vendas totais: 1.001.800 won

Loja on-line:
— Acessos ao site da loja: 18

Detalhes do estoque:
— Canetas de gel da marca OHTO: 30 unidades
— Marcadores de página de andorinhas: 15 unidades

Observações: é o terceiro dia desde a abertura da loja de Seongsu, e como abriu uma loja pop-up aqui ao lado, acredito que vamos ter muitos clientes. Ela parece estar vendendo objetos de cerâmica de marca, mas não tem feito tanto barulho quanto eu pensava, então decidi manter a loja aberta também. De manhã, o Minjae hyung apareceu usando uma gravata-borboleta, mas ele ainda não sabe quem eu sou :^) Ele pegou a edição de 1º de janeiro do jornal *Kyunghyang* e me pediu para entregá-la à Hyoyeong noona quando ela chegasse. Quando abri o jornal, vi que ele tinha ganhado o prêmio de Melhor Ficção no Concurso Literário deste ano! Ele disse que não teve tempo de vir até a Geulwoll porque ficou bebendo com os amigos para comemorar. Também disse que foi a sete lojas de conveniência diferentes porque não era fácil achar jornais de papel hoje em dia. Ele finalmente realizou o sonho dele. Você é demais, hyung!

Hyoyeong leu o registro que Yeonwoo havia deixado para ela no dia anterior assim que chegou a Seongsu, depois abriu o jornal em cima do caixa e encontrou a página com a entrevista e o conto de Minjae, intitulado *Andarilho sobre o mar de névoa*. Era a história de um funcionário de escritório que acidentalmente entra em uma pintura na parede de sua sala e vive uma aventura fantástica antes de voltar. A história retratava a sensação de vazio do protagonista ao retornar à realidade, mas também como a sensação de ter vivido uma fantasia por um curto período lhe fora um conforto.

Será que Minjae havia retratado os próprios sentimentos no personagem? Hyoyeong percebeu que o autor e o protagonista tinham semelhanças. Yeonwoo retornou após uma pequena pausa e viu Hyoyeong lendo o jornal. Na entrevista com o autor, Minjae disse que não planejava sair do emprego ainda, mas continuaria escrevendo e tentaria publicar seu primeiro livro.

— Estou com inveja por ele ter se tornado escritor.

— Você ainda é jovem, está com inveja do quê?

Hyoyeong riu do comentário de Yeonwoo, que ainda tinha seus vinte anos de idade. Ela também falou sobre Seonho, que só agora havia encontrado o próprio caminho, depois de falhar centenas de vezes.

— Na verdade, eu me entedio rápido. No primário, eu fazia natação; no ensino fundamental, fiz uma viagem para praticar *mountain bike*; e no ensino médio, fui para uma escola de artes aprender a pintar...

— Yeonwoo, você teve uma vida tão interessante! — exclamou Hyoyeong, sentindo verdadeira inveja do rapaz. O que havia de errado em se entediar quando se é jovem? Teria sido uma vida diferente da sua, que sempre sonhara em ser cineasta. — Apenas faça o que você deseja fazer, se for o que você ama, por mais que o mundo inteiro seja contra.

— Sério?

— Seríssimo.

Yeonwoo logo pegou o celular, tocou a tela e o estendeu para Hyoyeong. Era seu canal no YouTube, onde fazia análises de itens de moda, como tênis, chapéus e casacos.

— Aprendi a editar vídeos esses dias e estou postando. O foco são vídeos curtos, mas, até agora, está sendo divertido.

— Uau, vou me inscrever agora mesmo!

Pouco depois de Hyoyeong dar uma olhada no canal de Yeonwoo, estava na hora de abrir a loja. Enquanto Yeonwoo ficava no caixa atendendo aos clientes, Hyoyeong embrulhava os papéis de carta. A unidade de Seongsu tinha um ar mais urbano do que a de Yeonhui-dong; o prédio de três andares, moderno e cinza-claro, tinha uma cafeteria no primeiro andar, uma loja de roupas no segundo e lojinhas de decoração no terceiro. A Geulwoll ficava no terceiro andar e, ao atravessar o corredor em direção à loja de cartas, dava para sentir um aroma de velas, óleos e sabonetes perfumados, que vinha das lojinhas, todas com a porta aberta.

Yeonhui-dong era um lugar onde móveis de madeira, tecidos de linho e flores da estação se banhavam no calor do sol; já Seongsu tinha vitrines retangulares de aço cinza, com a ferrugem e a corrosão natural à mostra, evidenciando a passagem do tempo. Com as cartas anônimas dispostas em nichos de aço frio, a sensação era a de preservar a mente de outras pessoas dentro de uma geladeira.

— O que vocês fazem aqui?

— Como funciona o serviço de *penpal*?

— Se eu escrever aqui, vou receber uma resposta?

Ela se sentiu feliz e grata pelos clientes que entravam com curiosidade, sem conhecer a loja. A unidade de Seongsu definitivamente estava dando os primeiros passos. Yeonwoo explicava o funcionamento do serviço de *penpal* em uma voz baixa e rouca, e Hyoyeong também foi muito prestativa, recomendando papéis de cartas aos clientes, e, como de costume, abaixou o volume da música para não incomodar os *penpals*. Mesmo em um local novo, a prioridade sempre seria as cartas.

— Você ouviu a nova música da Moon Yeongeun? Ela fez para o gato dela, que faleceu — disse Seonho quando chegou a Seongsu, pouco depois da hora do almoço.

Ele também se gabou discretamente de ter mandado uma mensagem para Yeongeun e a seguido no Instagram. Hyoyeong se lembrou de quando a cantora fora até a Geulwoll, no início de janeiro. Naquele dia, ela estava radiante e tinha um brilho nos olhos enquanto escrevia, pois estava gravando um novo álbum. Quando Hyoyeong disse que mal podia esperar para ouvir as novas músicas, Yeongeun ficou envergonhada e respondeu em uma voz suave. Como dizem, a sinceridade está na voz, e a voz dela sempre pareceu sincera e genuína. Esta era uma grande vantagem para uma cantora, poder colocar seus sentimentos na voz.

— Não é legal que ela tenha feito algo a partir dessa tristeza?

Como que intoxicado por suas próprias palavras, Seonho balançou os braços no ar ao som da música que tocava na Geulwoll. Hyoyeong puxou o braço dele, imaginando o que um cliente pensaria se entrasse na loja naquele momento.

— Se estiver tudo bem por aqui, por que não volta para Yeonhui-dong logo? Não deixe a novata sofrendo sozinha.

— Por quê? Ela está se virando bem. Além disso, não é como se ela não tivesse experiência.

Havia um novo rosto na unidade de Yeonhui-dong. Era ninguém menos do que Jeong Juhye, a ex-funcionária dos correios. Ela disse ter se apaixonado por café por causa do namorado, que era barista, e começou a pesquisar mais sobre o assunto. Tinha largado o emprego nos correios e começado a trabalhar na Geulwoll três dias por semana enquanto se preparava para tirar o certificado de barista. Após ficar mais ou menos um ano na Geulwoll, os planos eram abrir uma cafeteria nos arredores de Yeonhui-dong.

— Hum... Qualquer um com a personalidade de Juhye adoraria ir por esse caminho — murmurou Hyoyeong para si mesma, e riu. — Para quem só reclamava que a vida era um tédio, até que ela está se divertindo bastante.

— Basta se lembrar do que deseja fazer, aí todo o resto vai fluir, mesmo que lentamente e aos tropeços.

Seonho tinha amadurecido. Apesar de já ser adulto, sentia que só agora havia entendido o mundo com maior profundidade. Não fazia muito tempo que sua esposa, Sohee, tinha sido promovida a gerente do departamento, e a conquista dela lhe deu a sensação de dever cumprido. Seonho ficava muito preocupado de que as responsabilidades de um casamento e filhos a afastassem cada vez mais da vida que desejava para si, por isso se empenhou ainda mais na criação das crianças, de modo que Sohee pudesse se sentir livre para se dedicar ao trabalho. Seonho estava vivendo uma vida de gratidão, agora que colhia os frutos de seu esforço.

— Obrigado, Hyoyeong. Eu não teria conseguido nada disso sem você.

Hyoyeong abriu um grande sorriso. Queria dizer a Seonho que só havia chegado até ali graças a ele. Desde que tinha começado a trabalhar na Geulwoll, Hyoyeong descobriu sua paixão por papéis de carta banhados pela luz do sol. Também descobriu que adorava a sensação de uma caneta-tinteiro deslizando no papel, o odor da tinta secando e o cheiro do grafite do lápis. E aprendeu que cada pessoa abria um envelope de maneira diferente, que algumas liam com os lábios levemente franzidos, enquanto outras saboreavam cada palavra, com um tremor nas pálpebras. A paisagem aparentemente estática da Geulwoll era como um microscópio, revelando uma riqueza de possibilidades. Amar é prestar atenção. É oferecer o próprio olhar livremente. Hyoyeong sentiu-se orgulhosa por ter se tornado uma pessoa melhor em seu tempo na Geulwoll.

Depois que Seonho saiu, Eunchae foi até a cafeteria no térreo. Depois de pedir licença a Yeonwoo, Hyoyeong desceu as escadas correndo e abriu a porta da cafeteria.

— Eu não esperava que você me enviasse uma carta tão longa. Me surpreendi.

Depois da viagem para Sokcho, Hyoyeong escreveu uma longa carta para Eunchae, detalhando tudo o que havia acontecido entre ela e a irmã. No caminho de volta para casa, Hyoyeong não conseguiu parar de pensar na amiga. Sentia-se mal por estar tão ocupada com os próprios problemas que não havia notado a tristeza de Eunchae.

— Não me senti confiante o suficiente para escrever uma longa carta de volta, por isso te chamei para um café. Meu pulso direito anda bem dolorido por causa do trabalho na sorveteria.

— Tudo bem, prefiro que você entenda a minha carta como um pedido de desculpas.

Eunchae riu com o comentário de Hyoyeong. Ambas tinham copos de vidro com café gelado diante de si, cada uma de um lado da mesa baixa, e o gelo tilintou quando elas os levantaram.

— Por que não me contou o que estava acontecendo antes? Você ficou sofrendo sozinha...

— Ficar de boca fechada é uma característica nossa. Sempre achei que a gente não era nada parecida, mas isso só provou o contrário. Quando acontece alguma coisa, nós duas guardamos para a gente.

— Família tem dessas, né?

Eunchae riu enquanto tomava seu café. Tinha passado por um período de depressão havia pouco tempo, quando um papel que achou ter conseguido não foi para a frente. Ela abandonou o curso de teatro por estar sem dinheiro e sentia-se triste, com a sensação de estar a cem passos de distância de seu sonho. Disse que, apesar de estar beirando os trinta anos, não sabia o que queria fazer nem como viveria sem atuar.

— Escrevi tudo isso para minha *penpal*, o que foi muito estranho. Falei para a minha mãe que a carreira de atriz daria certo, não podia dizer que estava sendo difícil.

Eunchae estava feliz por ter uma *penpal* que sempre a apoiava. Embora não trocassem cartas com frequência, ainda escreviam uma para a outra uma vez por mês, e isso a mantinha firme.

— Fiquei curiosa porque ela disse que trabalhava com papel, e descobri que ela tem uma copiadora em frente à universidade. Também sei que ela tem trinta e poucos anos e tem um filho.

Mas hein? Até onde Hyoyeong sabia, a única *penpal* de Eunchae era Juhye.

— Estamos nos aproximando ultimamente, então eu a chamo de *unnie* sempre que nos escrevemos, e ela me dá vários conselhos.

— Ela sabe quantos anos você tem? E que você chama ela de *unnie*?

— Aham, por quê?

Hyoyeong sorriu sem jeito e balançou a cabeça. *Jeong Juhye, sua mentirosa.* Estava só se divertindo, inventando histórias para movimentar sua vida tediosa. De qualquer modo, Eunchae estava sendo confortada pelos conselhos da "Juhye *unnie*", então ela decidiu ficar quieta.

— Enfim, você sabe quem é, não sabe?

— Uhum.

— Quem? Por acaso, em vez de uma *unnie*, é um *oppa*? Um *oppa* bonitão?

— Não sei, não sei de nada.

Eunchae estalou a língua e fez beicinho. Quando seu café americano chegou à metade, ela perguntou como Hyomin estava.

— Está processando aquele cara por fraude, e a mulher dele está processando ela por ser sua amante.

— O quê? Ela abriu mesmo um processo por adultério?

— Pois é. Minha irmã não é a única que está processando aquele cara. Será que é por isso que a esposa dele está desesperada para arrancar até o último centavo de Hyomin?

— Mas como isso funcionaria? Eles vão continuar morando juntos sem se divorciarem?

Hyoyeong deu de ombros e continuou:

— Isso aí é problema deles. Não é da nossa conta.

Eunchae pôs um cubo de gelo na boca e o mastigou com força, de tanta raiva. Hyoyeong, no entanto, parecia tranquila.

— Acho que isso foi bom.

— Quê?!

— Minha irmã está determinada a ganhar esse caso e lutar contra essa injustiça. A Hyomin está estudando Direito agora, sabia? Quando ela começa a estudar, vai até o fim.

— É mesmo?

— Ela voltou para Seul para pagar os honorários dos advogados e está tentando conseguir outro emprego de professora. Disse que nunca se sentiu tão viva quanto agora.

— Hahaha! Desculpa. Eu não deveria ter rido.

A luz do sol de fevereiro entrava pelas janelas da frente da cafeteria. O Natal tinha chegado e passado, o Ano-Novo também. Agora era fevereiro, e parecia que o ano estava começando de verdade. Hyoyeong pôs a palma da mão sobre o dorso da mão de Eunchae.

— Sempre tive inveja da sua personalidade. Você chora quando está triste e grita quando está com raiva.

— Você sempre fala que eu sou exagerada.

— Você exagera quando bebe, mas pelo menos não finge ignorar os sentimentos que te dominam. É por isso que você é forte.

— Não, não sou forte.

Eunchae ficou brincando com o canudo no copo sem dizer mais nada. Os cubos de gelo giraram de um lado para o outro com um tilintar.

— Sinto medo todos os dias, e começar o ano sem nada me dá um embrulho no estômago. Sinto inveja quando vejo um ator da minha idade que parece ter tanto talento quanto eu, mas que está se saindo melhor. Naquela época, eu devia ter impressionado o diretor na estreia, ou pelo menos ter dito a ele que sou ex-aluna do curso e perguntado se eu poderia fazer uma audição. Acho que perdi essa oportunidade porque hesitei, e aí perdi outra oportunidade. Como é que eu volto para casa assim? Não posso parecer patética desse jeito quando chegar em casa, Hyoyeong.

Eunchae assoou o nariz com um lenço de papel. O som de sua respiração ofegante também fez o nariz de Hyoyeong arder. Tinha conhecido Eunchae quando ela ainda era uma jovem sonhadora, e agora já estava com vinte e nove anos. Depois de correr que nem uma doida por causa do filme, Hyoyeong redescobriu um novo senso de tempo ao chegar à Geulwoll. Um ano continha o tempo em que trinta tipos diferentes de flores eram colocadas no vaso da loja; o tempo em que treze mil clientes iam até lá; o tempo em que dois mil deles escreviam cartas pelo serviço de *penpal*. Não havia um só dia que não fosse precioso.

— Você se lembra de quando vimos *Matthias e Maxime* no seu quarto da faculdade depois da aula no segundo ano? Você era obcecada pelo Xavier Dolan.

Eunchae assentiu em silêncio ao ouvir as palavras de Hyoyeong.

— O que foi que o diretor disse? "Sempre tentamos deixar uma boa impressão na vida dos outros"?

— Exatamente, essa é minha frase favorita.

Devagar, Eunchae abriu um sorriso. Hyoyeong sabia que as palavras do diretor tinham ajudado a amiga a lidar com a realidade de sua situação e lhe dado forças para atuar. Não tinha muito como ajudá-la naquele instante, mas queria ser o tipo de amiga que segura a mão da outra, enquanto tateiam no escuro. Hyoyeong olhou nos olhos de Eunchae — queria que ela sentisse que estava tentando reconfortá-la de forma genuína. Esperava deixar uma boa impressão na vida da amiga, mesmo que apenas por um momento.

Hyoyeong se despediu de Eunchae do lado de fora da cafeteria. A outra olhou para a amiga e o prédio da Geulwoll de Seongsu, depois falou:

— No início, quando você começou a trabalhar na loja de cartas, achei que só faria bem ao Seonho *sunbae*. — Enquanto Hyoyeong esperava pelas próximas palavras dela, Eunchae a puxou para um abraço apertado. — Mas agora estou vendo que isso não é verdade, né?

Hyoyeong levantou a mão e deu um tapinha nas costas da amiga. "Você fez o melhor que pôde", foi o que quis dizer, tanto para Eunchae quanto para si mesma, naquele momento que se esvaía em silêncio.

2

— Bom dia, *hyung*.

Yeonggwang abriu os olhos. O irmão, Sanghyeon, imediatamente abriu as cortinas blackout de seu quarto.

— Nossa, que claridade. Por que você é tão cruel com as pessoas?

— Tome o café da manhã. Se estivesse em casa, *hyung*, a mamãe já teria te dado um tabefe.

— Se você não vai me dar um tabefe, por que está agindo assim?

Yeonggwang jogou as cobertas para longe e se levantou. Ao abrir a porta do quarto, o cheiro de *cheonggukjang* veio da cozinha. Era a primeira vez que sentia o cheiro daquela sopa desde que se mudara para o Edifício Yeonhwa. Ainda estava meio grogue, mas sua boca salivava, e ele estava pronto para comer.

— Não vai comer? — perguntou Yeonggwang, enquanto se servia da sopa e a colocava em sua tigela de arroz.

Sanghyeon olhou para a bagunça na sala com uma expressão de desdém.

— Já comi. Uma hora atrás.

Sanghyeon disse que já passava das onze horas. Como não havia nenhum sinal de que Yeonggwang iria acordar, ele tomou o café da manhã sozinho.

— Como pode você estar cada dia mais parecido com a minha mãe se não tem uma gota do meu sangue?
— Somos praticamente irmãos. Não é meio que uma grosseria dizer isso?
— Tanto faz, continua sendo família.
— Tá.

Sanghyeon se levantou da mesa e foi para a sala. Juntou as roupas jogadas no sofá e foi pegando os pacotes de salgadinho e garrafas de bebida espalhadas na mesa, jogando tudo em sacolas plásticas.

— Pode deixar aí. Eu limpo tudo depois de comer.
— Então é por isso que você não deixa a mamãe vir aqui. Não dá pra viver assim só porque você desenha *manhwa*.
— Não é um *manhwa*, é um *webtoon*.

A família de Yeonggwang não se interessava por *webtoons*. Sua mãe só tinha lido dez capítulos do seu primeiro trabalho. Mas ele não se incomodava com isso. Mesmo sendo um pouco bruscos, os familiares de Yeonggwang confiavam muito uns nos outros.

— O papai vai voltar a trabalhar na semana que vem, então não precisa mais mandar dinheiro.
— Que bom que ele está melhor.
— Por que não diz isso a ele?

Já fazia oito anos que sua mãe havia se casado outra vez e, embora ela dissesse que ele era o "pai" da família, podia contar nos dedos de uma mão quantas vezes realmente o chamou assim. O melhor que os dois podiam fazer era perguntar à mãe ou a Sanghyeon como o outro estava.

Enquanto Yeonggwang tomava seu café da manhã tardio, Sanghyeon sentou-se no sofá para ler a proposta do novo *webtoon* do irmão. Fazia meses que o mais velho estava adiando o lançamento do segundo *webtoon*, e escrevera aquela proposta como se fosse a última. No dia anterior, enviara a proposta de três páginas para o produtor e, pela primeira vez, recebeu uma resposta positiva, dizendo que, se o trabalho continuasse daquele jeito, seria uma obra comercial que refletia totalmente a personalidade do autor. Tinha sido tudo graças a Hyoyeong, embora ela não soubesse de nada, pois estava de frente para o mar naquele dia de inverno, conversando com a irmã.

— Que interessante. Então é isso que você tem desenhado.

— Espere só para ver. Vou te mandar para estudar no exterior, se tudo der certo desta vez.

Yeonggwang esvaziou a tigela de arroz e olhou para Sanghyeon com um sorriso satisfeito. Com uma expressão de desinteresse, o irmão mais novo amarrou um saco plástico cheio de garrafas pet.

— Pode esquecer. É melhor você se casar quando seu novo *webtoon* for lançado, porque a mamãe e o papai me pediram para dizer que vão vir morar com você.

Yeonggwang balançou a cabeça, pegou a tigela de arroz e foi até a pia. Enquanto a enchia de água, ouviu Sanghyeon falar:

— Vou tratar a mamãe bem, mas você precisa fazer o mesmo com o papai. É a primeira vez que ele lida com um filho adulto.

— Está bem. Vou para casa no próximo feriado.

Yeonggwang se despediu de Sanghyeon. O irmão saiu pela porta, vestindo seu gorro, mas, antes de ir embora, se virou e perguntou:

— Escuta, tem certeza de que não está saindo com ninguém?

A árvore de Natal tinha sido retirada da Geulwoll de Yeonhui-dong, e o espaço ficou vazio. Yeonggwang deu um breve aceno de cabeça para Juhye e foi até as prateleiras. Não sabia se deveria escrever um cartão de Ano-Novo ou uma longa carta em tom sério, mas quando pensava em Hyoyeong, não sabia se tinha muito ou pouco para falar, ou se havia somente uma coisa que gostaria de dizer.

"Uma de nossas clientes acabou de voltar de uma viagem à Tailândia e me deu um punhado de mangas cristalizadas. Você pode pegar algumas quando passar aqui mais tarde?"

"Faz tempo que não te vejo por lá. Está com muito trabalho?"

"Hoje é meu último dia em Yeonhui-dong. Em fevereiro, vou ficar direto em Seongsu."

"Minha irmã tem audiência ao meio-dia hoje, aí vou almoçar com ela. Desculpa!"

"Hajun e Sohee *unnie* acabaram de chegar. Hajun pegou três cartões-postais para escrever cartas de amor, mas são todos para namoradas diferentes, vê se pode!"

"Estou na casa do Seonho. A Hayul cresceu muito, não foi?"

Muitas vezes dormia enquanto relia as mensagens de Hyoyeong. Ultimamente, mesmo sem o peso de papel em formato de baleia, estava conseguindo dormir bem. No dia da viagem a Sokcho, vendo a conversa entre Hyoyeong e Hyomin, Yeonggwang teve uma ideia. A história se passaria em uma enorme agência dos correios, onde todas as cartas não enviadas ficavam dormindo. Os carteiros de lá não trabalhavam entregando cartas, mas, sim, as vigiando para evitar que fossem a qualquer lugar. Um dia, um selo cai do bolso do carteiro e, ao anoitecer, uma das cartas cria pernas, pega o selo do chão e o cola em si mesma. Na manhã seguinte, quando o carteiro distraído abre a porta da agência, a carta com o selo usa seus poderes mágicos para voar em direção ao céu e fugir de lá.

O carteiro, com um forte senso de responsabilidade, sai em busca do remetente da carta perdida, que é uma mulher de vinte anos. Quando lhe diz que a carta desapareceu, ela fica pensativa e grita que ele precisa recuperá-la. Era a história de um homem e uma mulher que cruzam a fronteira entre a realidade e a fantasia para encontrar a carta perdida. Embora houvesse um cenário de fantasia e elementos mágicos, os personagens e seus conflitos eram inspirados no mundo real. Naquele romance entre o carteiro e a mulher, ele quis dar continuidade à empatia realista que os leitores haviam adorado em sua obra anterior, que detalhava o dia a dia de funcionários de escritório.

Desta vez, Yeonggwang tinha a sensação de que havia encontrado aquilo que fazia de melhor, e todo dia era empolgante. Ele desenhava *webtoons* desde a hora que acordava, então, sem querer, acabava mandando respostas curtas para as mensagens de Hyoyeong, ou adiava o encontro com ela.

Com o coração pesado, tinha escrito uma carta para ela explicando o que estava acontecendo. Yeonggwang escolheu um modelo clássico de papel de carta com a borda vermelha. A cor o fez se lembrar da decoração de Natal que havia criado junto com Hyoyeong.

— Já foi até a loja de Seongsu? — perguntou Juhye a Yeonggwang, enquanto escrevia o recibo.

— Não, ainda não.

— Quando você vai?

Quando ele estava prestes a responder, Juhye parou. Ela havia cometido um erro no recibo. Com um suspiro pesado, pegou a lata de lixo sob o balcão. Dentro dela, havia dezenas de recibos amassados.

— O chefe vai ficar furioso se vir isso, não vai? Por que erro tanto quando escrevo à mão?

— Não tem problema, é só escrever devagar. Você pode usar uma caneta e reescrever.

— A Hyoyeong *unnie* tem a letra bonita, escreve muito bem.

— É verdade, a Hyoyeong tem uma caligrafia linda.

Juhye deu uma risadinha e fitou Yeonggwang. Ele disse que escreveria uma carta e depois iria embora. Sentado à mesa, pegou uma folha e, respirando fundo, escreveu lentamente.

Hyoyeong estava terminando o quinto dia na Geulwoll de Seongsu sozinha. Tinha reorganizado os livros desarrumados nas prateleiras e apontado os lápis. Desligou a luminária na mesa, conferiu o estoque de papéis de carta e canetas e escreveu no diário de registro. Em seguida, ligou o celular para verificar se havia novas mensagens, mas não havia nada que ela estivesse esperando.

Na viagem de carro de Sokcho para casa, Yeonggwang lhe contou sobre o irmão, Sanghyeon. Aos vinte e um anos, ele ficou sem palavras diante do garoto de treze anos que conhecera. Ao contrário de Yeonggwang, que já era adulto, Sanghyeon tinha acabado de chegar à puberdade. Yeonggwang temia que suas palavras e atitudes pudessem magoá-lo de alguma forma. Ele tentava não deixar a mãe preocupada, assim, ela poderia dar amor o suficiente para o irmão. Foi só quando viu Hyoyeong e Hyomin que ele percebeu que aquilo também o sobrecarregava.

Hyoyeong sorriu de leve ao se lembrar daquele dia. Depois das sete horas, tudo ficou quieto ao redor, e a maioria das lojinhas de decoração já estava fechada. Hyoyeong vestiu o casaco e enrolou o cachecol xadrez que a irmã havia lhe dado no Ano-Novo. Ao sair da loja, algo ficou preso na sola de seu sapato. Era um envelope de carta da Geulwoll, com seu design familiar.

Ao pegá-lo, sentiu as camadas do papel de carta na ponta dos dedos, mas não havia nada escrito do lado de fora. Hyoyeong olhou ao longo do corredor e abriu o envelope.

PARA: Hyoyeong

Aqui é o Cha Yeonggwang. Eu queria te mandar uma mensagem porque não nos falamos há alguns dias, mas percebi que nunca tinha escrito para você e, agora que você foi para Seongsu-dong, sinto que deveria.

Sinto que as cartas só são possíveis depois de certa distância física no tempo e no espaço, e não é legal enviá-las antes de a tinta secar no papel.

Depois de Sokcho, precisei esperar até estar longe o suficiente da pessoa que eu era naquele dia, pois algumas emoções estão tão próximas da nossa mente que não sabemos por que sentimos o que sentimos. Acho que isso já está resolvido, e é por isso que criei coragem para escrever.

Ultimamente, tenho trabalhado no novo webtoon. Enfim consegui elaborar um projeto com o qual tanto o produtor quanto eu estamos satisfeitos. Demorou um tempo, mas sinto que consegui aguentar tudo graças à Geulwoll. Assim que acordo, abro as cortinas da minha sala e vejo as pessoas escrevendo furiosamente pela janela da loja. Ainda há histórias no mundo. O mundo funciona através das histórias. Há dias em que pensar nisso me acalma.

E é graças a você, Hyoyeong, que agora sou uma pessoa que dorme muito bem mesmo sem a baleia. Seria ótimo se um dia eu puder deixar algo tão reconfortante no coração de alguém quanto o peso de papel em formato de baleia. Por enquanto, eu desenho todos os dias com esse objetivo.

Obrigado, Hyoyeong.

Desejo a você muita sorte em sua nova vida em Seongsu.

Ainda há coisas que eu gostaria de dizer, mas prefiro falar pessoalmente.

Obs.: Sei que não temos nos falado muito ultimamente, mas não vamos agir que nem estranhos quando nos encontrarmos de novo, hein!

DE: Yeonggwang

Hyoyeong abriu um grande sorriso ao terminar de ler o nome de Yeonggwang. Então, essa era a sensação de receber uma resposta tão aguardada... Queria respondê-lo imediatamente. Quando pensou em tudo o que gostaria de dizer, somente uma frase restava: "Quero compartilhar meu dia a dia com você."

Ela voltou para a loja e escolheu um papel de carta para enviar a Yeonggwang. Sentada à mesa, acendeu a luminária e pegou uma caneta. A luminária em forma de cogumelo emitia um brilho suave, assim como seu coração. A caneta deslizou naturalmente pelo papel, formando as palavras "Para Yeonggwang". No momento em que seus batimentos cardíacos ligeiramente acelerados se acalmaram e Hyoyeong estava prestes a escrever a próxima frase, a porta da loja foi aberta e um cliente entrou. Era Yeonggwang, muito bem-vestido. Ela se virou e o cumprimentou com um sorriso caloroso.

— Você está todo arrumado, né?

Yeonggwang usava uma calça jeans cinza, camiseta preta de gola alta e jaqueta de veludo cotelê marrom-escura.

— É, eu estava tentando combinar com o clima de Seongsu...

Ele deu uma olhada na Geulwoll de Seongsu sem dizer uma palavra. Havia suportes de vidro com selos antigos, canetas-tinteiro e papéis de carta, alinhados em fileiras, além de livros com temática de cartas, que Hyoyeong e Seonho deviam ter escolhido meticulosamente. Um nicho retangular de ferro na parede continha cartas esperando para serem lidas, dispostas diagonalmente em compartimentos. Yeonggwang gostou da sensação de segurança que as linhas retas criavam. A Geulwoll de Seongsu com certeza tinha um charme diferente da de Yeonhui.

— O que estava fazendo? — perguntou Yeonggwang ao se aproximar do caixa, e Hyoyeong escondeu a carta atrás de si.

— Respondendo a sua carta. Você não pode ler agora. Você disse que não é legal enviar uma carta antes de a tinta secar.

— Tudo bem, então termine de escrever. Vou ficar quieto até a tinta secar.

Yeonggwang se sentou à mesa perto da janela, pegou um livro e começou a ler. Hyoyeong ficou lançando olhares para ele, com a estranha sensação de estar reencontrando um namorado após uma longa viagem, embora não estivessem longe um do outro havia tanto tempo assim. Um namorado. Hyoyeong abaixou a cabeça, como se quisesse se enterrar dentro da carta. Apertou a caneta. Em sua mente, o peso de papel em formato de baleia girava e pulava no ar, a provocando.

— Pode escrever com calma. Esperar uma resposta é empolgante — sussurrou Yeonggwang.

Hyoyeong sorriu. A ponta de sua caneta finalmente pingava as palavras que ela gostaria de dizer de todo o coração. As palavras que só conseguiria dizer em uma carta, as palavras que realmente queria dizer, flutuaram devagar sobre o papel. Pensando na sorte que teve por poder responder no tempo certo desta vez, Hyoyeong escreveu a frase seguinte.

Fim.

Pós-escrito

Os clientes que cruzaram a fronteira

As sete cartas escolhidas por Yeonggwang, Eunah, Woncheol, Juhye, Minjae, Hyoyeong e Yeongeun neste romance foram escritas por clientes que foram à loja de cartas Geulwoll, tanto a de Yeonhui quanto a de Seongsu, entre 18 de janeiro e 18 de fevereiro de 2024 para utilizar o serviço de *penpal*.

Agradeço às sete pessoas que cruzaram a fronteira do mundo real para conversar com os clientes fictícios.

Uma carta que não pôde ser enviada

> Agradeço aos 27 clientes que se inscreveram, mesmo que não tenhamos podido estar juntos. Suas cartas foram acolhedoras e sinceras, mas precisei fazer uma seleção das que se encaixavam no contexto e com os personagens da obra. Por isso, acho justo pegar um curto espaço emprestado

> para mandar "uma carta que não pôde ser enviada" com as palavras de vocês.
> São suas cartas que dão ao livro a palavra "concluído". Obrigada.

Recebi tantas cartas preciosas por causa deste livro que fiquei transbordando de felicidade.

Não pude incluir todas no romance, mas li cada uma delas três vezes.

Sinto que fiz amizade com "uma garota que está vivendo um 28 de janeiro de 2024", e, graças a alguém que adora o nome "Yunseul", que significa "A luz do sol brilhando na água, criando luz", eu disse o nome "Yunseul" em voz alta pela primeira vez em muito tempo.

Para alguém que está vivendo as dificuldades e alegrias de seu primeiro emprego como professora em uma escola de inglês, e para alguém que ainda está "em busca de estabilidade e questionando se está no caminho certo porque não consegue sair de cima do muro", gostaria de transmitir as palavras de outra pessoa: "Espero que você possa se confortar com o fato de que todos nós temos problemas, mesmo que não sejam iguais."

Eu me senti profundamente confortada por alguém que escreveu: "Mesmo que ninguém perceba sua dor, mesmo que ninguém a conforte, você sempre crescerá de um pequeno pântano para se tornar uma linda flor."

E alguém que escreveu "O universo conspira contra o amor", citando seu cantor favorito.

"Não sou boa nos estudos e não sou tão bonita quanto Han Sohee, mas sou feliz", escreveu ela. E, depois de um período perdida e em depressão, viu "a luz do sol do fim da tarde entrando pelas cortinas" e pensou: "Ah, então é assim que é a felicidade... Não é algo que outra pessoa define. Ela vem a mim à medida que a descubro e a sinto em cada momento da vida." Essa carta de uma pessoa iluminada me fez sorrir e ressoou em mim.

A frase que permanece comigo até o fim é "amar e estar ausente", pois a ausência cria o amor, e o amor abraça a ausência, mas é a "hesitação" em meio aos dois que muitas vezes cria a solidão.

Fiquei muito feliz de receber e ler sua carta.

"Mesmo que seja uma breve lembrança que logo será esquecida, é bom ser lembrado por alguém."

Obrigada.

Guardarei por muito tempo em meu coração as palavras gentis que vocês me enviaram.

Obs.: Desejo muita força às pessoas de Gyeongsang-do, que estão passando pelo inverno mais frio de todos os tempos.

DE: Baek Seung-yeon, uma escritora que acredita no poder da gentileza

Sobre a loja de cartas Geulwoll

Loja de cartas – Yeonhui

13h às 18h (de segunda a domingo)
(+82) 2-333-1016
Jeungga-ro 10, Seodaemun-gu, Edifício Yeongung, n° 403, Seul, Coreia do Sul, CEP: 03698

Salão de cartas – Seongsu

12h às 19h (de segunda a domingo)
(+82) 2-499-1016
Yeonmujang 17-gil 10, Seongdong-gu, Edifício LCDC SEUL, bloco A, n° 302, Seul, Coreia do Sul, CEP: 04787

- intrinseca.com.br
- @intrinseca
- editoraintrinseca
- @intrinseca
- @editoraintrinseca
- intrinsecaeditora

1ª edição	JULHO DE 2025
impressão	GEOGRÁFICA
papel de miolo	LUX CREAM 60 G/M²
papel de capa	CARTÃO SUPREMO ALTA ALVURA 250 G/M²
tipografia	MINION PRO